자은향 장편소설

악당들에게 키워지는 중입니다

3

악당들에게 키워지는 중입니다 3

1판 1쇄 펴냄 2024년 5월 31일

지은이 자은향
펴낸이 하진석
펴낸곳 아르누보
주 소 서울시 마포구 독막로3길 51
전 화 02-518-3919
ISBN 979-11-91212-39-6(세트)
          979-11-91212-42-6 04810

* 이 책 내용의 전부나 일부를 이용하려면 반드시 저작권자와 아르누보의 서면 동의를 받아야 합니다.
* 책값은 뒤표지에 있습니다.
* 잘못된 책은 구입하신 곳에서 바꾸어 드립니다.

3부

악당들에게
키워지는
중입니다

IX

"어서 오십시오, 아가씨."

"응, 안녕."

크루노 에탐에게서 도망친 방에서 나를 맞이한 것은 힐 로즈먼트였다. 나는 힐 로즈먼트와 수업할 때는 버릇처럼 사람을 물리곤 했다. 테렘도 마찬가지였다. 그와 하는 얘기가 누군가의 귀에 들어가지 않기를 바랐으니까. 시녀들이 미리 준비해 둔 다과를 보며 나는 의자에 앉았다.

"커졌네요?"

"응. 대단하지?"

"꽤 사랑받으시는 모양입니다."

내가 의기양양하게 말하자 힐 로즈먼트가 빙긋 웃으며 대답했다. 아예 내 앞에선 연기는 그만두기로 작정이라도 했는지 옷

차림이 제법 편안해 보였다.

"수업 전에 거래를 먼저 진행해 볼까요?"

"먼저 주세요."

나는 활짝 웃으며 두 손을 내밀었다. 힐 로즈먼트가 피식 웃었다.

"실물을 먼저 보여 주셔야지요, 아가씨. 그게 거래의 기본이 아니겠습니까?"

"제대로 자료를 조사해 온 게 맞는지는 내가 판단할 거야."

"제대로 했습니다."

"그럼 보여 줘."

힐 로즈먼트의 눈이 가늘어졌다. 그는 내 진의를 가늠하듯 잠시 고민하더니 서류 봉투를 넘겼다. 나는 곧바로 서류를 꺼내 살폈다. 어떤 루트로 입수되고 있는지, 앞으로의 계획과 물량 그리고 작업 중인 장소의 위치까지 확실했다. 다만 해독제에 관한 정보는 전혀 없었다.

"해독제에 대한 정보는?"

"하타르에 대해 알려 달라고 하셨지 해독제에 대해 알려 달라고 하진 않으셨잖습니까."

힐 로즈먼트가 눈을 동그랗게 뜨며 말했다. 굳이 말해 주지 않아도 알긴 하지만 조금 괘씸했다.

"나도 알 반쪽만 줄게."

"……농담합니까?"

"반쪽짜리 정보만 줬잖아."

해독제가 가장 중요한 것인데 어떻게 그것만 쏙 빼고 줄 수가 있단 말인가.

"거기까진 아직 모르는 것뿐이에요."

힐 로즈먼트가 어깨를 으쓱였다.

"제한된 시간 내에 최선을 다해 정보를 모았어요. 모르는 것까진 어쩔 수 없잖아요."

계약 위반이 아니라고 단호하게 말하는 목소리가 강경했다.

'이거면 되겠지.'

일단 첫 번째 증거로는 충분했다. 최종 목표는 증거를 충분히 모아서 주동자를 잡은 후 이쪽에서 뒤통수를 치는 거다.

'그러려면 너무 대대적으로 숙청하고 다녀도 안 돼.'

팔짱을 끼고 있던 나는 문득 느껴지는 시선에 고개를 들었다. 힐 로즈먼트가 고개를 기울인 채 나를 물끄러미 보고 있었다.

"그래서 결과는?"

"저 서랍 열어 보면 있어."

내가 작은 책상 서랍을 가리켜 보이자 그의 눈이 가늘어졌다.

"……저런 작은 곳에?"

"응."

와이번의 알 크기가 성인 남성 머리통만 하다는 전승이 많이 있으니 힐 로즈먼트가 저런 반응을 보이는 것도 이상하진 않았다. 하지만 그건 마물의 알을 제대로 본 적도 없는 사람들이 상상해서 지어낸 전승이다. 실제로는······.

"뭐야."

책상 서랍을 거칠게 열어 본 힐 로즈먼트가 사납게 얼굴을 일그러뜨렸다.

"지금 나한테 사기 치는 겁니까?"

겨우 어린애 손바닥만 한 자그마한 알이기 때문이다. 사나운 소리를 들으며 나는 고개를 저었다.

"아냐. 그거 맞아."

해츨링이 되기 전의 내가 그랬듯 와이번도 새끼 때는 아이 손바닥만 한 작은 도마뱀이다.

"이게 맞다고······? 이런 작은 게······."

힐 로즈먼트가 허탈하게 숨을 내쉬더니 나를 노려보았다.

"맹세합니까?"

"응."

"만약 아니라면······."

힐 로즈먼트가 성큼성큼 다가와 내 옆 소파를 짚더니 몸을 숙였다.

"나를 부모로 삼으세요."

각인을 말하는 게 분명했다.

"······좋아."

어차피 저 알은 진짜니까. 확답을 들은 그가 미심쩍은 기세를 숨기지 않으면서도 고개를 끄덕였다.

"믿겠습니다."

"응. 키우는 법은 알아?"

"서적에서 봤습니다."

서적? 대체 또 뭘 봤는데. 내가 떨떠름한 표정을 숨기지 않은 채 그를 보자 힐 로즈먼트는 제법 뿌듯한 표정으로 입을 열었다.

"와이번의 알은 뜨거운 열기를 필요로 하기 때문에 용암과 같은 뜨거운 곳에 두고……."

그렇게 뒀다간 다 타서 형체도 안 남아.

"잘 익었다 싶으면 적당한 불에 넣어 불의 기운을 흡수할 수 있게 해 줍니다."

응. 그거 구운 계란.

"마지막으론 뜨겁게 달군 철판 같은 곳 위에서 충분히 열을 가한 뒤 살짝 틈새를 만들어 주면 와이번이 부화한다고 하더군요."

그건 계란 프라이.

대체 연약한 알에 무슨 짓을 하려는 건지 모르겠다. 내가 질린 표정을 하자 그제야 힐 로즈먼트가 입을 다물었다.

"……아닙니까?"

"응."

"그럼 어떻게 하면 되나요?"

힐 로즈먼트는 자신이 한 말을 가만히 곱씹어 보는 듯하더니 조용히 말을 돌렸다. 본인도 이상한 걸 깨달았겠지.

"주범."

내 말에 그의 눈이 가늘어졌다.

"하타르를 푼 주범이 은신하고 있는 거처를 알려 주면 말해 줄게요."

"……계약을 상당히 위반하시네요?"

"내가 선생님한테 알을 준다고 했지 키우는 방법을 알려 준다고 하진 않았잖아요."

눈을 동그랗게 뜨며 샐쭉 웃자 힐 로즈먼트의 눈썹이 꿈틀거렸다. 그가 잔뜩 열이 오른 얼굴로 이를 드러냈다.

"제가 호구로 보이세요?"

"아니. 선생님은 파트너지."

"……파트너요? 아가씨와 제가 말인가요?"

힐 로즈먼트는 퍽 재밌는 얘기라도 들은 사람처럼 시리게 웃었다. 내가 뻔뻔하게 고개를 끄덕이자 팔짱을 낀 그가 피곤한 듯 한숨을 내쉬었다.

"앳되어 보이는 남자로 왼쪽 눈 위에 상처가 있다는 외형 정보를 제외하면 자세한 건 저도 몰라요. 특이한 시가를 좋아한다곤 하는데 직접 제작하는 건지 시중에 유통되는 건 아니었고요."

힐 로즈먼트가 순순히 입을 열었다. 사실 조금 더 언쟁도 하고 구슬릴 생각도 했는데 의외로 순순했다.

"제가 아는 정보가 이것뿐이니까요."

물론 그 이유가 그가 내용에 대해 아는 게 많지 않아서인 모양이지만 말이다.

"가끔 도박장에 나타난다는데 말만 그렇지 잘 모르겠네요. 거긴 온갖 시가 냄새가 뒤섞이는 곳이니까."

그가 고개를 살짝 기울이며 샐쭉 웃었다. 그 얄미운 모습에 나는 그를 위아래로 살피다가 오히려 히죽 웃었다.

"그냥 품어."

"네?"

"그냥 닭이 알을 품듯 품으면 돼."

"……겨우 그겁니까?"

"응. 겨우 그건데."

긴 시간 와이번은 온기를 준 존재가 없었던 탓에 부화하지 못했을 뿐이다.

"사람 뒤통수를 치면서 파트너라니……. 그 뻔뻔함을 보아 부디 스카우트하고 싶은 심정이군요, 아가씨."

"에이린."

내 뜬금없는 말에 힐 로즈먼트의 눈썹이 쓱 치켜 올라갔다.

"에이린이면 돼."

"제가 왜……."

"친구가 됐잖아."

"친구는 무슨……."

"친구에는 나이와 국경이 없댔어."

내가 웃어 보이자 힐 로즈먼트가 피곤하다는 듯 책을 펼쳤다.

"수업하겠습니다."

그러면서도 그는 내 말을 부정하진 않았다.

'친구 하나 얻은 건가?'

부정하지 않았으니 퍽 긍정적인 것이라고 생각하며 나는 수업에 집중했다.

* * *

하타르에 대해 조언한 뒤로 일은 일사천리로 빠르게 돌아갔다. 나는 오늘도 아빠의 품에 안겨 여전히 낯선 회의실에 들어섰다. 오늘 회의실은 평소와는 조금 달랐다. 중앙에는 원탁으로 된 테이블이 놓여 있고 이제는 눈에 익은 사람들이 보였다. 차르니엘 에탐으로 시작해서 넬리아 자르단, 아크레아 사파일, 하이엘 에탐, 크루노 에탐, 할아버지인 미르엘 공작 그리고 며칠 전에 돌아온 할머니 데반느 에탐도 있었다. 그뿐이랴. 이번에는 칼란 에탐과 실리안 에탐 그리고 샤르네 에탐까지 참여한 모양이었다. 뒤로 물러나 있는 걸 보니 어디까지나 참관의 형태인 모양이었지만.

세 사람이 나를 향해 손을 흔들었다. 내가 방긋 웃으며 손을 흔들자 샤르네가 손에 쥐고 있던 인형을 마구 주무르기 시작했다.

"……."

고개를 돌려 데반느 에탐을 보고 있노라니 기분 나쁜 울렁거림이 느껴져서 고개를 돌렸다.

"뭐야. 오자마자 사고 치셨다더니 막내 조카에게 단단히 미움받으셨네요?"

넬리아 자르단이 여상하게 웃으며 말했다. 그녀는 여유로운 얼굴로 내게 손을 흔들어 주었다.

"안녕, 가주님."

"안녕하세요."

아빠가 앉혀 준 자리에서 꾸벅 고개를 숙이자 넬리아 자르단이 흐뭇하게 웃었다.

"정말 아빠 안 닮았다."

내가 눈을 크게 뜨고 그녀를 올려다보자 그녀가 고개를 기울였다.

"왜? 최고의 칭찬이잖아."

"……."

최고의 칭찬인 건가? 잠시 고민하고 보니 금세 납득이 됐다. 평범한 세간의 시선으로 보면 확실히 이건 칭찬이다. 내가 고개를 끄덕이자 아빠가 어쩐지 충격받은 얼굴로 나를 봤다.

"풉, 아하하하!"

넬리아 자르단이 체통을 내던진 채 호탕하게 웃음을 터뜨렸다. 깔깔 터져 나오는 웃음소리가 얼마나 유쾌하게 들리는지 몰랐다.

"언니, 체통 좀 지켜. 진짜 부끄러워서."

"우리밖에 없는데 무슨 상관이야? 뻣뻣하기는……. 사파일

후작 앞에서도 그렇게 굴어?"

"시비 거는 거야?"

"아니."

넬리아 자르단이 어깨를 으쓱였다.

"아빠?"

여전히 충격받은 듯 굳어 있는 그를 보고 나는 조심조심 아빠의 귓가에 입술을 바싹 가져다 댔다.

"그래도 아빠가 제일 좋아요."

"……정말이냐?"

"네!"

"……그럼 됐고."

굳어 있던 아빠의 표정이 살짝 풀리며 입술이 아주 조금 톡 튀어나왔다.

'기분 풀린 거겠지?'

나는 그제야 안심하고 앞을 보았다. 그러자 이번에는 다른 사람들이 우리를 괴상한 것 보듯 바라보고 있었다.

"우웩."

하이엘 에탐은 옛날에 당한 게 많기라도 한 건지 아니면 저 아빠의 툭 내민 입술을 처음 보는 것인지 새하얗게 질려서는 헛구역질까지 했다. 잠시 적막이 내려앉았다. 그 모습을 본 아빠가 산뜻하게 웃으며 근처에 있던 펜을 하이엘 에탐의 이마 정중앙으로 던졌다.

콰득.

하이엘 에탐에게 향하던 펜을 낚아챈 것은 옆에 앉아 있던 크루노 에탐이었다. 그 의외의 행동에 하이엘 에탐의 눈이 동그래졌다.

"고, 고마워. 크루노."

하이엘 에탐을 흘긋 본 크루노 에탐은 앞이 뭉툭하게 구겨진 펜을 바라보다가 미간을 좁혔다.

"유치한 짓은 하지 마라."

"잔소리는."

팔짱을 낀 에르노 에탐이 성의 없이 대답했다.

"어째서 우리 집은 모이면 항상 곱게 회의를 시작하는 법이 없군."

한숨을 내쉰 차르니엘이 회의를 진행하기 위해 입을 열었다.

"각자 진행 상황이나 보고하지."

차르니엘이 말하며 나를 보았다. 내가 허락하듯 고개를 끄덕이고서야 넬리아 자르단이 먼저 입을 열었다.

"남편이랑 좀 알아봤는데 정말로 슬슬 그런 게 유통되려고 하더라고."

"역시……."

"벌써 몇몇 작은 상단들은 제의를 받은 모양이야. 이미 입에 대 본 놈들도 있었는데…… 맛본다고 한두 모금 정도 마신 것뿐이라서 아직 문제가 생기진 않은 것 같아. 일단 '제상연'의 검증이 필요하니 계약을 조금만 미루면서 시간 좀 끌어 달라고 통보했어."

넬리아 자르단의 말에 나는 고개를 끄덕였다.

'근데 제상연이 뭐지?'

내가 살짝 고개를 틀어 아빠를 보자 그가 자연스럽게 내게 몸을 숙여 귀를 가져다 댔다.

"아빠, 제상연이 뭐예요?"

"제국상인연합회. 제국에서 상단을 운영하고 물건을 팔아먹으려면 무조건 가입비를 내고 가입해야 하는 곳이다."

"······막냉아, 그렇게 말하니까 우리 제상연이 굉장히 악덕 기업처럼 들리는데?"

넬리아 자르단이 황당하다는 듯 목소리를 높이자 아빠는 내 머리를 쓰다듬으며 냉소적으로 대꾸했다.

"강제로 회비를 걷는다는 부분에선 확실히 그렇지."

"가주님, 막냉이 말은 듣지 마. 제상연은 상인들의 싸움이나 불미스러운 일을 중재하고 교역 중에 억울한 일을 당했을 때 대신 처리해 주는 곳이야. 회비는 보험 명목으로 받는 거지."

넬리아 자르단이 억울하다는 듯 냉큼 토로했다. 차르니엘이 이번에는 하이엘을 보았다.

"일전에 말했던 건?"

"알아보곤 있는데······ 아직 대답을 받지 못했어."

"아직도 네 그물망에 안 걸렸다는 거냐? 개망나니가 그렇게까지 실력이 좋진 않았는데…….”

"응……. 이런 일은 잘 없는데……. 아예 인상착의가 달라졌거나 누가 숨겨 주고 있는 거라면 조금 어려울지도…… 몰라.”

하이엘 에탐의 말에 조금 더 잘 부탁한다는 말을 덧붙인 차르니엘 에탐이 나를 보며 입을 열었다.

"그래, 우리 가주님께선 이제 어떻게 했으면 좋겠지?”

차르니엘 에탐을 바라보자 그가 입을 열었다.

"이대로 전부 하타르가 들어오는 루트를 틀어막으면 되겠나?”

"음…….”

"사실 그게 가장 깔끔하겠지. 황성에 보고를 올려서 황제의 협조를 구하면 금세 끝날 테고.”

차르니엘의 말에 나는 고개를 끄덕였다. 확실히 그가 말한 것이 가장 깔끔하긴 하다.

'하지만 결국 주동자를 잡지 않으면 언제 또 이런 일이 일어날지 몰라.'

내가 아는 미래는 이번에 하타르가 터질 것이라는 미래 하나뿐이었다. 하지만 이번 일을 어설프게 해결했다가는 이후에 상대측에서 몰래 다시 하타르 같은 다른 위험한 무언가를 풀려고 한다 해도 그땐 내가 도와줄 수 없다. 내가 아는 미래에는 한계가 있고 활자를 벗어나 움직이기 시작한 것은 내가 어떻게 할 수 없다. 그러니까 그 전에 확실히 잡아 두는 편이 좋았다.

"하타르는 그대로 풀 거예요.”

"……뭐라고?"

차르니엘이 믿기지 않는다는 듯한 목소리로 반문했다. 모두가 설명을 요하는 표정으로 나를 보고 있었다.

"정확히는 제상연으로 들어오는 하타르를 전부 매입한 뒤에 가짜 하타르를 만들어서 뒤바꿔 파는 거예요."

"……가짜 하타르를?"

넬리아 자르단의 눈이 살짝 커졌다.

"그렇게 할 이유가 있나?"

내 말을 가만히 듣고 있던 크루노 에탑이 물었다. 나는 히죽 웃으며 고개를 끄덕였다.

"방심하게 해서 주동자를…… 잡자는 거야?"

가장 먼저 내 저의를 깨달은 것은 하이엘 에탑이었다. 머리가 정말 좋은 모양이다. 나는 힘주어 고개를 끄덕였다.

"네."

"……그렇군. 생각했던 일이 성공한다면 꼬리는 길어지기 마련이니."

많은 사람에게 널리 퍼뜨리기 위해 범인이 움직일수록 흔적은 더 남을 수밖에 없다.

"범인을 잡자는 거야? 굳이 이런 요란스러운 방법으로?"

아크레아 사파일이 의아하다는 듯한 목소리로 말했다.

"이 범인은 지금 위험을 감수하고 제국 전체를 상대로 장난을 치는 거잖아요."

"그렇지."

"그렇다면 제국이 위험에 처할 수도 있다는 건데…… 단순한 사기꾼이라기엔 불안해서요."

"타국의 소행일 수도 있다는 거구나."

넬리아 자르단의 말에 원탁의 분위기가 심각해졌다. 미르엘 에탐과 데반느 에탐은 그저 원탁이 어떻게 굴러가는지 지켜만 볼 요량인지 입도 벙긋하지 않고 있었다.

"어디까지나 만약을 위해서예요."

사실 타국에서 벌인 게 확실하지만 이걸 확신한다는 것처럼 말할 순 없으니까.

"말은 간단하지만 현실적으로 가능할진 모르겠군."

"맞아. 하지만 막내 조카님, 가짜 하타르는 어떻게 만들려고?"

"음……."

그녀가 쇠 부채 끝으로 원탁을 느리게 긁으며 물었다. 나는 씩 웃었다. 그건 이미 생각해 둔 게 있다. 나는 드래곤이다. 물론 아무리 생각해도 도마뱀 같아서 아직도 믿기진 않지만. 내가 드래곤이라는 건 즉…….

'상상하면 된다는 거지!'

나는 냉큼 머릿속으로 염원했다.

'하타르의 재료를 알고 싶어.'

그 순간이었다. 내 몸에서 금빛 마력이 흘러나오는 것 같더니 이내 내 앞에 있던 펜이 멋대로 움직여 종이 위에 글씨를 적어 내려가기 시작했다. 종이에는 식물도감에서나 봤던 약초나 독초의 이름과 함께 처음 보는 이름도 적혔다. 열 가지가 넘는 재료를 보며 내가 조금 질린 표정을 하고 있자 커다란 손이 내 머리에 툭 얹어졌다.

"에이린."

"네?"

"무리하지 말거라."

"네······."

걱정스러운 목소리와 머리를 쓰다듬어 주는 손길이 좋아 웃으며 대답했다.

"이게 드래곤의 능력인가?"

"지금 뭘 한 거야?"

"그냥 마력이 조금 흘러나온 것 같은데······."

"왜······ 에르노가 끼고도는지 알 것 같네······."

순서대로 차르니엘, 아크레아, 넬리아 그리고 마지막에 하이엘이 웅얼거리며 말했다. 크루노 에탐은 인상을 찌푸린 채 못마땅한 얼굴로 나를 보고 있었는데 눈이 마주치자 고개를 돌려 버렸다.

'강제로 해고를 당하게 만들어서 그런가?'

예전보다 적대감이 더 커진 것 같은데······.

'조만간 시장에 나가야겠다.'

크루노 에탐의 힐링을 위하여. 게다가 어쩐지 나는 크루노 에탐이 싫지 않았다. 저렇게 퉁명스럽게 구는데 이상한 일이다.

"이게 재료라는 거지?"

성큼 다가온 칼란 에탐이 종이를 들어 내용을 살폈다.

"하타르를 좀 구해다 주면 내가 만들어 볼게. 최대한 흡사하게. 하지만 중독성은 없이. 맞지?"

"응. 정말 음료수처럼."

내 말을 들은 칼란 에탐이 씩 웃었다.

"이런 건 내 특기지. 일주일 아니…… 나흘이면 충분해."

"부탁해도 돼?"

"당연한 소리는 하지도 마. 내게 부탁할 수 있는 사람은 너뿐이야."

칼란 에탐이 내 뺨을 쭉쭉 잡아당기며 말했다. 오랜만에 할 일이 생겼다며 생기가 도는 모습에 나는 뜨끈해진 양 뺨을 손바닥으로 꾹 눌렀다.

'진짜 남매 같아.'

물론 진짜 남매이긴 하지만. 내가 꿈꿨던 그 모습 그대로였다. 헤실헤실 입가를 풀어 헤치며 웃자 칼란 에탐이 진지하게 나를 보며 말했다.

"에이린."

"응?"

"내 주머니에서 평생 살지 않을래? 안락하게 꾸며 줄…… 악!"

칼란이 두 손으로 머리를 부여잡으며 고개를 홱 치켜들었다.

"왜 때려요!"

"헛소리 말고 할 일이 있으면 이만 가거라."

"아버지는 맨날 에이린을 안고 다니면서 나는 가끔 대화도 못 나누게 하고……."

칼란 에탐이 꿍얼거리며 툴툴대기 시작했다. 어찌나 불만스럽게 보이는지 몰랐다. 내가 바라보자 칼란 에탐은 입술을 툭 내밀면서도 순순히 자리에서 일어났다.

"당연하지 않나."

"뭐가요."

"에이린은 내 딸이니까."

그는 무척 자랑스러운 일을 말하는 것처럼 아주 의기양양하게 대답했다.

"와, 누군 자식 아닌가."

칼란 에탐이 심통 난 목소리로 말하자 아빠의 눈이 가늘어졌다.

"누가 아니랬나? 너희 역시 누가 뭐래도 내 아들들이다."

"……."

화악.

낯간지러운 그 말에 칼란 에탐의 얼굴이 새빨갛게 달아올랐다. 설마 이런 말을 들을 거라곤 생각지도 못한 것처럼 당황한 칼란 에탐이 손을 허공에 휘젓더니 그야말로 허우적거리며 몸을 돌렸다.

"가, 갑자기 무슨 소리를……."

"그리고 딸은 아니지."

"……예?"

"아들과 딸은 확실히 다른 느낌이구나."

산뜻한 목소리로 말하는 아빠의 목소리에 칼란 에탐의 감동받은 얼굴이 산산이 조각났다.

"어휴, 내가 이 딸 바보 아버지한테 무슨 말을 하는 건지."

칼란 에탐이 머리를 벅벅 긁으며 회의실을 벗어나려는 때였다.

"칼란."

"네네."

칼란이 성의 없이 대답했다.

"무리하지 마라."

"……."

덧붙이는 목소리에 칼란 에탐이 눈을 크게 떴다가 설핏 몸을 돌려 아빠를 보았다. 그러더니 이내 씩 웃으며 고개를 끄덕였다.

"네. 제가 누군데요. 아버지 아들이잖아요. 끄떡없어요."

"도와줄게, 형."

"좋지."

칼란 에탐과 실리안 에탐이 회의실에서 나갔다. 나는 뺨을 긁적이다가 아빠를 보았다.

'좀 달라진 것 같지?'

이런 말을 하는 사람은 아니었으니까.

"너도 철이 들기는 하는구나."

가만히 상황을 보던 미르엘 에탐이 말했다. 그는 천천히 고개를 돌렸다.

"다른 놈들 철들 때 네놈은 뭘 하나 했더니. 딸자식을 두어서야 제대로 앞을 보게 됐나."

그렇게 말하는 미르엘 에탐은 평소의 강건한 모습과는 달리 조금은 세월에 지친 것만 같았다.

"이제 내가 이 회의에 참여할 필요는 없어 보이는구나. 제일 걱정스러운 놈이 정신을 차렸으니."

미르엘 에탐이 말했다. 그는 내게 손을 뻗어 머리를 슥슥 쓰다듬더니 피식 웃었다.

"내 시대는 지났으니 이제 네놈들이 필사적으로 꾸려 가야 할 때겠지. 나는 뒷방에서 손주들 재롱이나 보며 지내련다."

"갑자기 늙어 뒈지는 소리를 하고 앉았소? 뒷방 늙은이가 되기엔 당신은 너무 유명해."

"우리 어린 가주님께서 새로 받은 남쪽 영지에 내려가 거길 돌보는 것도 나쁘지 않겠지."

할머니의 타박에도 할아버지는 어쩐지 개운해 보이는 얼굴로 나를 보며 말했다.

"어떻소, 가주님."

정말로 에탐 가문에서 은퇴하고 물러나겠다는 그 말에 나는 그저 눈만 끔뻑거렸다.

"어차피 영지를 돌볼 사람을 뽑을 예정이었으니……."

나쁘지 않은 얘기라고 미르엘 에탐이 말했다.

'기껏 가족이 됐는데 떠난다고……?'

굳이 왜 떠나겠다는 건지 이해가 되지 않았다.

"왜 가요, 할아버지?"

"본래라면 예전에 작위를 승계해야 했다. 하지만 보다시피 누구 하나 제대로 된 놈들이 없었어서 말이다."

그가 마음에 차지 않는다는 듯 혀를 끌끌 차며 말했다. 말은 그렇지만 눈에는 애정이 듬뿍 보였다.

"그런데 드디어 이 망할 놈의 자식들이 전부 정신을 차렸으니 이제 미련은 없다."

그는 자리에서 일어났다. 못마땅하다는 듯 미르엘 에탐을 흘겨보던 데반느 에탐이 함께 자리에서 일어났다.

"답은 차후에 받으러 가마."

미르엘 에탐은 둘러앉은 자식들을 물끄러미 보다가 입을 열었다.

"검과 힘에 미쳐서 전쟁터를 나뒹굴던 놈이나, 돈에 미쳐 어린 나이에 상단에 숨어들던 놈이나……."

차르니엘과 넬리아가 어깨를 움찔 떨었다.

"어릴 때부터 아주 콧대와 자존심만 하늘을 찌를선 지는 걸 못 견디던 놈이나, 남자와 눈이 맞아서 도피 생활이나 하다가 결국 부모보다 먼저 떠난 못난 놈이나……."

느릿느릿 이어지는 말에 아크레아와 샤르네의 눈이 커졌다.

"어릴 때부터 사교는커녕 방에서 곤충이랑 놀며 책 속에 파묻혀 지내던 놈이나, 제 부모 가슴에 칼 꽂는 줄은 모르고 신전에 들어가 못난 꼴을 당하던 놈이나……."

하이엘 에탐이 몸을 한껏 움츠리고 크루노 에탐이 표정을 굳히며 고개를 들었다.

"숨 쉬는 것이 패륜이었던 이 몹쓸 놈이나……."

그 말에는 에르노 에탐이 코웃음을 쳤다.

"뭐 하나 마음에 차는 놈들이 없었지만 네놈들이 이 거대한 집안에 태어나 각자 고민이 많았던 건 알고 있다."

미르엘 에탐이 시원스럽게 웃었다. 그는 무척이나 개운한 얼굴로 원탁을 한 차례 훑었다.

"그래도 각자 잘 이겨내고 장성했다. 잘 자라 주어서 고맙게 생각한다. 자식 농사는 실패했다고 생각했는데……."

미르엘 에탐의 말이 천천히 이어졌다. 에탐들은 갑작스러운 상황에 조금 당황스러운 모양인지 표정이 각양각색이다.

"이렇게 모아 두고 보니 꽤 그럴싸하구나. 평생 단 한 번만 말할 생각이었다만……."

미르엘 에탐이 퍽 민망한 표정으로 헛기침을 하더니 슬쩍 시선을 피했다.

"내가 이래 봬도 네놈들을 꽤 사랑했다. 누구 하나 더하고 덜한 놈은 없었다. 너희가 자라면서 무슨 생각을 했든 그건 알아두거라."

"……."

누군가 얼음물을 끼얹은 듯 사위가 소름 돋게 조용해졌다. 미르엘 에탐도 퍽 민망했던 듯 큼, 크흠 하며 이상한 헛기침을 여러 차례 했다.

"그럼 이만."

그러고는 쭈뼛거리며 몸을 돌리고 그대로 후다닥 회의실을 빠져나가 버렸다. 모두가 어안이 벙벙한 표정으로 목덜미까지 붉힌 채 사라진 미르엘 에탐의 뒤를 시선으로 좇았다. 데반느 에탐도 퍽 의외라는 듯 미르엘 에탐의 등을 바라보다가 이내 자식들에게 시선을 돌렸다.

"나는……."

침묵하던 그녀가 대화의 물꼬를 텄다.

"에르노 이놈을 좋아했지. 아무래도 제일 귀여웠으니까."

데반느의 뜬금없는 말에 나는 눈을 동그랗게 떴다. 찌푸려진 아빠의 미간을 보아하니 심기가 불편한 것이 분명했다.

"드레스도 입히고 동물 머리띠도 씌워 놓으면 제일 잘 어울렸으니까."

"……."

뭐야. 나 끔찍한 얘기 듣고 있는 것 같아. 아니나 다를까 모두의 얼굴이 일그러졌다. 괴로운 흑역사가 끄집어내진 것처럼.

"뭐, 이런 귀염성 없는 놈으로 자랄 줄은 몰랐다만…… 그렇다고 한들 내가 네놈들을 공평하게 사랑하지 않았다고 생각하면 곤란하다. 특히 크림, 너."

크……림……? 당황하는 나와는 다르게 대번에 얼굴을 구긴 사람이 있었다.

'크루노 삼촌……?'

잊고 싶은 과거의 흑역사가 꺼내진 사람처럼 원탁에 앉은 사람들의 얼굴이 모두 거무죽죽해졌다. 크루노 에탐은 물론 말할 것도 없었다. 그가 표정을 일그러뜨린 채 입을 열었다.

"그따위 별명으로 좀……."

"자학하면서 방황하는 건 이제 끝냈느냐?"

"……."

"부모가 내어 준 제 핏줄이 싫다고 신전에 들어가서 스스로를 학대하니 좋더냐?"

크루노 에탐이 드물게도 당황한 표정으로 입술을 달싹이다가 이내 입을 꾹 다물었다.

"왜? 어떻게 알았나 싶으냐?"

"……."

"밖으로 나가면 부모가 신경 쓰지 않을 줄 알았느냐. 네 아비가 왜 신전에 막대한 돈을 보내고 있었는지 생각해 본 적 없고?"

크루노 에탐은 조용했다. 뭐라고 입을 열어 반응하진 않았지만 미간을 찌푸린 것이 데반느 에탐이 무슨 말을 하는지 알고 있는 것 같았다.

"그래도 막내 조카 하나 지키겠다고 옹기종기 모여든 꼴이 나쁘진 않구나."

"어머니도 참……."

차르니엘 에탐이 피식 웃으며 가볍게 대꾸했다.

"체리, 내가 말하고 있질 않니?"

와, 다들 왜 할머니를 무서워하는지 알 것 같아. 차르니엘 에탐의 별명이 체리라니. 나는 턱이 벌어지지 않도록 노력해야만 했다.

"어쨌든 나는 네놈들을 귀여움 외의 부분으로 차별한 적은 없다."

데반느가 말했다.

"드래곤의 능력을 각성한 놈도, 그렇지 못한 놈도, 모난 놈도, 부족한 놈도 차별하지 않았다."

데반느의 말에 분위기가 조금 가라앉았다.

'에탐의 직계라도 특수 능력을 각성하는 경우는 드문 모양이네.'

나는 얌전히 부모의 진심을 듣는 에탐들을 보았다. 어쩐지 내가 다 가슴이 몽글몽글해지는 기분이다. 그들도 마찬가지인지 멋쩍어 보이면서도 하나같이 표정이 어둡지 않았다.

"네놈들 싫다는 건 시키지도 않았고 하고 싶다는 건 정답게 지원해 주진 않았어도 방해하진 않았지."

하고자 하는 것을 막은 적은 단 한 번도 없었다는 말이다.

"아니면 내가 네놈들에게만 드레스를 사 주지 않은 걸로 심기 불편했던 적이 있느냐? 이제라도 사 줘?"

에탐들의 고개가 단번에 좌우로 움직였다. 남자들은 새하얀

게 질렸고 여자들도 뭔가를 떠올린 듯 질린 얼굴이었다. 에르노에탐의 등에서는 대답 대신 마력이 넘실거렸다. 대체 무슨 드레스를 입혔길래 꾸미는 걸 좋아하는 것처럼 보이는 아크레아 사파일도 새하얗게 질리는 걸까? 오직 나와 샤르네만이 의아한 표정이었다.

"그래도 누구 하나를 특별히 더 사랑하진 않았다. 네놈들 모두에게 공평했지."

사위는 고요하고 그녀의 목소리는 땍땍거리는 듯하면서도 나직했다.

"그러니 앞으론 자식 노릇 좀 하거라. 어떻게 어미가 칩거하는 동안 찾아오는 놈들이 하나도 없어?"

그녀가 끌끌 혀를 차면서 몸을 돌려 회의실 문으로 향했다.

"네놈들이 껌뻑 죽을 새 가주도 생겼겠다. 어디 열심히 꾸려가 보거라."

"……껌뻑 죽다니."

"뽀동뽀동 귀여운 것이 조만간 가문 다 홀리게 생겼구먼 뭘……. 봐라. 난 벌써 샀다."

그녀가 허리춤에 달린 주머니에서 뭔가를 주섬주섬 꺼냈다. 작은 날개가 달린 드래곤 해츨링이었다. 정확히는 은빛 비늘에 아주 흐릿하게 핑크빛이 돌고 있는 진짜 같은 인형이었다.

"헉, 그건……!"

아크레아가 벌떡 자리에서 일어났다.

"'하트'가 내놓은 5개 한정판 에이린 해즐링 버전 인형! 나도 못 산 건데 어머니가 어떻게 가지고 있어요?!"

"연륜이 있으면 사지 못할 게 무에 있겠누."

"……예?"

저게 뭐라고? 내 해즐링 버전? 나도 보지 못했는데. 그때 거울을 보지 못했었다. 근데 아크레아 사파일은 그걸 어떻게 아는 거야? 내가 고개를 돌리자 그녀가 새하얗게 질려선 슬쩍 자리에 앉았다. 그러면서도 시선은 데반느에게 닿아 있었다. 정확히는 데반느가 들고 있는 인형에 말이다.

'……저건 나도 가지고 싶은데.'

멀리서만 봐도 퀄리티가 대단했다. 내가 눈을 반짝 빛내는 걸 봤는지 에르노 에탐이 웃었다.

"갖고 싶니?"

"네? 그럴 수 있어요?"

"그럼. 당장 가져오마."

그러면서 아빠가 막 검을 뽑으며 일어나려고 했다. 내가 화들짝 놀라 그의 팔에 대롱대롱 매달렸다. 아무리 그래도 그건 아니지!

"설마 할머니 거 뺏으려고요……?"

"그럼?"

"할머닌데요……?"

"따님, 아빠가 설마 어머니를 죽이기라도 하겠니. 그건 패륜이란다."

그가 국어책을 읽듯 딱딱한 웃음을 흘렸다. 그나저나 나는 아빠가 좋지만 사실 당신 인생이 패륜이잖아. 이 망할 아빠야. 과하다고!

"팔다리는 둘씩이니 하나 정도는 없어도 될 거다."

"허 참, 저 싹수 누런 것. 손녀야."

"네?"

"저놈 어릴 적 사진이 보고 싶다면 언제든지 오거라. 내 아주 종류별, 연도별로 잘 모아 놨으니."

말이 끝나기가 무섭게 아빠가 검을 뽑고 해사하게 웃었다. 만면에 활짝 핀 꽃 같은 미소와는 다르게 기세가 살벌했다. 그러자 데반느가 지팡이를 꺼내며 웃었다.

"어디 어미 한번 베어 볼 테냐."

"하지 마세요, 아빠."

화목한 가정이 파탄 나는 꼴은 보고 싶지 않았다. 물론 데반느가 얄미운 말을 하기는 했지만 사과도 받았으니 이미 끝난 일이다.

"금방 다녀오마."

이미 흉흉한 기세의 아빠가 내 머리를 슥 쓰다듬고 옆을 스쳐 지나갈 때였다.

"싸우면…… 아빠랑 할머니 둘 다 2주 동안 안 볼 거예요."

내가 볼을 통통하게 부풀리며 말한 순간이었다. 이미 휘두르고 있던 그의 검이 가볍게 원을 그리며 다시 검집에 쏙 박혔고 데반느의 지팡이는 더는 그녀의 손에 없었다.

"그건 좀 아닌 것 같구나."

"쯔즛, 내가 자식새끼를 잘못 키웠지."

그녀가 혀를 끌끌 차며 몸을 돌렸다.

"아가, 다음에 맛있는 간식을 준비해 놓을 테니 꼭 오거라. 이놈들 사진도 전부 있으니까."

그녀의 손가락이 원탁을 싹 훑었다. 아연실색한 그 표정들을 보고도 그녀는 유유자적 회의실을 나갔다.

"그게 사진으로 남아 있을 줄은……."

"이 건에 대한 대책은 나중에 세우는 걸로 하고, 일단…… 하타르 건은 이렇게 마무리하면 되는 건가?"

차르니엘이 나를 보기에 고개를 끄덕여 주었다. 일차적으론 일단 하타르와 흡사한 가품을 만들어 내는 것이 중요했다. 그다음은…….

'범인이 자주 보이는 곳이 도박장이라고 했지…….'

《입.양.각》 내용을 가만히 떠올려 봐도 도박장에 관련된 내용은 많이 없었다.

"그럼 다음 안건으로 넘어가지."

엥, 다음 안건도 있었어?

"슬슬 우리 가주님에 대해 언제 밝힐지를 결정해야 할 때가 온 것 같은데."

차르니엘의 말에 아빠가 눈을 가늘게 떴다.

"굳이 밝혀야 하나?"

"그래야 쓸데없이 덤비는 놈들이 없을 테니까. 이번 가주님은 특수한 케이스잖아."

차르니엘이 시원스레 웃으며 말했다. 넬리아 자르단이 입을 열었다.

"이쪽은 전문가가 따로 있잖아. 레아, 어떻게 생각하니?"

"……어? 뭐가?"

"뭐긴…… 대화 안 들었어? 설마 아직도 어머니께서 가지고 있던 인형 따위를 생각하고 있던 건 아니겠지?"

"따위라니! 그게 얼마나 구하기가 힘든 건데! 나는 무려 이틀이나 줄을 섰는데도 못 구했다고!"

아니, 내 인형이 그렇게 인기가 많아? 근데 내 인형이 왜 바깥에서 팔리고 있는 건데……? 나한테 이 당황스러운 상황을 설명해 줄 사람은 아무도 없는 걸까?

"회의 중이잖니……?"

넬리아 자르단의 쇠 부채가 콱, 원탁 위에 처박혔다. 아크레아 사파일이 그제야 입을 다물었다.

"알겠어, 알겠다고!"

아크레아가 퉁명스럽게 대답하며 나를 물끄러미 보았다.

"내 생각엔 연회에 두세 번 정도 얼굴 비치게 한 뒤에 밝히는 게 어떨까 싶은데."

"연회에?"

"응. 일단 조카님이 실존하는지 아닌지 의문을 가지는 사람들도 많고…… 뭣보다 이제 조카님이 가주니까."

아크레아 사파일이 말했다. 눈도장 몇 번 찍고 내보내자는 의견인 듯했다.

"이번에 열리는 황성 연회에 동반 참석하는 게 제일 좋겠지."

"그래. 그게 좋겠군."

차르니엘 에탐이 나를 보았다. 내가 다시 한번 고개를 끄덕였다.

"그 전에 개망나니 일도 좀 해결해야지. 가주라는 얘기가 나오면 반드시 혈통 문제도 거론될 거야."

"……그건 나중에 얘기하도록 하지."

"그래. 굳이 들어서 좋을 건 아니니까."

아크레아 사파일과 아빠의 대화를 마지막으로 제법 길었던 회의가 끝이 났다.

* * *

"그것보단 이 화사한 쪽이 더 나아!"

"무슨 소리야? 화려하기만 하면 여자애들이 다 좋아할 거라고 생각하지 마."

"넬리아 언니보단 내가 훨씬 더 사교계를 잘 알아! 이 화사한

쪽이 백배 더 낫다니까?"

"어머, 레아. 넌 지금 상인의 눈을 무시하는 거니? 이쪽이 반드시 대박 날 거야."

"웃기지 마. 그거 언니네 상단에서 판매하는 옷감이잖아!"

"그럼 그건 네가 운영하는 부티크에서 디자인한 드레스가 아니고?"

각자 양손에 드레스를 든 채로 넬리아와 아크레아가 싸우고 있다. 내가 굳어져 입도 뻥긋하지 못하고 차르니엘을 바라보자 그가 내 시선을 느낀 듯 난감한 표정으로 다시 여동생들을 보았다.

"으음. 차라리 이쪽 병아리색은 어떻지? 우리 막내 조카에게 더 잘 어울리지 않겠나?"

나는 차르니엘이 가리킨 드레스를 보았다. 그리고 그대로 고개를 돌렸다.

"오빠는 입 좀 닥치고 있어."

"동감이야. 예나 지금이나 보는 눈이 저렇게 없어선……. 대체 새언니한테 청혼은 어떻게 한 거람?"

아크레아 사파일과 넬리아 자르단의 공격에 차르니엘 에탐이 쪼그라들었다. 커다란 덩치로 입술을 툭 내밀곤 구석에 박혀 무릎을 끌어당기는 모습에 나는 입을 벌렸다.

"……."

"원래 옛날부터 저랬다."

아빠가 늘어놓은 드레스들을 하나하나 보면서도 뒤통수에 눈이 달린 것처럼 내 궁금증에 대답을 해 주었다.

'회의 땐 완전히 카리스마가 흘러넘쳤는데?'

화기애애한 분위기 속에 즐겁지 않은 것은 나뿐인 모양이었다.

'……왜 드레스 한 벌 사는 데 연회장이 꽉 찰 정도의 드레스가 늘어놓여 있는 건데?'

재벌들의 돈지랄이 상상 이상이라는 것은 드라마나 뉴스만 봐도 알고 있었지만 이건 그 이상이었다.

"가주님…… 이건 어때……?"

"어…… 무서워요……."

하이엘 에탐이 가져온 검고 붉은색의 드레스를 보며 나는 몸을 움츠렸다.

"……아, 그래……?"

그가 실망한 듯 몸을 돌려 드레스를 제자리에 놓더니 다시 쇼핑을 시작했다.

'왜 다들 대리 쇼핑을 하고 있느냐고.'

내가 막 헛웃음을 삼킬 때였다.

"아무리 형제라지만 이런 멍청한 인간들은 도저히 못 봐주겠군."

역시 여기에 정상인은 그나마 크루노 에탐뿐인 걸까? 곁에서 느껴지는 목소리에 고개를 돌리자 크루노 에탐은 드레스 한 벌을 내게 내밀곤 아무 일도 없다는 듯 내가 앉은 소파 옆자리에 턱 앉았다.

"그냥 이걸로 정하고 끝내라."

"……."

삼촌은 대체 언제 쇼핑한 건데. 왜 또 이렇게 당당한데.

'……뭐야, 예쁘잖아.'

뭐가 이렇게 제대로 된 드레스야. 얼마나 진지하게 쇼핑을 한 거냐고. 나는 멀거니 앞을 보았다. 모두가 날 위해서 옷을 고르고 있었다. 티격태격하긴 하지만 에탐 가문은 서로 사이가 나쁘지 않은 가족이었다. 다른 가문과는 달랐다. 대부분의 가문은 작위를 위해서, 돈과 명예를 위해서 죽도록 싸우곤 할 텐데 내가 있는 이 가문은 달랐다. 이 모든 것은 내게 현실로 일어나고 있지만 현실성이 없는 것들이라서 나는 어쩔 수 없이 오랜 시간 미뤄 둔 질문을 끄집어낼 수밖에 없었다.

'왜 나한테 이런 일이 일어난 걸까?'

파지직—

생각하는 순간 눈동자 안에서 스파크가 튀는 듯한 느낌이 들었다. 나도 모르게 몸을 움찔 떨자 크루노 에탐이 나를 봤다. 내가 어설프게 웃자 그가 미간을 찌푸리면서도 다시 형제들에게로 시선을 돌렸다.

'나는 그저 자다가 눈을 뜬 것뿐인데.'

무릎을 끌어안으며 나는 천천히 머리를 굴렸다. 아무것도 생각하고 싶지 않다. 하지만 무언가 이상하다는 건 감출 수가 없었다. 모든 것이 생각대로만 이뤄지는, 내가 꿈꿔 왔던 가족이 있는 이런 꿈만 같은 세계가 즐겁고 행복하면서도 언뜻 위화감이 느껴졌던 탓이다.

'마지막에 나는 잠을, 잤지……?'

의문을 갖는 것과 동시에 두통이 밀려왔다.

파지직—

눈 안에서 희게 튀는 스파크에, 손을 들어 눈두덩을 꾹 눌렀다.

'잠이…… 아니었나?'

마치 정답이라는 듯 어긋나게 튀던 스파크가 사라지고 머릿속을 헤집던 두통이 가셨다.

'아니었다고……?'

그럼 대체 난 왜 여기에 있는 거지? 멀쩡하다면 죽지 않아야 했잖아. 그러면 이 세계에 오는 일도 없어야 했다.

"에이린? 괜찮니?"

"아, 아빠……."

"그래, 불러도 모르기에. 몸이 좋지 않으면 돌아가서 쉬겠니?"

"아뇨. 아니에요."

다정하고 상냥한 아빠.

"으악, 진짜 부티크를 옮겨 놨네! 우리도 참전할 권리를 달라!"

"맞습니다. 불공평해요."

"에이린 옷 고른다면서요! 헉헉, 저도, 헉…… 고를게요!"

꿈에 그리던 형제와 사촌.

"어린 것들은 빠지렴."

"그래, 가서 공부나 더해."

"신학도 배워 두면 좋다."

유쾌한 삼촌과 고모들까지. 어떻게 이렇게 모든 게 완벽할 수 있지? 문득 의문을 가지는 순간이었다.

끼이익—

덜컹.

무언가가 어긋난 것 같은 소리가 들렸다.

덜컹. 덜컹. 덜컹.

톱니바퀴 하나가 어긋난 듯 연신 고장 난 소리를 내며 내게 의문의 한 조각 파편을 남겼다.

"힘들면 돌아가자, 아가."

"아니에요. 좋아요. 다 좋아요."

나는 냉큼 머리를 흔들며 말했다. 생각을 그냥 쭉쭉 밀어 버렸다. 이렇게 기쁜 날 생각하고 싶진 않은 내용이었으니까. 내 말에 나를 걱정스럽게 보던 아빠는 썩 마뜩잖은 얼굴을 하면서도 고개를 끄덕이며 자연스럽게 크루노 에탐이 가져다주었던 드레스를 바닥에 내던졌다. 그러곤 그 자리에 자신이 골라 온 드레스를 올려 두는 것이다.

"……멀쩡한 옷을 대체 왜 던지지?"

"사춘기 옮아."

"그게 무슨 소리야?"

"사춘기 반항을 이 나이까지 했으니 병일지도 모르지. 잘못해서 내 따님한테 옮으면 어쩌려고 그래?"

크루노 에탐이 세상천지에 난생처음 마주한 또라이를 보는 표정으로 아빠를 떨떠름하게 보았다.

"한심하긴……."

"여태까지 사춘기를 겪은 형님이 더 한심하지."

"……."

이거 중2병이라는 말을 에둘러 표현하는 걸까? 아무래도 그런 것 같은데.《입.양.각》작가가 차마 로판이라 그 단어를 적지 못해서 사춘기 정도로 굳어진 모양이었다.

"막내 조카야!"

"야!"

넬리아와 아크레아가 다른 형제들을 전부 밀어내고 승리를 거둔 듯 내게 달려와 드레스를 하나씩 내밀었다.

"뭐가 더 맘에 들어?"

헉헉, 숨을 몰아쉬는 그녀들의 뒤로 난장판이 된 온갖 드레스가 보였다.

'저게 얼마야…….'

자고로 가격표가 붙어 있지 않은 옷은 들춰 보지도 말라고 했는데 연회장 가득 놓인 수백 벌의 옷이 처참히 바닥을 나뒹굴고 있었다. 그리고 그 사이에 넝마가 된 하이엘 에탐과 차르니엘 에탐이 보였다. 아무래도 두 자매를 이기진 못한 모양이었다. 둘 다 무척 예쁜 드레스였다.

"두, 둘 다 예쁜데요?"

"뭐? 선택해야 해. 황성 연회에 드레스를 두 벌 입고 갈 순 없으니까!"

"황성 연회는 닷새간 지속되니까 번갈아 입으면 되는 거 아닌가?"

구석에 박혀 있던 차르니엘이 언제 그랬냐는 듯 크루노 에탐의 뒤에서 말했다.

"아……! 그럼 딱 맞네."

아크레아 사파일이 고개를 끄덕였다.

"내 거, 언니 거, 막내 거 그리고 크림 거, 남은 하나는……."

아크레아 사파일이 기대감에 찬 하이엘의 시선과 차르니엘의 뿌듯한 표정을 보며 팔짱을 꼈다.

"마지막은 이게 좋겠구나."

예고도 없이 연회장의 문을 열고 들어온 것은 데반느였다. 그녀는 시녀를 대동하고 있었는데 시녀가 들고 있는 드레스는 연보랏빛 색감이 무척 아름다운 드레스였다.

"와아……."

내가 봐도 절로 감탄사가 흐를 정도였다.

"그 인간이 별 같잖은 드레스를 주문하려고 하기에 내가 중간에 좀 끼어들어 봤다. 마음에 드느냐?"

"네!"

너무 눈에 띄지도 않는 색이면서 내가 좋아하는 파스텔 색감이었다. 마치 밤이 되기 직전의 색감과 별이 박힌 듯한 은빛 무니도 무척 아름다웠다.

"그럼 마지막 건 정해졌구나."

"네."

"말도 안 돼! 어머니 치사해요. 이렇게 갑자기 끼어드시다니요."

아크레아 사파일의 말에 데반느가 웃었다.

"우리에게 말도 안 하고 이런 파티를 준비한 건 말이 되고?"

"그건······."

"레아, 이기지 못할 싸움은 걸지 말라고 누누이 말하지 않았느냐? 체리나 너나 옛날부터 질리지도 않는구나."

"······으, 어머니 정말 짜증 나요."

아크레아 사파일이 고개를 홱 돌렸다. 불퉁하게 부푼 뺨을 보며 데반느가 웃었다. 슬쩍 고개를 돌리자 차르니엘 에탐이 난감하다는 표정으로 새하얗게 질려 있었다. 어지간히 싫은 모양이었다. 애칭들 다 무슨 일이야.

"우리 손녀를 처음 내보내는 곳이니 힘줘서 치장해야겠지. 너희들도 마찬가지다."

"알고 있어요."

"조금 이르지만 샤르네의 데뷔탕트도 함께이니 모두 도와주도록 하고."

"오······."

넬리아 자르단과 아크레아 사파일이 동시에 눈을 빛냈다.

"그럼 가주님을 꾸몄으니 이번에는 실피 언니의 딸을 꾸며

볼까?"

두 여인이 후다닥 연신 옷을 고르고 있는 샤르네를 낚아챘다.

"꺄아악! 뭐, 뭐예요?!"

"흐흐, 옷 골라야지?"

"전 이미 생각해 둔 옷이…… 꺄악!"

아빠가 이 틈을 타 나를 품에 안았다.

"이만 이 시끄러운 시장 같은 곳에서 벗어나자꾸나."

"네."

슬슬 나도 피곤해지고 있었다. 내가 길게 하품을 하자 아빠가 내 등을 토닥였다.

'몇 시더라?'

내가 손을 꼬물꼬물 움직여 아빠의 상의 안주머니에 손을 넣고 자연스레 회중시계를 꺼냈다.

'이제 정오네.'

내일은 시장에 다녀와야겠다고 생각하며 고개를 들자 아빠가 나를 보고 있었다. 아차 싶어서 시계를 꼬물꼬물 다시 안주머니에 넣어 주자 그가 웃었다.

"거기에 시계가 있는 건 어떻게 알았니?"

어, 그러게. 어쩐지 그냥 있을 것 같다는 생각이 들었다. 이것도 드래곤의 능력인가?

"그냥…… 있을 것 같았어요."

"그래?"

"네."

내가 움츠러들어 조심스럽게 대답하자 아빠가 내 이마에 가볍게 입을 맞췄다.

"낮잠 잘 시간이구나."

"네에……."

사실 열 살이나 됐으니 낮잠이 필요한 나이는 아니지만 아빠는 꼭 나를 재워 주려고 했다.

'이러다 버릇되겠네.'

아니나 다를까 눈이 끔뻑끔뻑 감겼다. 아빠의 어깨에 뺨을 기대고 눈을 감았다.

"잘 자렴, 따님."

그 목소리가 어찌나 다정한지 나는 끝도 모를 어둠으로 푹 빠져들었다.

* * *

황성 연회 준비는 정말 순식간에 끝났다. 내 참가는 꽤 급작스럽게 정해진 모양인지 모든 것이 빨리 진행되었다. 정신을 차리고 보니 2주가 지나 있었고…….

'여긴 어디, 나는 누구……?'

멍하니 덜컹거리는 마차에 앉아 나는 한껏 꾸민 아빠를 열심히 살폈다. 에탐 가문은 웬만해선 전원 참가하는 모양인지 움직이는 마차만 해도 열 대가 족히 넘었다. 거의 행렬에 가까운 수준이었다. 나는 아빠와 칼란, 실리안 그리고 샤르네와 함께 마차를 탔다.

'진짜 다들 멋지다.'

한껏 물오른 외모들을 바라보고 있노라니 왜 다들 나를 솜털이라고 하는지 조금은 알 것도 같았다. 물론 내가 객관적으로 제법 귀여운 편이기는 하지만…… 이 사이에 있으니까 대단히 평범하게 보인다고 해야 할까? 주변 후광이 너무 뛰어나서 내 얼굴은 묻힌다고 해야 할까?

"따님."

"네?"

"무슨 생각을 하고 있지?"

"그냥 두근두근해서요. 이런 곳에 참석하는 건 처음이니까요."

실제로도 생일 파티 같은 것도 해 본 적이 없고 초대를 받은 적도 별로 없었다. 망할 남동생들은 내가 행복하면 뭐가 그렇게 고까웠는지 꼭 그나마 친하게 지내는 친구한테 가서 이간질을 했으니까.

"에이린."

"응?"

"네가 최고야. 걱정 마. 이번 연회의 주인공은 너야."

샤르네가 내 손을 꼭 잡으며 말했다. 따뜻한 손이 기분 좋아서 배시시 웃자 맞은편에 있던 칼란이 냉큼 입을 열었다.

"네가 말한 건 다 완성했어. 그리고 두근거릴 것도 없어. 다 너 한번 보겠다고 오는 놈들이야."

"그래?"

"응. 네가 참석한다는 소식이 일주일 전쯤 돌았는데 그때부터 오늘까지 수도로 들어온 마차 수가 평소의 일곱 배래."

칼란의 대답에 실리안이 설명을 덧붙였다. 솔직히 감도 오지 않는 숫자라 눈이 절로 동그래졌다.

"그렇구나……."

대답은 했지만 여전히 잘 모르겠다.

"내가 드래곤이라서?"

"아직은 그렇겠지. 네가 가주직을 계승한 건 에탐과 몇몇 황족만 아는 얘기니까."

이렇게까지 관심을 받아 본 적이 없어서 조금 놀라웠다. 손바닥으로 뺨을 꾹꾹 눌렀다.

"어? 얘 뺨 빨개졌다."

"정말?"

"진짜네……."

샤르네와 두 형제가 짓궂게 다가왔다. 내가 당황해 허둥거리는 순간 몸이 덜렁 들어 올려졌다.

"아빠……?"

허공에서 달랑거리는 나를 보던 에르노 에탐이 창문을 보더니 문득 입을 열었다.

"……도착했다."

뒤늦게 찾은 이유를 변명으로 둘러대는 것만 같은 기분에 고개가 절로 기울어졌다.

"숙부님도 참……."

"아버지……."

"내리지."

뒤에서 들려오는 야유는 아랑곳하지 않고 아빠가 나를 품에 안은 채 단숨에 마차 밖으로 뛰어내렸다. 우르르 내린 에탐 가문의 사람들을 보고 있노라니 약간 민망해졌다. 그 열의 맨 앞 중앙에 내가 있다는 것이 조금 믿기지 않아서 나는 아빠 품에 안긴 채 가슴팍에 얼굴을 푹 묻었다.

'이렇게 도망치는 것도 관두긴 해야 되는데…….'

아직은 가주라는 게 밝혀지지 않았으니 괜찮겠지. 뒤를 흘긋 보니 크루노 에탐도 참석한 것이 보였다. 흰 신관복을 입지 않아서인지 조금 편안하게도 보였다.

"에르노 에탐 가주님 외 에탐 가문의 일원이 입장하십니다!"

사위가 적막해지고 그 속에서 아빠는 당당하게 카펫을 밟으며 걸어 들어갔다.

"에이린, 우리 옆에서 떨어지지 마."

"응."

연회에 도착하자마자 쏟아지는 시선에 숨이 막힐 때쯤 칼란 에탐과 실리안 에탐이 내 앞을 가로막았다.

"이쪽에 있자."

두 사람은 연회의 빈자리에 나를 세우고 지키듯이 섰다. 두 사람이 눈을 얼마나 부릅뜨고 있었는지 사람들이 이쪽으로 고개만 돌렸다 하면 흠칫하고 다시 고개를 반대편으로 홱 돌렸다. 은근슬쩍 다가오려던 사람도 멀어져서 이윽고 우리 주변으론 개미 한 마리도 기어 다니지 않게 됐다. 민망함에 고개가 푹 숙여졌다.

"뭐 좀 먹을래?"

"응."

"그래? 그럼 내가 맛있는 거 가져다줄게. 여기 잠깐 있어."

"내가 갈게. 형이 에이린에 대해서 뭘 알아?"

"너보단 많이 알걸?"

"그럴 리가. 난 에이린이 무슨 색 양말을 신는지도 알고 있다고."

그게 뭔데. 그걸 왜 네가 아는데.

"허, 맨날 검술 훈련이나 다니는 놈이 알긴 뭘 알아? 그거 스토커야."

"연구실에 박혀 있는 형보단 낫겠지. 관심이야, 형."

칼란 에탐과 실리안 에탐이 으르렁거리기 시작했다. 음, 이 두 사람을 붙여 놓은 건 아빠의 실수였을지도.

"그럼 어디 내기해 볼까?"

"좋아."

"5분 안에 에이린이 가장 좋아하는 먹을 거 찾아오기. 어때?"

"좋아! 에이린, 5분만 딱 여기에 있어. 알았지? 우리 금방 다녀올게."

두 사람은 내 대답도 듣지 않고 인파 사이를 뚫고 순식간에 사라졌다.

'겨우 5분이긴 하니까…….'

아마 아빠한테 들키면 두 사람 다 크게 혼나긴 할 것 같다. 몸은 다 큰 것처럼 보여도 역시 아직 어린아이구나 싶었다. 가볍게 웃으며 뺨을 문질렀다. 나를 이렇게 생각해 주는 사람이 세상에 존재한다는 사실이 너무나도 행복해서 참을 수가 없었다.

'다행히 다 쫓아낸 덕분에 한동안은 아무도 오지 않겠…… 어?'

생각하는 도중에 머리 위로 그림자가 짙어졌다. 고개를 들자 화려하게 생긴 소년이 나를 보고 있었다. 낯익은 문양이 새겨진 드롭 귀걸이를 차고 있는 소년은 짙은 자수정빛 눈동자에 같은 색 머리카락을 지니고 있었다. 아래로 갈수록 색이 옅어지는 특이한 장발의 소년. 눈에 익을 정도로 낯익은 모습에 나는 멍하니 입을 벌리고 말았다.

"안녕."

"……리하……르트……?"

리하르트 콜린이었다. 어느새 훤칠하게 자란 새하얀 피부의 소년은 내 부름에 눈매를 초승달로 예쁘게 접어 보였다. 사람을 홀리게 할 법한 아름다운 미소였다.

"쑥쑥 큰 걸 보니 잘 지냈나 보네, 뱀뱀아."

"……."

"난 못 지냈는데."

리하르트의 손가락 끝이 내 뺨을 가볍게 톡 건드렸다.

"편지도 하다가 뚝 끊기고 만나러 오겠다고 하더니 오지도 않고……."

리하르트의 목소리가 살짝 음울해졌다.

"뱀뱀아, 나 화 많이 났어. 그러니까 우리 어디 좀 같이 갈래?"

리하르트 콜린이 다정하게 물어보며 내게 손을 내밀었다.

"지금?"

"응."

훌륭하게 큰 건 좋은데, 그래도 가족을 만나 부모님이랑 자라서 미친 또라이로 크진 않았겠지? 갑작스럽긴 하지만 상상했던 것과는 다르게 멀쩡하게 보이는 제안이기는 했다.

"응? 가자, 뱀뱀아."

한쪽 무릎을 굽히고 앉은 리하르트가 활짝 웃었다. 눈이 부실 정도로 아름다운 그 미소에 주춤 물러나자 리하르트가 내 손을 꼭 붙잡았다.

"너무해. 나랑 가족이 되어 주기로 했으면서."

리하르트의 눈꼬리가 아래로 축 늘어졌다. 잔망스럽기 짝이 없는 그 말에 나도 모르게 고개를 끄덕였다.

"잠깐이라면……."

그러자 언제 그랬냐는 듯 리하르트가 내 손을 붙잡았다.

"그럼 가자."

말이 끝나기가 무섭게 시야가 뒤집혔다.

'아, 얘 마법사였지.'

그것도 미래의 마탑주가 될 인재 중의 인재. 울렁거리는 기분에 눈을 질끈 감았다가 뜨자 시야에 경악스러운 풍경이 담겼다. 아기자기한 방이었다. 파스텔 색감으로 다채롭게 꾸며진 방에는 아기자기한 것들이 가득했다. 눈에 들어온 장식장에는 도마뱀 인형과 조각상 그리고 각종 해츨링 인형들이 늘어져 있었다. 그뿐이랴. 바닥에는 핑크빛 러그가 깔려 있고 푹신푹신한 침대가 놓여 있었다.

내 몸을 덜렁 들어 올린 리하르트가 나를 침대 위에 앉혔다. 그러더니 주위에 간식거리를 늘어놓고 심지어는 소설 같은 책들을 산처럼 쌓아 두는 것이 아닌가. 침대 바로 옆에는 설렁줄이 늘어져 있었고 방의 사방에는 마석이 각각 하나씩 놓여 있었다. 하나는 숫자가 적힌 걸 보니 온도 조절기처럼 보였고 또 하나는 시원한 바람이 나오는 것으로 보아 공기 정화 역할을 하는 마석처럼 보였다. 나머지 둘은 겉보기로는 용도를 알 수가 없었다.

침대 바로 옆 탁자에는 과일이 수북하게 놓여 있었다. 난생처음 보는 과일도 있었고 열대지방에서나 나는 과일부터 추운 북부에서만 나는 과일까지 종류도 다양했다. 고개를 오른쪽으로 돌리면 바깥으로는 평화로운 풍경이 보였고 왼쪽으로 돌리면 커다란 식탁에 수십 가지 음식이 놓인 모습이 보였다. 넓은 방의 맞은편엔 푹신한 침대도 보였고 인형과 장난감은 물론이고 각종 스노우볼과 놀잇감도 가득했다.

내가 당황한 얼굴로 고개를 돌리자 리하르트가 이불을 가져와 나를 돌돌 말고는 따끈따끈한 마석을 배 위에 올려 주었다. 그 모든 것이 눈 깜빡할 사이에 일어났다. 내가 정신을 차리기도 전에 따끈따끈한 마석이 몸을 흐물흐물 녹였다. 번잡스러운 생각까지 녹아내리는 기분에 눈꺼풀도 감길 듯 말 듯 했다. 내가 꼬물거리자 리하르트가 그 틈으로 푹신한 해츨링 인형까지 안겨 주었다.

'이건…… 할머니가 가지고 있던 거랑 똑같은 거잖아?'

눈이 절로 동그래졌다. 당황한 나를 보던 리하르트가 손을 뻗어 내 머리를 천천히 쓰다듬었다.

"뱀뱀아, 뭐 불편한 거 있어?"

"어, 아니……?"

불편한 거라곤 전혀 없었다. 오히려 너무 편해서 당황스럽다고 해야 할까?

'근데 난 왜 여기에 데려다 놓은 건데?'

당황스러움에 막 입을 열려는 찰나 도마뱀 한 마리가 그의 옷소매에서 불쑥 고개를 들이밀었다. 코앞에서 도마뱀과 눈이 맞았다. 그 탓에 가물거리던 눈이 번쩍 뜨였다. 도마뱀이 놀라 후다닥 다시 리하르트의 소맷자락으로 모습을 감췄다. 새하얀 비늘에 새빨간 눈동자를 가진 도마뱀이었다.

"널 찾다가 우연히 발견해서 키우게 됐어."

내가 도마뱀을 보고 있는 걸 알았는지 리하르트가 말했다.

"이름은 흰뱀이."

……너 그 엄청난 작명 센스는 여전하구나.

"뱀뱀아, 나 정말 너 많이 기다렸어."

침대 끄트머리에 앉은 리하르트가 김밥처럼 돌돌 말려 손만 나와 있는 내 손등에 허리를 숙여 이마를 비볐다.

"네 편지도 기다렸고 너도 기다렸고 내가 병X이 아닌가 싶으면서도 기다렸어."

못 본 새 제법 말투가 거칠어졌다. 고의는 아니었으나 매번 리하르트가 뒷전이었던 건 사실이었다. 당장 눈앞에 보이는 사람들과는 다르게 리하르트는 눈에 보이지 않았으니 상대적으로 신경을 덜 쓰게 될 수밖에 없었다.

"미안해."

"그러다가 네가 쓰러졌다는 소식이 들리더라. 근데 또 네가 드래곤이라는 얘기도 들리는 거야."

내가 보지 못한 사이 훌쩍 큰 리하르트의 표정이 살짝 일그러졌다.

'리하르트가 이제 열세 살이었던가?'

5년이 지났으니 아마 그 정도 되었을 것이다. 여덟 살 때의 내가 어땠더라?

"내 가족이 되어 주겠다고 했으면서. 다 거짓말이었던 거야?"

그저 흘리듯 말했던 약속도 꼬박꼬박 기억해서 멍청하게도 날짜를 헤아리고 있는 어린아이였다.

[너나 나나 둘 다 외톨이니까 서로에게 가족이 되어 주는 거야, 어때?]

[약속했다!]

너도 나와의 약속을 그렇게 하나하나 헤아리며 기다렸겠구나. 5년 동안 오지 않을 편지를 기다리면서. 거기까지 생각하자 말문이 턱 막히는 기분과 함께 죄책감이 가슴을 짓눌렀다.

"내가 잘못했……."

"그래서 네가 오지 않으면 내가 데리러 가기로 결정했어."

리하르트가 화사하게 웃었다. 늘어진 귀걸이가 가볍게 흔들렸다. 산뜻한 목소리와는 다르게 눈빛은 어쩐지 조금 무서웠다.

"어……?"

"그러니까 나한테 미안하면 이제 아무 데도 가지 마. 여기에 있자, 뱀뱀아."

"그건 좀……."

모든 게 호화스러운 이 방을 바라보고 있으니 그가 얼마나 만반의 준비를 했는지 알 것 같았다.

"내가 지켜 줄게. 그러니까 내 옆에만 있어. 널 귀찮게 하는 세상 모든 놈들을 전부 없애 줄 테니까. 원하는 건 뭐든지 줄게."

낯익은 대사에 눈이 절로 커졌다. 내가 놓아 버린 탓에 이미 미친놈으로 각성해 버린 건 아닐까?

"가족은…… 내가 찾아 준 가족은 마음에 들지 않았어?"

"아니. 좋았어. 너무 좋고 행복했어. 그래도 네가 없어서 슬펐어. 넌 내 첫 가족이잖아."

웃는 얼굴이 어찌나 서글프게만 보이는지 나는 한참이나 아무런 말도 하지 못했다.

"날 여기에 가둔 거야?"

"아니. 네가 나갈 필요 없이 만들어 봤어. 원래 널 위한 방이었거든."

네가 돌아오겠다고 했잖아. 덧붙이는 목소리에 섞인 미약한 원망에 입술을 빼끔거리던 나는 꼬물꼬물 팔을 빼서 리하르트를 끌어안았다.

"미안해."

"……."

내 사과를 듣고도 리하르트는 아무런 대답도 하지 않았다.

"거짓말이 아니야. 나한텐 리하르트도 소중했어."

하지만 생각지도 못한 행복이 너무 한순간에 나를 덮쳤다. 평생 살면서 오로지 소원하고 꿈꾸기만 했던 모든 것들이 눈앞에 펼쳐져 끊임없이 내 품에 우르르 밀려들었다. 그것들을 전부 가지고 싶어서 꾸역꾸역 욕심을 부렸던 것도 사실이다.

"하지만 나도…… 난생처음 생긴 가족이라서…… 친구라서……. 내가 너무 많이 부족했어."

버거운 것을 알면서도 다 가져 보겠다고 버둥거렸다. 리하르트의 애정을 알면서도 이 애라면 조금 더 기다려 주겠지 하고 은연중에 생각했던 것도 사실이었다.

"나는…… 너와 가족이 될 순 없어. 리하르트, 미안해. 날 사랑해 주는 가족이 생겼어. 내가 제일 좋대."

나는 애써 웃어 보였다. 어린 시절 차미소는 매일 밤 잠들기 전에 두 손을 모으고 눈을 꼭 감은 채 누군지도 모를 신에게 소원을 빌었다. 하느님이 뭔지도 몰랐고 부처님이 뭔지도 몰랐고 그냥 사람들이 대단한 존재라고 하니까 그저 소원했다. 나를 사랑해 주는 부모님이 생기기를, 나를 다정하게 대해 주는 뭇 이야기 속 같은 남매가 생기기를, 함께 즐겁게 놀고 믿을 수 있는 친구가 생기기를.

때때로 내가 기연을 만나 아주 높은 사람과 가족 같은 사이가 되거나, 어른이 되어 크게 성공해서 가족들을 무시하는 상상도 했었다. 한번 해 본 반항에 종아리가 터져서 피가 흐를 정도로 맞았을 때도, 억울한 일이 있었을 때도, 입학식에 외따로 서 있었을 때도, 졸업식 날 혼자 빈 가방을 들고 터덜터덜 집으로 돌아왔을 때도 그 모든 설움 가득한 시간에 소설과 상상이 내 숨통을 틔워 주었다. 그런데 그렇게 상상만 하던 모든 것들이 무서울 정도로 현실로 이뤄졌다.

"내가 평생 들어 보고 싶었던 꿈같은 말을 해 줘. 함부로 가족이 되어 주겠다고 해서 미안해."

"……."

"난 네 가족이 될 수 없어……."

애초에 단추를 잘못 끼웠다. 처음부터 친구로 지내자고 했어야 했다. 지키지 못할 약속이었다.

"정말로 미안해."

나는 고개를 푹 숙인 채로 말했다. 리하르트가 무슨 표정을 하고 있는지는 알 수 없었지만.

"바보, 뱀뱀이."

리하르트가 내 뺨을 꾹 붙잡아 들었다.

"너, 그렇게 말하면 내가 용서해 줄 거라고 생각해?"

후두둑.

내 이마 위로 리하르트의 눈물이 후두둑 떨어졌다. 소리 없이 눈물을 흘리며 구겨진 얼굴을 멍하니 보던 나도 갑자기 설움이 북받쳐 울음이 터져 나왔다.

"미안해, 허어어엉."

무슨 마음으로 기다렸는지 알 것 같아서 더 미안했다. 과거의 내가 생각나서 더 서러웠다. 이게 뭐라고 그렇게 서러웠는지 서로를 부둥켜안고 한참이나 엉엉 울었다. 우리는 한참이나 울어 젖힌 후에야 간신히 정신을 차렸다.

"……가족이 되자는 말은 이제 안 할게."

리하르트가 퉁퉁 부은 붕어 같은 눈으로 말했다. 리하르트의 꼴을 보니 내 꼴도 어떨지 짐작이 됐다.

'아, 눈 뜨거워.'

눈 주위가 후끈후끈했다. 리하르트는 어디서 났는지 차가운 수건으로 내 눈을 푹 덮어 주더니 본인의 눈에도 수건을 덮고 내 옆에 드러누웠다. 우리는 기진맥진한 상태로 침대에 늘어졌다.

"응. 우리 친구 하자."

"그건 싫은데."

"……어?"

가족이 아니면 싫은 거야? 방금까지 분위기 좋았잖아. 내가 당황해서 버둥거리자 리하르트는 짓궂게 내 눈 위에 덮인 손수건을 꾹 눌러서 날 일어나지 못하게 했다.

"대신 나랑 결혼하자. 그것도 다른 의미론 가족이지? 응?"

"……."

아빠, 얘 이상해요. 내가 황당함에 자리에서 일어나려는 때였다.

파지직―!

어디선가 스파크가 튀는 소리가 나더니…….

"결혼? 저승 가서 네놈 혼자 하는 게 좋을 거다."

낯익은 목소리와 함께 내 몸이 달랑 허공에 들렸다. 툭, 손수건이 바닥으로 떨어졌다.

"아빠?"

드디어 밝아진 시야에는 화난 것이 분명한, 화사하게 웃고 있는 아빠와 마법으로 허공에 대롱대롱 매달려 버둥거리고 있는 리하르트가 있었다.

"따님, 다친 곳은······."

그의 말이 뚝 멈췄다. 내 얼굴을 유심하게 곱씹듯 바라보던 아빠의 얼굴이 활짝 핀 꽃처럼 화사해졌다.

"납치에 살인 미수라니 죽어 마땅하지."

"네? 살인 미수는······!"

아니라고 말하려는 순간이었다.

"인간의 몸에서 물이 사라지면 죽는다고 하지."

겨우 조금 운 것 가지고!

"충분히 살인 미수구나."

개똥 같은 논리를 정론처럼 내뱉은 그가 그대로 검을 뽑아 드는 순간 파도처럼 솟은 물이 아빠를 덮쳤다. 아빠가 내게 보호막을 씌워 준 덕분에 나는 한 톨도 젖지 않았다.

"내 아들! 괜찮으냐!"

펼쳐진 광경은 그야말로 개판이었다. 난입한 손님은 다름 아닌 콜린 공작이었다. 무척 오랜만에 보아 반갑기는 했으나 반가움을 표하기에 상황이 영 반갑지 못했다. 아빠는 검을 뽑은 채 으르렁대고 있었고 거꾸로 매달려 고꾸라진 리하르트는 콜린 공작의 품에 안겨 있었다.

"다친 곳은 없느냐, 리하르트?"

"없어요."

멋쩍은 듯 다소 퉁명스럽게 대답한 리하르트가 발갛게 붉어진 얼굴로 나를 힐끔 보더니 냉큼 콜린 공작의 품에서 벗어났다. 씩씩하게 손등으로 뺨을 비빈 리하르트가 내 아빠를 노려보며 입을 열었다.

"공작 각하, 결계가 쳐져 있었을 텐데 여긴 어떻게 들어오셨어요?"

"마법으로."

아빠가 코웃음을 치며 당당하게 말했다. 콜린 공작이 헛웃음을 흘리며 리하르트의 앞을 가로막았다.

"지금 내 아들에게 무슨 짓을 한 겁니까?"

"그쪽 아들이 내 딸을 납치하고 죽이려 했으니 합당한 대가를 치르려고 한 것뿐입니다만."

"죽이다니…… 우리 착하고 순진한 아들이 그럴 리가 없습니다."

리하르트를 건드렸기 때문인지 대답하는 콜린 공작의 목소리에 불쾌감이 묻어났다.

'리하르트가 순진한가……?'

나쁜 것 같진 않은데 순진한지는 잘 모르겠다.

'리하르트는 예쁘게 돌아 버린 것 같은 느낌도 들었는데…….'

내가 생각에 빠져 있는데 콜린 공작이 고개를 살짝 틀어 아빠의 품에 안겨 있는 나를 보았다. 굳었던 표정이 살짝 풀리는 것을 보며 내가 엉거주춤 고개를 숙이자 콜린 공작도 퍽 떨떠름한 얼굴로 고개를 끄덕여 내 인사를 받아 주었다.

"아무리 그래도 아이에게 검을 뽑다니! 연약한 내 아들이 다치기라도 하면 어쩔 뻔했습니까!"

콜린 공작이 분노했다.

'……연약?'

살짝 당황해서 고개를 돌리자 뺨을 발갛게 붉히고 있는 리하르트의 모습이 보였다. 제 아버지가 앞을 막아 주는 것이 썩 싫지는 않은 모양이다.

"자식 앞에서 함부로 검을 뽑는 부모라니…… 역시 에탐 공작께선 부모가 될 준비가 덜 된 모양이군요."

"자식을 지키기 위해서라면 무엇이든 하는 게 부모이지 않겠습니까."

"그래서 남의 가문까지 들어와 입양 서류를 훔쳐 갔습니까? 거기에 폐하까지 협박하고?"

입양 서류까지 훔쳤어? 내가 경악해서 바라보자 아빠는 억울한 듯 미간을 찌푸리고 있었다.

"훔치다니…… 누가 훔쳤다는 건지 모르겠군요?"

누구보다 제일 잘 아는 것처럼 보이는 건 내 착각일까?

"제대로 관리하지도 못하고 잃어버린 본인을 탓하는 게 어떨까 싶습니다만."

해사해진 아빠의 표정을 보고 있노라니 콜린 공작의 말이 사실임을 깨달았다. 아빠는 거짓말을 할 때나 기분이 나쁠 때는 표정이 한층 화사해진다.

"그때 무슨 일이 있어도 당신이 그 아이를 입양하는 것을 막았어야 했는데."

"그 수준으로 말입니까?"

아빠가 피식 웃었다.

'내 아빠지만 정말 얄밉다.'

너무 얄미워서 딱 한 대만 때려 주고 싶은 기분이라고 해야 할까?

"그리고 지금 그 얘기를 왜 하는 건지 모르겠습니다. 나는 살인범에 대해서 얘기하고 있었는데."

언제 또 살인범이 된 거야.

"허 참, 살인 미수라니…… 내 아들이 그랬을 리가 없습니다! 대체 어떻게 했다는 겁니까?"

"울렸습니다."

"지금 뭐라고……."

"그쪽 아들이 내 딸을 울렸다고."

콜린 공작은 목구멍이 콱 막힌 사람처럼 한동안 아무런 말을 하지 못했다.

"……그게 어떻게 살인 미수가 됩니까?"

"아무래도 내 따님은 작고 연약하고 귀여워서 눈물 한 방울이라도 몸에서 사라지면 생명이 위험하니까 말입니다."

아니, 아빠 그건 아니야.

"내 아들이 더 귀엽고 사랑스럽고 연약합니다만."

콜린 공작의 말에 검을 쥔 손을 가볍게 늘어뜨리고 있던 아빠가 빙긋 웃으며 나를 한쪽에 내려놓았다. 그와 동시에 아빠의 모습이 사라졌다.

콰앙—!

쾅—!

쿠구구구—!

몇 차례 굉음과 함께 먼지가 휘날리며 방 안에 바람이 세게 불었다. 잘 정돈되어 있던 귀여운 인형들이 날아다니고 벽이 부서지면서 책과 음식들이 쏟아졌다. 보호막을 쓰고 있는 내게는 이렇다 할 피해가 전혀 없었지만 벽이 뚫리자 순식간에 아기자기했던 방은 처참해졌다.

"내 뱀뱀이 인형!"

리하르트가 경악하며 소리 질렀다.

'내 인형?'

고개를 돌리자 바깥으로 우르르 쏟아지고 있는 인형들이 보였다.

'저거…… 정말 나였구나.'

혹시나 했는데 역시나였다. 뚫린 벽 사이로 먼지가 어느 정도 가라앉자 시야가 트였다. 물의 장막이 리하르트와 콜린 공작을 단단하게 막고 있었다. 제대로 막힌 공격에 아빠가 옆으로 고개를 까딱하며 웃었다.

"아쉽네."

낮게 읊조린 그가 냉큼 몸을 물려 내 옆으로 돌아왔다.

"이게 대체 무슨 짓인가! 에탐 공작!"

"살인 미수 처벌?"

"올린 게 살인 미수라는 말입니까?"

"그렇지."

"그게 살인 미수면 에탐 공작의 딸은 이미 수십 번은 더 죽었겠군요!"

콜린 공작이 말했다.

"무슨 말씀을 하시는 건지요?"

"내 연약하고 귀여운 아들이 그쪽 딸 때문에 얼마나 울었는지 알기나 합니까!"

"저런, 그러게 강하게 키우셨어야지."

콜린 공작은 아빠의 이기적이며 논리라곤 없는 발언에 그저 말문이 막힌 듯 조용해졌다.

"……이렇게 따지면 나 역시 에이린을 살인 미수로 처벌해도 된다는 말입니까?"

그러니까 살인 미수라는 전제가 잘못됐다고오!

"물론……."

콜린 공작의 말에 아빠의 입꼬리가 둥글게 말려 올라갔다.

"안 되지."

그리고 아빠는 언제나처럼 지독히도 이기적인 논리를 내세웠다. 콜린 공작의 미간에 골이 깊게 팼다.

"아, 아빠!"

나는 급히 아빠의 다리에 매달렸다. 반파된 방을 보고 있노라니 어떻게든 싸움을 말려야겠다는 생각이 들었던 탓이다.

"왜 그러니, 따님?"

"여, 여긴 어떻게 알고 왔어요?"

"제보자가 있어서."

"제보자?"

내가 고개를 갸웃하자 아빠가 웃으며 입을 열었다.

"내 따님은 꽤 유능한 애완동물을 키우고 있더구나. 누가 선물해 줬는지."

아빠가 뿌듯하게 말했다.

'누가 선물해 주긴……'

아빠가 선물해 줬지. 어색하게 웃고 있는데 아빠는 뭔가를 기대하는 표정으로 나를 보고 있었다. 아, 설마…….

"아빠가…… 선물해 주셨죠……."

"그렇지."

아빠는 무척 흡족해 보였다.

"근데 아빠, 이제 그만 싸우면 안 돼요?"

"왜지?"

"싸우는 게 싫어서요……."

나는 두 사람을 말릴 심산으로 시무룩하게 말해 보았다.

'보통 소설에선 이렇게 말리던데……'

내 말을 들은 아빠가 고개를 끄덕였다.

"그렇구나. 그러면 따님께선 이만 연회장으로 돌아가 있으렴. 네 오라비들에게 한 번 더 너한테서 떨어지면 바깥으로 임무 보낸다고 전해 주고."

아빠가 산뜻하게 웃으며 손가락을 튕기자 바닥에 마법진이 아주 천천히 그려지기 시작했다.

"나도 금방 가마."

아니, 싸우지 말라고. 날 내보내라는 게 아니었는데. 콜린 공작은 이런 미친놈은 살면서 처음 본다는 눈으로 아빠를 보고 있었는데, 그 모습이 마치 잠에서 깨어나 오랜만에 마주했던 황제 폐하의 눈과 몹시 흡사했다. 그나저나…… 제보를 한 게 루실리온이구나! 루실리온은 대체 무슨 짓을 한 거야? 이런 쓸데없는 곳에 신력을 써도 되는 거냐고.

'그나저나 루실리온도 연회에 참석했을 줄은 몰랐는데.'

보통 신관들이 황실 연회에 참석하지는 않으니까 말이다.

'아, 루시랑 에노쉬가 친구라서 초대받았을 수도 있겠구나.'

내가 긴 잠을 자는 동안 루실리온은 에노쉬와 내 곁을 계속 지켰으니까.

'다 좋은데…….'

콰앙—!

쿵―!

콰드드득―!

나는 먼지가 휘날리는 방을 멀거니 보았다. 아빠와 콜린 공작은 이제 눈으로 따라갈 수 없을 정도의 빠른 속도로 싸우고 있었다. 물기둥이 치솟고 굉음이 나며 이윽고 건물이 반파되기 시작했다. 공작 둘이서 연회에는 빠지고 대체 여기서 뭐 하는 건데. 아빠는 보통의 육아물 아빠와는 달랐다. 내가 본 소설에선 딸이 하지 말라고 하면 보통 미친 듯이 싸우다가도 그만두던데……. 여기 이 미친 사이코패스 아빠는 내가 하지 말라고 해도 멈추지 않는다.

화아악―!

마법진이 다 그려졌는지 이내 빛을 뿜기 시작했다.

"왼팔이 어딨지? 왼팔……."

마지막으로 본 장면은 구석에 주저앉아 팔다리가 떨어진 인형의 잔해를 줍고 있는 리하르트와 이제 휑하게만 보이는 반쯤 부서진 저택 그리고…….

"감히 열 살밖에 안 된 내 딸한테 청혼을 해?"

그냥 난장판이었다.

* * *

"황제 폐하, 황후 마마, 2황자 전하께서 입장하십니다!"

왁자지껄하던 연회장이 쥐 죽은 듯 조용해졌다. 모두가 잔을 내려놓고 허리를 숙였다. 안으로 들어선 후 상석에 앉은 황제가 좌중을 훑다가 미간을 찌푸렸다.

"모두 고개를 들게."

황제의 말이 끝나기가 무섭게 귀족들이 천천히 고개를 들었다.

"오랜만에 열린 연회인데 이렇게 많은 인원이 참석해 주어 고맙소."

천천히 말하던 황제가 고개를 돌려 에탐 가문의 일원이 모여 있는 곳에 시선을 두었다.

"오늘은 에탐에서 전해 줄 기쁜 소식이 있다고 들었는데……. 주인공을 비롯해서 중요 인물들이 빠져 있군."

황제의 말에 연신 에이린을 찾으러 다녔던 귀족들의 귀가 쫑긋했다.

"두 공작은 아직도 참석하지 않은 건가?"

"그게……."

차르니엘 에탐이 입술을 달싹이다가 인상을 찌푸렸다. 그도 막내가 어디로 갔는지 알 수가 없었던 탓이다. 그 순간이었다.

화아아악—!

연회장 한가운데가 환하게 빛나기 시작했다. 시야를 앗아 가는 듯한 불빛에 모두의 시선이 집중됐다. 그 순간 차르니엘 에탐의 등줄기가 서늘해졌다.

'설마 아니길…….'

부디 그들의 막냇동생이 또 사고를 친 게 아니길 바랐다. 찰나의 환한 빛이 꺼지고 나타난 것은······.

"아······ 제, 제국의 광영이신 태양을 뵙습니다······."

옷자락이 이리저리 구겨져 처음보다 아주 조금 꼬질꼬질하게 보이는······.

"에이린 에탐입니다······."

마찬가지로 이런 상황을 예상하지 못한 듯 새하얗게 질린 표정의 어린 가주님이었다.

'이 막냉이 또 사고 쳤구나!'

직계와 방계 할 것 없이 모든 에탐들의 머릿속에는 동시에 같은 생각이 떠올랐다. 화려하기 짝이 없는 등장이었다.

"······."

"······."

"······."

사위가 쥐 죽은 듯 고요해졌다. 이렇게 많은 사람이 있는데도 숨소리조차 들리질 않는다. 설마 연회 한복판에 소환될 줄은 몰랐던 터라 나 역시 민망함에 숨도 제대로 쉴 수가 없었다. 황제는 갑작스럽게 나타난 나를 황당하다는 듯 바라보고 있었고 그 옆에 선 에노쉬도 고개를 절레절레 흔들고 있었다.

"······주인공은 용케 등장했군."

심지어 황제는 그 이상의 이야기는 듣고 싶지도 않다는 듯 이 말문이 막히는 상황을 아주 능구렁이처럼 자연스럽게 흘려 넘기려 하고 있었다.

"네……. 아빠가 늦지 말라고 했어요."

"이미 늦었다."

"……죄송합니다."

내가 푹 고개를 숙이자 차르니엘 에탐이 내 옆으로 다가와 함께 고개를 숙였다.

"죄송합니다. 분명 제때 도착했으나 아마 사정이 있었던 모양입니다."

"……그러리라 믿겠네."

그러니 자세한 얘기는 하지도 말라는 것이다.

"이 연회는 내 아들의 불치병을 치료해 준 에탐 가문의 공녀가 무사히 성장하고 쾌차한 것을 기념하는 연회이네."

'날 위해서?'

내가 눈을 동그랗게 뜨자 황제가 픽, 가볍게 김빠진 웃음을 흘렸다.

"마지막까지 초대장에 답신이 오지 않아서 짐이 걱정을 좀 했지."

이 연회의 참석이 결정된 것은 겨우 2주 전 회의에서였으니까 말이다. 애초에 거절할 생각이었던 것 같은데 황제의 초대를 그렇게까지 무시해도 되는 걸까?

"이 자리를 빌려서 정식으로 말하지, 에이린 에탐."

"아, 네!"

"짐의 아들을 살려 주어 정말로 고맙네."

황제가 고개를 숙였다. 아주 잠깐, 겨우 고개만 까딱이듯 숙인 것뿐이지만 황제로서는 무척 파격적인 행동이었다. 또한 이것이 무엇을 의미하는지 모르는 이들은 없을 것이다. 주변이 한층 숙연해졌다. 나도 당황해서 굳어 있는데 차르니엘 에탐이 내 어깨를 톡 쳤다. 그제야 아차 싶었던 나는 급히 허리를 푹 숙였다.

"아! 저는 그저 친구를 도와준 것뿐이에요."

욕심 같은 건 없었다. 그때는 그저 어떻게든 에노쉬를 살려 보겠다는 마음뿐이었다. 나의 오만으로 헛된 기대를 품게 한 게 아니길 바랐다.

"고개를 들게."

황제의 말에 나는 조심스럽게 고개를 들었다.

"친구를 위해서 했다······. 별것 아닌 것처럼 들리는 그 말을 행동으로 보여 주는 것은 사실 가장 어려운 일이지."

"네?"

내 반문에 황제는 그저 빙긋 웃으며 시선을 2황자에게 옮겼다.

"황자는 좋은 친우를 두어 좋겠구나."

"예, 아바마마."

안하무인 에노쉬답지 않은 퍽 순순한 대답에 고개를 기울이다가 문득 떠오른 생각에 뒤통수가 살짝 얼얼했다.

'이거, 관계가 건재하다는 걸 알리려는 거구나.'

나는 드래곤이고 아직 밝혀지진 않았지만 에탐 가문의 차기

가주가 될 예정이니까.

'……얄밉네.'

물론 고맙다는 말은 진심이겠지만 그 감사 퍼포먼스와 함께 이득도 두둑하게 챙기겠다는 심산이 분명했다.

"그대에게도, 에탑들에게도 부디 즐거운 연회가 되기를 바라네."

"감사합니다."

"그럼 이만 모두 즐기게."

황제가 허공을 손으로 가볍게 휘젓자 악단이 연주를 시작했다.

"조카님."

"네?"

"에르노는 어디에 있지?"

"아, 콜린 공작……."

……저택에 있었던 것 같다고 대답하려다가 혹시나 싶어서 주변을 둘러보는 순간이었다. 아빠는 어느새 에탑들 사이에 자연스럽게 존재하고 있었다. 마치 처음부터 그곳에 있었던 사람처럼.

"……뒤에요."

"뭐?"

"삼촌 뒤에 있어요."

차르니엘이 뒤를 돌자 에르노 에탑이 멀끔한 얼굴로 빙긋 웃으며 성큼성큼 내게 다가왔다.

"에이린."

아빠가 내게 팔을 뻗는 순간 차르니엘 에탐이 내 앞을 가로막았다.

"너, 나 좀 보자."

차르니엘이 아빠에게 낮게 읊조렸다. 차르니엘의 서슬 퍼런 눈빛을 보던 아빠가 여상하게 어깨를 으쓱였다.

"나 바쁜데."

"어디에 다녀온 거지?"

"잠깐 일이 있어서."

"이 이상 날 화나게 해서 네 딸의 연회를 망치고 싶은 게 아니라면 따라와라."

차르니엘 에탐은 몹시 화난 얼굴로 몸을 홱 돌렸다. 아빠는 나를 보고 차르니엘의 뒷모습을 보다가 낮게 혀를 차며 그를 따라나섰다.

"막냉이 혼나겠네."

넬리아 자르단이 끌끌 혀를 찼다.

"혼나요? 아빠가요?"

"그래. 잘못하면 항상 혼이 나긴 했거든. 물론 그래 봐야 막냉이 성격상 큰오빠 속이 더 뒤집히기는 하겠지만."

"저기……."

머리 위로 그늘이 지는가 싶더니 누군가가 내게 다가왔다. 귀족 중 하나인 듯했다. 내가 눈을 동그랗게 뜨자 그가 인자하게 웃으며 내 시야에 맞게 몸을 낮추었다.

"처음 뵙겠습니다, 저는……."

"어머, 바튼 남작님이시군요."

넬리아 자르단이 부채를 착 펼치며 내 앞을 가로막았다.

"아, 오랜만에 뵙습니다, 자르단 부인. 근데 저는 공녀님께……."

"시간이 이렇게 많은데 뭐가 그렇게 급하세요."

넬리아 자르단이 몸을 낮춘 그의 어깨를 톡 두드렸다.

"이번에 저희 남편이 사업 건에 대해서 다시 대화를 나누고 싶다고 했는데……."

빙긋 웃은 그녀가 정말 훌륭한 말솜씨로 나를 바라보는 귀족을 낚아채 멀찍이 떨어뜨렸다. 찡긋. 나를 보며 슬쩍 윙크를 한 그녀가 아쉬움 가득한 표정의 바튼 남작과 함께 멀어졌다. 하지만 그건 시작일 뿐이었다. 그 뒤로도 이름 모를 귀족들이 내게 성큼성큼 다가와 자기소개를 건네는 것이 아니던가. 그리고 그때마다 에탑들은 기다렸다는 듯이 나서서 순서대로 그들을 하나씩 낚아챘다. 그러고는 자연스럽게 내게서 멀찍이 떨어뜨려 두기 시작했다.

'왜…… 방계와 직계가 전원 참석했는지 알 것 같아.'

그리고 어째서 마차가 무려 열 대도 넘게 움직였는지도 말이다. 무슨 일대일 매칭 미팅도 아니고 다들 어찌나 자연스럽게 날 대신해서 귀족들을 낚아채 가는지 솔직히 놀라울 정도였다.

'다들 나한테 오려고 혈안이 되어 있었구나…….'

이미 멸종했다고 알려진 환상의 생물 드래곤이라고 하니 다들 흥미를 보일 법도 했다. 아마 다들 눈치만 보다가 첫 귀족이 스타트를 끊어서 용기를 낸 것이 분명하다.

'고맙네.'

나 혼자였다면 분명히 버거웠을 텐데. 누군가에게 지켜진다는 건, 가족이라는 울타리가 있다는 건 이런 기분이었구나.

'그러면 내가 살짝 숨어 있는 게 나으려나?'

그렇게 생각하며 주변을 두리번거리던 때였다. 어딘가에서 진득한 시선이 느껴졌다. 그저 피부에 닿는 것만으로도 무척 불쾌해지는 시선이다.

'……누구지?'

시선의 근원지를 찾아 두리번거리다 연회장 입구 근처에서 나를 보고 있는 한 남자를 발견했다. 제법 말쑥하게 생긴 남자였는데 멀어서 잘 보이진 않지만 눈 밑이 약간 퀭한 것이 어두워 보였다. 나와 남자의 시선이 허공에서 맞닿았다. 그러자 남자가 기다렸다는 듯 손을 들어 내게 손짓했다. 마치 가까이 오라는 것처럼. 그 이유 모를 행동에 불쾌감과 의아함이 들어 미간을 막 찌푸릴 때였다.

"주인님."

익숙한 목소리와 함께 시야가 차단됐다. 새하얀 옷이 가장 먼저 눈에 들어왔고 새파란 눈동자가 그 뒤를 이었다.

"루실리온……?"

"네. 오랜만에 봬요, 주인님."

내 시야를 가린 루실리온이 한쪽 무릎을 꿇었다. 연회장에 사람이 이렇게나 많은데 아무렇지도 않게. 아니나 다를까 주변에서 수군거리는 소리가 들렸다.

"저 애는 이번에 대신관이 됐다던 그 애 아닙니까?"

"무슨 사기를 쳐서 대신관이 됐다던 그 후보생 말인가요……?"

"전 대신관이 난리였잖습니까. 게다가 수인을 전부 해방하고 겨우 2주 만에 기존 신관의 3할을 숙청했다고 하던데……."

"그런데 왜 에탐 가문의 공녀에게 무릎을……."

웅성거리는 소리가 귓가에 푹푹 꽂혔다. 얼굴이 벌겋게 달아오르는 민망함에 급히 루실리온의 어깨를 붙잡았다.

"일어나. 루시."

"네."

활짝 웃은 루실리온이 냉큼 일어나 내 옆에 섰다. 그러자 이번에는 루실리온의 뒤에서 리하르트가 불쑥 얼굴을 내밀었다.

"뱀뱀아."

"리하르트?"

리하르트는 조금 피곤해 보이는 얼굴로 내게 다가왔다.

"그대로 보내서 미안해……. 그 인형 정말 힘들게 만들었던 건데 팔다리가 소멸하면 아직 내 실력으론 되돌릴 수가 없어서."

리하르트는 자신이 한 짓이 퍽 민망한 듯 웅얼거리며 말했다.

"인형보단 네가 더 소중한데."

리하르트가 조심스럽게 내게 멀쩡해진 인형을 내밀었다.

"너한테 주고 싶어서 만들어 뒀던 거야."

나는 얼떨결에 나도 본 적 없는 내 해츨링 모습을 본뜬 듯한 인형을 받아들었다. 그러자 리하르트가 나를 보며 웃었다.

"고마워. 근데 집은 괜찮아……?"

"……음."

차마 아니라곤 못 하는 것을 보아하니 엉망이긴 한 모양이다. 그래도 아마 대부분은 마법으로 원상복구가 되긴 하겠지. 그렇다고 한들 내 입장도 민망한 건 매한가지다.

"내가 아빠보고 다 갚으라고 할게……."

"괜찮아. 사돈 관계에 그런 게 무슨 필요가 있겠어."

리하르트가 능구렁이처럼 활짝 웃으며 말했다. 내가 인상을 팍 구기며 이상한 소리를 하지 말라고 하려는 때였다.

"사돈?"

루실리온이 내게 바짝 붙으며 물었다.

"그게 무슨 소리인가요, 주인님?"

몸을 낮추고 서운한 표정으로 묻는 모습에 나는 입을 다물었다.

"아무것도 아니야. 너도 이상한 말 하지 말고."

어딜 은근슬쩍 넘어가려고.

"아쉽네."

리하르트가 어깨를 으쓱하더니 설핏 웃으면서 입맛을 다셨다.

"어이, 네놈들은 이 몸만 빼고 재밌게도 노는군. 루실리온 너는 이 몸이 초대했는데 인사도 안 오고 뭐 하는 거야?"

"저런, 계신 줄 몰라서."

"……배은망덕한 놈."

내가 으름장을 놓고 있는 도중 이번엔 2황자까지 대화에 끼어들었다. 왁자지껄 곁으로 모여든 친구들을 보고 있으니 절로 기분이 좋아졌다.

"역시 다들 저 드래곤을……"

"현 에탐 가주도 저 드래곤에게 껌뻑 죽는다고 하지 않습니까. 저희도 빨리 줄을 대놓지 않으면……"

"드래곤의 피와 비늘을 먹으면 영생을 살 수 있다는데 정말일까요……?"

연이어 들려오는 불쾌한 말에 반사적으로 흠칫 몸이 떨렸다. 청력이 좋아진 뒤론 별로 듣고 싶지 않은 얘기까지 자꾸 듣게 됐다.

"굳이 우리가 여기 있을 필욘 없어 보이는데, 어때? 잠시 차나 한잔하러 가는 건."

내 표정이 어두워지는 것을 보기라도 했는지 에노쉬가 정확히 나를 보며 권유했다. 아마 저 속삭임을 들은 게 아닌가 싶었다.

"좋아."

"저도 가도 됩니까, 주인님?"

"뱀뱀아, 나도."

"전하께서 가시면 저도 가야죠."

내 말이 끝나기가 무섭게 루실리온과 리하르트 그리고 어느새 합류한 릴리안이 연이어 대답했다.

"……뭔가 이상한 모임이 만들어진 것 같긴 하지만."

에노쉬가 떨떠름하게 말했다. 그렇다고 한들 사실 모두 미래에 한몫할 유력한 후보들이었다. 늘 원 바깥에 있었던 내가 지금은 이 중심에 있다는 것이 조금 믿기지 않았다. 그래서 그랬을까? 문득 아까 나를 지켜보며 내게 손짓까지 했던 누군지 모를 불쾌한 시선이 떠올랐다. 불쾌하면서도 그렇게까지 낯설지만은 않은 이상한 느낌의 남자가 망막에 새겨진 듯 꽤 오랜 시간 아른거렸다.

*　*　*

"어땠나?"

"아, 오랜만에 좋더군요. 역시 상류층 공기가 최고 아니겠습니까. 그런데 그 애가 정말로 드래곤이었단 말이죠……?"

조금 잘생긴 편에 속하는, 말쑥하게 생긴 사내가 퀭한 눈으로 무색투명한 물을 쭉 들이켜며 말했다.

"크, 달군요. 요즘 이게 자꾸 생각난단 말입니다. 누가 알겠습니까? 이 달콤한 게 중독성 있는……."

"거기까지. 괜히 입 밖으로 내지 말게."

"아, 죄송합니다."

남자가 뒷머리를 벅벅 긁으며 어리숙하게 대답했다.

"그래서 어떤가? 할 수 있을 것 같나? 말했다시피 자네가 그 아이를 데리고 온다면 평생 돈으로 궁할 일은 없도록 지원해 주지."

시끄러운 도박장의 가장 안쪽 방에서 은밀한 거래를 나누는 두 사내의 나직한 목소리가 새어 나왔다.

"가능합니다. 오늘도 눈이 마주쳤는데 저를 보더니 넋을 잃은 것 같았다니까요! 물론 그 애는 제 얼굴을 모르는 것 같기는 했습니다."

"괜찮네. 드래곤은 고대의 맹약에 매여 있는 존재니 말일세."

말쑥한 사내는 볼이 움푹 패어 있고 제법 수려한 얼굴을 하고 있었으나 뺨에는 주근깨가 박혀 있고 눈은 탐욕으로 번들거렸다. 맞은편에는 로브를 쓴 남자가 앉아 있었는데 말쑥한 사내와 대화를 하는 내내 남자의 눈에는 기대감이 가득했다.

"고대의 맹약이요……?"

사내는 또다시 하타르를 꼴딱꼴딱 목으로 넘겼다.

"그래. 드래곤은 각인자에게 절대복종하게 되어 있지. 각인자는 부모와 같다네."

"오오! 하지만 전 그 애와 딱히 각인을 하진 않았습니다. 사고를 쳐서 맡게 된 것뿐이라서…… 사실 원랜 관심도 없었던 터라……."

그렇게 귀한 것인 줄 알았으면 좀 더 신경 쓸 걸 그랬다며 아쉬움을 토로한 말쑥한 사내가 더벅해진 머리를 긁적였다. 로브를 쓴 남자는 느리게 고개를 저었다.

"물론 각인자는 드래곤에겐 절대적이지. 하지만 문헌에 따르면 어설픈 반인반룡은 피가 섞인 진짜 부모가 살아 있다면 각인자보다 훨씬 강력한 영향력을 발휘한다고 하더군."

"호오…… 그 말은 즉……."

사내의 눈이 번들거리며 빛났다.

"하물며 자네의 아이는 드래곤이라고 한들 아직 어리고 인간의 피가 더 짙을 테니 친부인 자네의 힘이 더 강하게 작용하겠지."

"으하하, 그렇겠죠! 방계에선 자식이 잘 태어나지 않는데도 태어난 아이니까요."

제 정력에 대해 주절주절 떠들며 주먹으로 무릎을 탁 치는 사내의 모습을 보고 로브 속 남자는 그저 웃었다.

"일단 착수금으로 이 정도를 내어 주지."

"이, 이건……."

"아주 작은 성의 표시라네."

새까만 서류 가방을 열자 그 안에 가득한 금괴가 보였다. 언뜻 봐도 평생 먹고살 수 있는 수준이었다. 말쑥한 사내의 입이 떡 벌어지더니 이내 손가락이 꿈질거렸다.

"우리나라로 망명하게 된다면 작위는 물론 집과 그에 준하는 돈도 줄 것이네."

"좋습니다! 분명히 고것도 안하무인인 에탑 가문에 있는 것보단 대인께 가는 것이 더욱 행복하겠지요!"

"물론이네. 아주 성심껏 모실 예정이네. 그 아이에게도 결코 해가 될 일은 없을 거라고 약속하지."

"예. 그럼요. 믿습니다. 이런 말을 하긴 좀 뭐하지만 에탐 가문은 확실히 너무 오만합니다. 저를 쫓아낸 것만 해도 그렇지 않습니까! 드래곤의 친부가 저라는 걸 알았으면 절 다시 가문으로 불러들이지는 못할망정…… 아이만 꿀꺽하다니요!"

사내가 토하는 열변을 들은 로브를 쓴 남자가 인자하게 고개를 끄덕였다.

"그나저나 잘 숨어 있었군. 자네를 찾는 데 꽤 애를 먹었네."

"아, 뒤쪽에 친구가 좀 있었습니다. 에탐 가주가 절 쫓아낼 때 한 번만 더 얼굴을 들이밀면 죽인다고 했던지라…… 한동안은 그 집에서 움직이지도 않았죠."

"친구?"

그가 우스운 소리를 들었다는 듯 반문하자 사내가 주먹으로 가슴을 퍽퍽 내리쳤다.

"이래 봬도 저 좋다는 여자가 제법 많습니다."

확실히 그는 더럽고 추잡한 뒷소문과 탐욕스러운 성격에 비해서 얼굴은 제법 반반하고 목소리도 매력적이었다. 그리고 딱 그만큼 아랫도리가 가벼워 보였고. 실제로도 그런 듯했다.

"그래. 그럼 조만간 좋은 소식을 기대하네."

"예. 맡겨만 주십시오. 제가 또 어린애들에게 꽤 먹힙니다."

"그래."

대화가 끝났다고 생각했는지 로브를 쓴 남자가 안쪽 주머니에서 시가를 꺼내 앞부분을 툭 잘라 입에 물곤 자리에서 일어났다. 그가 불을 붙이자 독특한 시가 냄새가 좁은 방에 퍼졌다.

"어? 처음 맡아 보는 시가 냄새군요. 저도 시가를 꽤 좋아하는데 이런 냄새는 처음입니다."

코를 벌름거리며 말쑥한 사내가 말했다. 시가를 문 채 남자가 픽 웃었다.

"내가 직접 만든 시가네. 한 대 피워 보겠나?"

"어, 그래 주시면 감사하죠."

로브를 쓴 남자가 순순히 품에서 시가 두어 개를 꺼내 그에게 내밀었다.

"감사합니다."

"이번 연회에서 접촉이 어렵다면 다음엔 내가 사람을 붙여 줄 테니 에탐 가문에 들어가 정당히 요청해 보아도 좋겠군."

"그렇습니까……? 하지만 저희 가문이 좀……."

말쑥한 사내는 에탐 가문을 떠올리는 것만으로도 괴롭다는 듯 표정이 거무죽죽해졌다.

"말했잖나. 자네와 그 아이가 제대로 접촉할 수만 있다면…… 그 드래곤이 자네를 지킬 걸세."

"아, 그렇군요. 알겠습니다! 이 파비스, 한번 해 보겠습니다."

자신을 파비스라 말한 남자가 눈을 반짝 빛내며 대답했다. 로브를 쓴 남자는 고개를 끄덕였다. 시가를 받아 든 파비스는 한 손에는 금괴가 든 가죽 서류 가방을 든 채 고개를 꾸벅 숙였다.

"들어가십시오, 대인!"

로브를 쓴 남자가 싱긋 웃으며 가게를 벗어났다. 그가 시끌시끌한 도박장을 천천히 벗어났다.

"어떠셨습니까, 살림 재상 각하."

마부 차림새를 한 남자가 로브를 쓴 남자에게 허리를 숙이며 물었다.

"멍청하고 아둔하고 상대하고 싶지 않은 사람이네요."

마차 앞에서 로브를 벗은 남자가 시가를 깊게 빨아들이며 신음하듯 낮게 숨을 뱉었다.

"그래도 그가 아둔한 덕분에 문제만 없으면 곧 그분을 데리고 올 수 있을 것 같군요."

왼쪽 눈 위에 칼로 벤 듯한 상처가 자리 잡은 남자는 물빛의 단발 머리였다. 녹갈색 눈동자가 부드럽게 접혔다.

"드래곤이 수호신으로 존재한다면 우리 왕의 위상도 높아질 겁니다."

"분명 그렇겠지요."

"수호신인 드래곤이 곁에 있다면 혈통 따윈 아무런 문제가 되지 않겠죠."

"하지만 그 욕심부리는 사내를 계속 곁에 둘 생각이십니까?"

"설마요. 다 생각이 있습니다. 일단은 나라가 조금 더 시끄러워지길 기다리지요."

살림이 시가를 비벼 끄며 마차에 올랐다. 이내 투박한 마차가 어둠 속에 스르륵 녹아내려 모습을 감췄다.

* * *

연회 이틀째가 되었다.

오늘은 어째서인지 첫째 날보다 사람들이 많았다. 바글바글한 사람들의 물량 공세가 조금은 버거웠다. 오늘은 에노쉬도 밀려드는 사람들의 인사를 받느라 바빴고 대신관이 된 루실리온도 취임 축하 인사를 하려는 사람들을 상대하느라 바빴으며, 리하르트 역시 콜린 공작과 함께 다니느라 바빠 보였다.

"그래서 왜 삼촌이 내 최후의 기사님이에요?"

"무슨 소리냐?"

"그냥 크루노 삼촌이 여기 있는 게 너무 신기해서요."

"오고 싶어서 온 건 아니다. 그리고 내 직위 다시 돌려놓아라."

"싫은데. 루실리온한테 직접 부탁해요."

팔짱을 낀 채 옆을 지키고 있는 크루노 에탐에게 말하자 그의 얼굴이 대번에 구겨졌다.

"어? 또 온다."

"……진짜 지겹군."

"그런 것치곤 삼촌이 제일 빨리 돌아오던데? 대체 무슨 말을 하는 거예요?"

"……신학에 대해 얘기하는 것뿐이다."

와, 진성 신학 오타쿠. 흥미 없는 분야에 대해서 줄줄 얘기하고 있으면 아무래도 사람이 떠나갈 수밖에 없지.

"저, 공녀……."

"이 애와 얘기하려면 저와 먼저 얘기해야 합니다."

크루노 에탐이 다가온 귀족의 앞을 가로막으며 말했다.

"에이린 에탐."

"네?"

"계속 여기에 있을 생각은 아니겠지."

떠나기 전 크루노 에탐이 말을 덧붙이며 울상이 된 귀족을 자연스럽게 데리고 멀어졌다.

'나도 계속 이렇게 보호받을 순 없으니 누구 하나를 잡긴 해야겠는데.'

나는 천천히 주변을 둘러보았다. 모두가 다 바빠서 더는 도움을 청할 수 없었다. 그때였다. 또다시 그 불쾌한 시선이 느껴졌다. 고개를 돌리자 어제 보았던 그 남자가 또 나를 보고 있었다. 눈이 마주치자 이번에는 그가 내게 다가오려고 하는 것이 보였다. 남자가 막 벽에서 몸을 떼었을 때였다. 연회장 입구로 낯익은 누군가가 들어왔다.

'저 사람이 왜 여기에 있지……?'

그래도 마침 딱 좋았다. 나는 불쾌한 남자를 피해 인파를 헤치며 곧장 걸음을 옮겼다.

"원장님!"

알비온이 힐 로즈먼트와 함께 조용히 입장하고 있었다. 내 부름에 두 사람의 시선이 모두 내게 향했다. 사실 두 사람뿐만이 아니었다. 정확히는 내게 시선을 두고 있던 모든 사람의 시선이 쏟아졌다고 하는 편이 옳았다.

'……누군진 모르겠지만 오늘 일이 끝나면 아빠한테 말해야겠어.'

저 불쾌한 남자가 무언가 일을 저지를 것 같았다.

"……에이린?"

"원장님, 여긴 어쩐 일이에요?"

"일전에 말했던 조카가 혼자 가기 무서우니 함께 와 달라고 해서 왔다."

힐 로즈먼트가?

'혼자 가기 무섭다고?'

무슨 사기를 뻔뻔하게 친 거야? 황당한 표정으로 알비온의 옆에 선 소년을 바라보았다. 제복을 차려입은 힐 로즈먼트가 나를 보며 가증스럽게 눈을 동그랗게 뜨더니 이내 빙긋 웃어 보였다.

"여기서 만나게 되다니 너무 반가워요, 아가씨!"

힐 로즈먼트가 활짝 웃으며 다가와 내 손을 잡고 흔들었다.

'반갑기는 개뿔이…….'

그러나 내가 누군가. 비즈니스의 민족이 아니던가. 나도 해사하게 웃으며 힐 로즈먼트의 손을 맞잡았다.

"네, 선생님! 오랜만에 뵈요!"

 힐긋 힐 로즈먼트의 어깨 너머를 보니 어느새 그 불쾌한 남자는 모습을 감춘 뒤였다.

"뭘 그렇게 봐요?"

 힐 로즈먼트가 불쑥 내 얼굴 앞에 본인의 얼굴을 들이밀며 웃었다.

"아니에요."

"에이린, 왜 혼자 있지? 보호자는?"

 알비온이 미간을 설핏 찡그리며 물었다. 그러고 보니 아동 학대를 싫어하는 사람이 여기도 있었지.

"일이 좀 생겼다고 해서 혼자 구경하고 있었어요! 원장님은 따님이 있는 곳에는 잘 다녀오셨어요?"

"……그래. 다녀왔다. 편지도 받았고……."

 알비온의 목소리가 무겁게 가라앉았다.

"그 아이는 날 원망하지 않았더구나."

 알비온의 목소리가 잘게 떨렸다. 무겁게 가라앉는 눈을 보고 있노라니 마음이 편하지 않았다.

"죄송해요. 조금 더 빨리 전달했어야 했는데……."

"네가 아니었으면 평생 몰랐을 텐데 내가 고마워해야 할 일이지."

"그래도 죄송해요."

 내가 제때 말만 했어도 조금 더 빨리 만날 수 있었을 텐데.

5년 전의 약속을 너무 늦게 지켜 버렸다. 미안함에 고개를 푹 숙이고 있자 머리 위로 알비온의 목소리가 들렸다.

"떨어졌던 가족을 만났고 죽을 뻔한 친구도 살렸다고 들었다. 그 대가로 긴 잠에 빠졌었다고도 들었고. 눈을 뜨고 난 후에도 한동안 정신도 없었겠지."

네 탓이 아니다. 그 한마디를 해 주기 위해 말수 적은 이 남자가 긴 대화를 이어 나가고 있다는 사실이 놀라우면서도 고마웠다.

"아이에겐 그럴 자격이 있지. 미안해하지 않아도 된다. 죽은 사람보단 살아 있는 사람이 중요한 거니까."

알비온이 내 머리를 가볍게 톡톡 두드렸다. 머리가 망가질까 봐 헝클어뜨리지 않는 것도 그의 배려일 것이다. 그때 힐 로즈먼트가 불쑥 끼어들었다.

"삼촌은 공녀님이랑 아주 친하신가 봐요."

"예전에 잠깐 알았던 사이일 뿐이다."

"그래요? 저보다 더 친해 보여서. 우리는 피를 나눈 가족이잖아요. 물론 오랜 시간 몰랐지만요."

"……"

"부모님이 돌아가시고 아무도 저흴 도와주지 않아서 얼마나 힘들었는데……."

힐 로즈먼트의 말에 알비온의 눈이 잘게 떨렸다. 그의 우울감과 죄책감을 자극하는 행동에 내가 힐 로즈먼트를 노려보았다.

"……삼촌이 있었다면 그런 일도 없었겠죠."

"……미안하다."

알비온의 표정이 어두워졌다. 힐 로즈먼트가 보이지 않게 웃었다.

'저, 저 싹수 노란, 성질 더러운 것.'

성격 더러운 건 알고 있었지만 제국의 영웅까지 이용하려고 하네. 알비온이 누군진 어렵지 않게 알았을 거면서.

'그나저나…….'

힐 로즈먼트의 뒤에서 서성이고 있는 저 애는 대체 뭐야? 아까부터 손가락을 꼼지락거리며 눈치를 살피는 것이 보였다. 힐 로즈먼트가 시선의 방향을 느꼈는지 뒤에 있던 아이의 손목을 잡아당겨 내 앞에 세웠다.

"이 기회에 소개하죠. 제 동생인 필 로즈먼트예요."

"아, 아, 안녕하세요……. 필 로즈먼트라고 합니다."

순박하고 동글동글하게 생긴 눈망울. 힐 로즈먼트와 같은 연갈색 머리카락과 그보다 옅은 연두색 눈동자의 필 로즈먼트는 이목구비는 또렷한데, 그에 비해 동글동글한 인상이어서 그야말로 사슴 그 자체 같았다.

"에이린 에탐이에요."

"네. 에, 에탐 영애! 혀, 형님에게 얘기는 많이 드, 들었는데요……."

눈도 마주치지 못하는 것이 연기라고 보기가 어려웠다.

'힐 로즈먼트가 그런 허당 캐릭터를 어디서 만들었나 했더

니…….'

제 동생을 보고 기출 변형한 것이었을까?

"필."

힐 로즈먼트가 필 로즈먼트에게 어깨동무를 하는 듯하더니 필의 어깨를 톡톡 두드렸다.

"말 질질 끌지 말라고 형이 말했잖아. 날 무시하는 거니?"

"아, 아니에요, 형님."

알비온의 눈치를 봐서 작게 중얼거린 모양이지만 내겐 다 들린다.

"말했잖아. 그렇게 말해 봐야 아무도 널 좋아하지 않는다고."

애가 또 가스라이팅을 하네.

"원장님, 새싹의 시간은요?"

바깥에서 고아원이라고 말하긴 조금 그래서 이름을 말하자 알비온이 입을 열었다.

"딸도 만났으니 이제 곧 돌아가야지."

"……돌아간다고요?"

내가 막 대답하려는데 힐 로즈먼트가 말을 가로챘다.

"그래야지. 그 아이들도 날 기다리고 있을 테니까."

"……그럼 저랑 필은요?"

힐 로즈먼트의 말에 알비온이 입을 다물었다. 하긴 그의 입장에선 작위와 돈 그리고 명예까지 가진 데다 이미 성인식까지 치른 귀족 조카보단 아무것도 없는 고아원의 아이들에게 가는 것이 옳다고 생각하고 있겠지. 그러나 죄책감 때문에 차마 그 말을 못 하는 것이고. 사실 그가 죄책감을 느낄 필요는 없는 부분이었다. 그는 귀족가에서 버려져 평민으로 자라 영웅으로 추앙받아 전쟁에 참여하느라 몰랐을 테니까.

'힐 로즈먼트는…… 늘 사람을 바랐지.'

《입.양.각》에서도 그는 믿을 수 있는 사람을 원했다. 그래서 항상 누군가를 시험했고 동생을 본인의 손아귀에서 벗어나지 못하게 했다. 또 여주인공이 '각인'을 한 와이번을 원했으며 '널 믿는다'라고 말했던 여주인공을 원했다. 그러나 사실 힐 로즈먼트가 소설 속에서 얻은 건 아무것도 없었다.

'이 꽈배기처럼 배배 꼬인 인간에게도 이렇게 비뚤어진 나름의 이유가 있겠지.'

침묵하던 알비온이 짧게 한숨을 내쉬었다.

"여기서 할 얘기는 아닌 것 같구나."

"그럼 둘이 얘기하세요. 전 여기 로즈먼트 영식과 춤이라도 출 테니까요."

물론 개뻥이다. 왜냐하면 힐 로즈먼트는 나에게 댄스 수업을 제대로 해 주지 않았기 때문이다. 나는 필 로즈먼트의 손을 잡고 몸을 돌려 곧장 테라스로 향했다.

"여, 여, 영애……."

당황한 필 로즈먼트가 얼굴을 새빨갛게 붉혔다. 졸졸 쫓아오는데 곧 울 것 같은 얼굴이다.

'이 애 진짜 유약하네……'

새빨갛게 변한 얼굴을 보고 있노라니 솔직히 조금 괴롭혀 주고 싶은 마음도 들었다. 하지만 맨날 힐 로즈먼트에게 괴롭힘을 당하고 있을 테니 조금은 안쓰러운 마음이 생겼다.

"에이린이라고 편하게 불러 줄래요?"

"아, 아! 네. 저, 저도 필이면 돼요! 말씀도 편하게 하세요."

"그러면 사양 안 할게. 선생님이 나에 대해서 무슨 얘기를 했어?"

"아…… 멍청한 줄 알았는데 꽤 똑똑하다고 칭찬했어요!"

그건 욕 아니야?

"그리고 사기에 재능이 있다거나……."

그것도 욕이잖아.

"아, 목줄 채워서 키우고 싶다고도 했어요!"

그건 심지어 욕도 아니고 모욕이야. 내가 황당하다는 표정으로 필 로즈먼트를 보자 이 사슴 같은 소년은 말간 눈을 반짝거리고 있었다.

'그래. 저런 걸 칭찬이라고 알고 자랐겠지…….'

누가 그랬을지 짐작이 됐다.

"말 제대로 하네? 너도 말 편하게 해."

"아, 으응. 말은 혀…… 형님 앞에서는 조금 그래. 형님이 무서워서……."

"음, 집을 확 나가 버리는 건 어때?"

"안 돼……. 형한텐 빚이 많아. 키워 준 값은 해야 하니까. 부모님이 돌아가시고 형이 아주 힘들었거든."

축 처진 목소리에서 느껴지는 건 이 사슴이 힐 로즈먼트에게 꽉 붙잡혀 있다는 것 정도였다.

"그래?"

"응. 우리 부모님은 아주 무섭고 또 엄하신 분들이었어. 나는 형이 구해 주기 전까진 늘 방에만 있었어. 내가 밖에 나와서 하늘을 볼 수 있는 것도 전부 형 덕분이야."

"……."

깊은 사연이 느껴지는 그 말에 내가 입을 다물자 필 로즈먼트가 흠칫 놀라 내 눈치를 살피더니 뺨을 긁적이며 배시시 웃었다.

"미안해. 형이 이런 얘기는 하지 말랬는데. 비밀로 해 줄 수 있어?"

사냥꾼에게 붙잡혀 있는 순박한 사슴이 웃으며 말했다. 서툰 위로를 건네기엔 내가 아는 게 없어서 그저 고개만 끄덕이는 때였다. 뒤에서 바람이 훅 빠져나가는 듯한 느낌과 함께 오싹한 기운이 스며들었다.

"……드디어 찾았다."

뒤에서 들리는 목소리에 나와 필 로즈먼트가 동시에 고개를 돌렸다. 순간 몸에서 피가 싹 빠져나가는 듯했다. 어제부터 날 쫓아다니던 그 불쾌한 남자였다. 한 손에 와인 잔을 든 그는 나를 보며 히죽 웃었다. 가까이서 보니 눈 밑은 한층 더 퀭하게 보였고 살짝 눈이 충혈된 것도 같았다. 내가 놀라서 바짝 굳어 있는 때였다.

"누구십니까?"

필 로즈먼트가 급히 내 앞을 가로막았다.

"뭐야? 머리에 피도 안 마르게 생긴 어린놈이 감히 어딜 막아? 내가 누군지 알아?"

"모릅니다."

필 로즈먼트가 제법 강단 있게 대답했다. 그러나 자세히 보니 손끝이 잘게 떨리고 있었다.

"하지만 레이디에게 외간 남자가 함부로 접근하게 해선 안 된다고 배웠습니다."

"허! 나는 그 애 아빠다! 당장 비켜 봐. 아빠가 자식도 만나지 못한다는 거냐?"

"아빠?"

필 로즈먼트가 반문했다.

'아빠?'

그게 누군데? 나한테 아빠가 또 있었나?

"정말 그렇습니까, 영애?"

필 로즈먼트가 손을 떨며 물었다. 나는 조심스럽게 그의 손을 붙잡으며 고개를 저었다.

"아니. 난 저 사람 몰라."

나는 그를 물끄러미 보았다. 분명히 낯익은 느낌은 나지만 본

적 없는 얼굴이었다. 불쾌한 남자가 한 걸음 다가왔다.

'드래곤의 능력이라도 써서 빠져나가야겠다.'

또 긴 잠에 빠질까 봐 두려워서 함부로 사용하지 못하고 있었는데 지금은 그걸 따질 때가 아니었다. 빈틈을 살피며 필 로즈먼트와 한 걸음 물러났을 때였다.

콰앙—!

불쾌한 남자의 얼굴이 테라스 바닥에 강하게 부딪혔다.

"커흑!"

비참하게 엎어진 남자의 등 위로 단정한 구두 굽이 사납게 내려앉았다.

"내 장난감이 제법 많이 커서…… 이제 겁도 없이 내 딸을 노리는군."

아빠였다.

"아빠!"

"따님, 여기에서 뭘 하고 있는 거지? 다른 놈들은."

"다들 저 도와주느라고 사람들 상대하고 있을 거예요."

"도움이라곤 안 되는군."

내가 어색하게 웃자 아빠의 시선이 느리게 아래로 내려갔다. 아빠의 시선을 따라 나도 고개를 돌리니 나와 필 로즈먼트가 꽉 잡고 있는 손이 보였다. 물끄러미 쏘아보는 시선에 필 로즈먼트가 슬금슬금 손을 빼고 내 뒤로 살짝 몸을 숨겼다.

"필……?"

"저 사람, 무서워……."

"내 아빠야."

"……에이린 아빠는 무섭구나."

필이 웅얼거리며 대답했다. 솔직한 평가에 절로 말문이 막혔다. 방금까지 벌벌 떨면서도 고개를 뻣뻣하게 들고 있던 소년은 사라지고 지금은 다시 유약한 필 로즈먼트만 남았다.

"도와줘서 고마워, 필."

"아냐. 예전에 선생님이 레이디가 위험할 땐 피하면 안 된댔어."

아마 많은 용기를 쏟았을 것이다. 그래서 더 고마웠다. 처음 만난 누군가를 지켜 주겠다고 앞장서서 위험한 상대를 막아서기란 쉽지 않을 테니까.

"그러니까 고마운 거야. 필, 넌 용기 있는 사람이구나."

내가 활짝 웃으며 말했다. 필 로즈먼트의 눈이 새빨갛게 물들더니 이내 잘 익은 벼처럼 고개를 푹 숙였다.

"내, 내, 내가 용기…… 있어……?"

긴장한 듯 필 로즈먼트의 말끝이 떨렸다.

"응."

"형님은 내가 혼자선 할 수 있는 게 아무것도 없다고 했는데……."

"아냐."

내 단호한 말에 필 로즈먼트가 뺨을 붉게 물들이곤 고개를 끄덕였다.

"형에게 자랑해야……."

"이거 놔! 이거 놓으라고! 에르노 에탐, 이 망할 자식이!"

소란스러움이 한층 더 커졌다. 사람들이 몰려들기 시작했다. 흩어졌던 에탐들도 하나둘 테라스 근처로 모여들다가 이내 상황을 발견하곤 동시에 이마를 짚었다.

"끄아아아악!"

불쾌한 남자의 등을 짓누르는 아빠의 발길이 한층 더 무거워진 듯 그는 뒤집힌 거북이처럼 팔다리만 버둥거리기 시작했다.

"내, 내가 누군지 알기나 해?!"

"알지. 내 장난감."

에르노 에탐이 대답했다.

'아빠 장난감?'

설마 작년에 아빠가 가지고 놀았다던 그 남색가인 척 연기한 사람인가?

"장난감?! 내가 왜 장난감이냐! 이 어린놈의 자식이, 하여튼 옛날부터 되바라져서는……!"

아빠에 대한 평가는 예나 지금이나 사람과 장소가 달라져도 똑같구나. 이쯤이면 과거의 아빠가 보고 싶다. 소설로 나왔다면 '공작가의 망나니 사이코패스입니다만' 정도의 제목이 아니었을까.

'……근데 저 얼굴로 아빠의 놀이 상대?'

못생긴 건 아니지만 그렇다고 아빠가 옆에 끼고 다닐 정도로 잘생기지도 않았는데.

'아빠 취향이 저런 걸까?'

팔짱을 낀 내가 고심하고 있는 때였다.

"에이린."

"네?"

"무슨 생각을 하든 그건 아니니까 그 표정은 관두렴."

아빠의 말에 나는 입을 꾹 다물었다.

'내가 무슨 표정을 하고 있었지?'

흠흠.

나는 고개를 힘껏 내저으며 아빠를 보았다.

"그 사람 어제부터 절 따라다녔어요……. 누군지 아세요?"

"알지. 네……."

"소란스럽군."

아빠가 막 입을 열려고 할 때 누군가 아빠의 말을 가로챘다. 낯익은 목소리에 고개를 돌리니 테라스엔 이미 수많은 인파가 몰려 있었다.

"대체 무슨 일이지? 설마 또 사고를 친 건 아닐 테지, 에탐 공작."

황제였다. 테라스로 들어온 황제가 바닥에 바르작거리는 바퀴벌레 같은 남자를 한 차례 내려다보더니 아빠를 보았다.

"내 귀한 따님에게 벌레가 붙었기에."

황제의 눈이 가늘어졌다. 표정을 보아하니 그도 이 불쾌한 남자를 아는 것이 분명했다.

"가문 내의 일이니 알아서 처리하겠습니다."

"내 연회에서 일어난 일인데 어떻게 가문의 일이 될 수 있겠나."

"폐, 폐하! 저는 억울합니다!"

바닥에 있던 남자가 무슨 생각을 하는지 쉼 없이 버둥거리며 황제에게 목소리를 높였다.

"저는 빼앗긴 제 딸을 다시 찾으러 온 것뿐입니다! 에탐 가문이 제 딸을 강제로 빼앗아 갔단 말입니다!"

그가 얼굴을 일그러뜨리더니 이내 서러운 듯 눈물을 주룩주룩 흘리기 시작했다. 한순간에 돌변한 표정에 절로 말문이 막혔다. 불쾌한 남자는 세상에서 가장 가련한 표정으로 울고 있었다. 그 순간이었다. 갑자기 머리가 지끈거렸다. 나는 주춤 물러나며 손으로 머리를 감쌌다.

[이 아이는…… 없이…… 자라야만…… 운명…… 드래곤은…… 죽는 일도 흔했다.]

[그래야만…… 미래가 평탄하고 행복해진다고 하니…….]

[……아픈 일이지.]

[그러니 기억해라. 이 아이는 네 아이다.]

문득 갑작스럽게 머릿속에 떠오른 목소리에 순간 가슴이 아릿했다. 머릿속에 갑작스럽게 떠오른, 또렷하지 않은 기억에 나타난 것은…….

'저 남자잖아?'

저 남자가 어린 나를 품에 안고 있었다. 누군가가 함께 있었던 것 같은데 그건 기억이 나지 않았다.

'설마 저 사람······.'

그 개망나니인지 뭔지 하는 내 친아빠라는 건가? 《입.양.각》에서도 혈육 검사를 했으나 나는 그 결과를 듣지 못하고 쫓겨났다. 《입.양.각》에서는 마일라와 함께 유물을 도둑질하다가 쫓겨났고 지금은 저 개망나니가 계속 도망을 다닌 터라 아예 혈육 검사를 해 보지도 못했다. 나는 내가 도마뱀 수인이라고 생각해서 이 가문의 사람이 아니라고 생각했지만······.

'실제로 나는 드래곤이었잖아?'

그렇다면 나 역시 에탐 가문의 진짜 일원일 확률도 분명히 있다. 드래곤의 피가 흐르는 건 이 가문 외에는 존재하지 않는다고 들었으니까.

'그럼 저게 진짜 내 친아빠라고?'

나는 물끄러미 불쾌한 남자를 보았다. 왜 낯익은 느낌이 났는지 알겠다. 기억에는 없지만 내가 어릴 때 만났던 사람이었기 때문일 거다.

"그 말이 정말인가? 에탐 공작?"

"모릅니다."

아빠가 대답했다. 나는 한참이나 바닥에서 버둥거리는 한심한 남자를 바라보다가 고개를 들었다. 아빠는 나를 보고 있었다. 표정은 언제나와 같은데 왜 초조하게만 보이는 걸까?

"에탐 공작, 나는 그대가 아이를 입양하겠다고 해서 그렇게 하라고 했지. 하지만 친부가 있었다면……."

"저는 지금 이 개망나니가 내 딸의 친부인지 아닌지 모른다고 했습니다."

아빠의 대답에 사방에서 웅성거림이 심해졌다.

"아닙니다! 저 아이는 분명히 제 아이입니다! 힘들게 낳은 아이란 말입니다!"

설령 내 아빠라고 한들 네가 날 낳았겠냐? 얼굴도 모르는 어머니가 낳았겠지. 말하는 것부터 정이 안 가는 남자다.

"그래, 그렇단 말이지? 그럼 잘되었군. 여기에 마침 새로 취임한 대신관이 있지 않나? 혈육 검사의 권한은 대신관에게 있지. 어떤가? 여기서 판가름을 해 보는 것은."

"저는 상관없습니다."

황제의 말이 끝나기가 무섭게 루실리온이 인파 사이로 모습을 드러내며 말했다.

"저도! 저도 상관없습니다! 폐하!"

여전히 아빠 발밑에 깔린 개망나니가 급히 손을 들며 말했다. 황제의 시선이 아빠에게 돌아갔다. 아빠는 입을 꾹 다물고 있었다.

"에탐 공작은 어떻게 생각하지?"

"……."

아빠는 드물게도 대답하지 못했다. 그러고는 곧 고개를 돌려 나를 보았다. 내가 고개를 끄덕이자 아빠가 짧은 한숨과 함께 개망나니의 등에서 발을 내리며 말했다.

"……저도 괜찮습니다."

"그럼 바로 진행해 보도록 하지."

루실리온이 웃는 얼굴로 내게 다가왔다. 그는 아주 작은 바늘로 내 검지 끝을 살짝 찔렀다. 동그란 피가 몽글몽글 솟아났다. 그러고는 곧장 아빠에게 다가가더니 손을 내밀었다.

'아빠는 왜?'

개망나니랑 나랑 하는 거 아니었어? 아빠도 이상하다고 생각했는지 미간을 찌푸렸다.

"내가 아니라 이것과 하는 거다."

아빠가 개망나니를 턱짓으로 가리켰다.

"알고 있습니다. 혹시 모르니 세 사람을 동시에 진행해 보려고 합니다."

"혹시 모르다니……."

아빠는 말을 끝까지 잇지 않았지만 나는 그가 무슨 말을 하고자 하는진 알 것 같았다. 내가 아빠에게 입양되었다고 한들 내가 친자식이 될 순 없었다. 아빠의 친자식은 칼란 에탐과 실리안 에탐뿐이니까. 그러니까 아마 내가 이 검사에서 친딸로 나올 확률은 없다는 걸 말하려고 했겠지.

"신께서……."

멍하니 중얼거리며 하늘을 잠깐 올려다본 루실리온이 이내 눈꼬리를 예쁘게 접으며 웃었다.

"그러라고 하시는군요."

호기심과 욕심을 채우려고 신을 팔아먹는 사람은 세상에 너밖에 없을 거야, 루실리온.

"미쳤군."

아빠가 내가 하고 싶은 말을 대신 해 주더니 손을 내밀었다. 루실리온이 아빠의 중지에 바늘을 푹 찔렀다. 피가 몽글몽글 솟다 못해 살짝 흘러내릴 지경이었다. 아빠의 미간이 찌푸려졌다.

"저런, 바늘이 효용을 다했나 보네요."

아빠의 손가락에 상처를 낸 루실리온이 몸을 빙글 돌렸다. 그러더니 빙긋 웃으며 방금까지 멀쩡했으나 어느새 부식된 바늘을 보여 주었다.

"하는 수 없군요."

여상하게 말한 루실리온은 어디서 났는지 단검 하나를 꺼내 보였다.

"뭐, 뭐 하는 거야! 다른 바늘을 가져오면 되잖…… 커흑!"

아빠가 눈치 빠르게 개망나니의 등을 짓밟아 일어나지 못하게 했다.

'호흡이 착착 맞는데…….'

나는 황당한 얼굴로 두 사람을 보았다.

"다 신의 뜻입니다."

그러니까 신을 그렇게 팔아먹지 말라고. 루실리온은 해사한 얼굴로 개망나니의 손 하나를 힘주어 누르더니 단검을 움직였다. 서걱거리는 섬뜩한 소리와 함께 개망나니의 손바닥에 긴 줄이 생겼다.

"끄아아악!"

"그거 아십니까? 저는 제 시간과 능력을 쓸데없이 낭비하는 걸 아주 싫어합니다."

루실리온이 생긋 웃으며 개망나니의 귓가에 작게 속삭였다. 놀랍게도 내 귀에는 전부 들렸지만.

"그럼 시작해 보겠습니다."

루실리온이 단검을 던져 버리고 산뜻하게 웃으며 말했다. 허공으로 날아간 단검이 순식간에 빛무리와 함께 사라졌다. 루실리온이 무언가 알 수 없는 언어를 중얼거리기 시작하자 내 손끝에 난 피와 아빠 손끝에 난 피 그리고 개망나니의 콸콸 쏟아지는 피가 허공에 솟았다.

'이건 정말 조작도 불가능하겠네.'

숨길 수 있는 구조가 아니었다. 루실리온의 새하얀 신력과 내 피가 반으로 쪼개져 뒤섞였다. 피와 신력이 완전히 섞이게 되자 새빨갰던 피가 무색투명하게 반짝였다. 그러자 곧 둘로 나뉜 덩어리 중 하나가 이내 개망나니의 피에 뒤섞였다.

아니, 정확히는 뒤섞이려고 했다.

파지직—!

그러나 개망나니의 피에 뒤섞인 내 피는 스파크를 일으키더니 이윽고 퍽 하고 터져 버렸다. 개망나니의 얼굴이 피로 범벅이 되었다.

"어……?"

"이건 거부 반응입니다. 혈육일 경우 피가 아주 잘 섞이면서 황금빛으로 빛나거든요."

루실리온이 설명했다.

"그러니 일단 이쪽은 주인…… 아니, 공녀님의 진짜 아버지가 아닌 모양입니다."

그 순간이었다. 개망나니가 이를 악물고 몸을 버둥거리다 아빠의 발밑에서 간신히 벗어나 벌떡 일어났다.

"개소리하지 마! 나는 뭐라 해도 저 애의 아빠라고! 네놈들이 다 짜고 치는 거야! 짜고 치는 거라고!"

개망나니가 희번덕거리는 눈으로 나를 보았다.

"아가, 아빠가 당하고 있잖아! 당장 아빠를 도와줘야지! 아빠 죽는 꼴 보고 싶어? 당장 저것들을 전부 죽이라고!"

그가 내게 소리쳤다. 사위가 고요해진 순간이었다. 거대한 바위만큼 커다란 물방울이 개망나니의 머리 위로 툭 떨어졌다.

촤아악—!

철푸덕—!

내가 만들어 낸 물이 쏟아져 개망나니를 바닥에 엎어지게 했다.

"뭐래. 이 사기꾼이."

내가 황당하다는 듯 말하자 엎어진 개망나니의 눈이 커졌다. 그는 이 상황이 믿기지 않는 듯 떨리는 눈으로 나를 보고 있었다.

"내, 내가 네 아빠라니까? 널 낳아 준 친아빠라고!"

"설령 당신이 내 아빠라고 한들 날 낳은 건 당신이 아니라 엄마겠죠."

제법 매정하게 내뱉은 내 대답에 개망나니가 눈을 끔뻑였다.

"네 씨를 내가 뿌렸다고!"

"대신관님이 아니라고 하는데요."

내가 루실리온을 바라보면서 말하자 개망나니가 입술을 뻐끔거리다가 새하얗게 질린 얼굴로 나와 아빠 그리고 루실리온을 번갈아 보았다.

"거짓말이다! 거짓말이라고! 그럴 리가 없어! 내가 널 공작가에 데려갔단 말이다!"

"……."

개망나니가 얼굴이 시뻘게져선 소리쳤다. 어렴풋이 떠오르는 기억을 더듬어 보면 아마 이건 맞는 말인 듯했다.

"그 여자가 내 아이라고 하면서 널 줬다! 네가 내 딸이라고!"

"그 딸 버려 놓고 여태 뭐 했는데요?"

세상엔 친딸이 아니더라도 더 친자식처럼 아껴 주는 계모와 계부도 많다는 것을 안다. 예전에 그런 뉴스를 자주 찾아보곤 했었으니까. 하지만 그게 이런 사람은 아니었다. 분명히 내가 드래곤이라는 소문을 듣고 나타난 거겠지.

'그러니까 딸이라고 말하면서 그런 명령을 하는 거야.'

이 자리에 있는 사람을 전부 죽이라니…….

"진짜 아빠라면 나한테 그런 명령을 할 리가 없잖아."

자신을 위해서 이곳에 있는 사람을 전부 죽이라는 말을 딸에게 할 리가 없었다.

"어떤 여자……?"

"그, 그래! 나랑 같이 잤던 여자 중 하나가 저 애는 내 애니까 내가 키우라고 했다고!"

"……이 멍청한 것이 사기까지 당했군."

어느새 나타나 새하얗게 질려 있던 차르니엘 에탐이 헛웃음을 흘리며 말했다. 이렇게 공개적으로 혈육 검사를 진행할 마음은 전혀 없었는데 일이 복잡해지기라도 한 듯 그의 표정은 썩 좋지 않았다.

"감히 짐의 앞에서 사기를 친 게로군?"

묵묵히 상황을 관망하던 황제가 천천히 입을 열었다.

"아, 아닙니다! 이건 분명히 저, 저 신관이 잘못된 것이 분명합니다! 저 새파랗게 어린 신관에게 무슨 힘이 있겠습니까!"

저기, 너 지금 말 잘못했다. 루실리온은 역대 최강의 대신관이라는 이명까지 짊어진다고. 역하렘 남자 주인공 후보들 버프가 얼마나 끝내주는지 알기나 해?

"그대의 말은 즉 대신관의 취임을 허락한 짐의 안목을 의심한다 이건가?"

"그, 그게 아니라…… 저, 저것이 사기꾼 같다는 그런…….”

"내가 보기에 이 자리, 이 장소에 사기꾼은 한 사람밖에 보이지 않는군."

황제가 고개를 까딱했다.

"감옥에 가두어라. 주인공이 축복받아야 하는 즐거운 연회에 피를 보고 싶진 않으니 처벌은 차후에 논의하도록 하지."

"아, 안 돼! 아닙니다! 아니라고요! 제가 아닙니다! 저는 그냥……! 저 애가 제 딸이라는 얘기만 들어서!"

개망나니가 부리는 난장에 연회장에 모인 귀족들의 눈에 경멸이 서렸다.

"제, 제발! 내가 그래도 죽어 가는 널 공작가에 데리고 왔잖아! 내가 네 아빠가 아니더라도…… 내가 널 키웠잖으냐!"

쟤가 지금 뭐래? 날 키운 건 8할이 시녀들이었고 2할이 공작가의 주머니에서 나온 돈이었다.

"제발 도와주렴!"

"응, 안 돼. 안 도와줘. 도와줄 마음 없어. 빨리 사라져."

그가 가련한 표정으로 울먹였지만 나는 단호하게 대답했다.

"이거 놔라. 이거 놔! 내가 누군지 아느냐! 내가 저 드래곤의 아빠라고! 내가 제때 각인만 했어도……! 도둑 새끼들! 내 건데! 내 거라고!"

연회장에서 끌려 나가며 마지막까지 외치는 그 목소리가 내 기분을 아래로 축 가라앉혔다. 마치 물건이라도 되는 것처럼 구는 태도에 빈정이 제대로 상했다.

"쯔즛, 저 유명한 에탐의 개망나니가 결국 사고를 쳤네요."

"세상에…… 실종됐다고 하더니 살아는 있었나 봐요?"

"각인이라는 게 뭘 말하는 거죠? 드래곤을 소유할 방법이라도 되는 걸까요……?"

"설마 에탐 공작도……."

그들은 아주 작게 속삭였던 거겠지만 청력이 좋은 내겐 아주 속속들이 잘도 들렸다.

"그만. 불쾌한 소리가 내 귀에까지 들려오는군."

그때 황제가 한마디를 덧붙였다. 황제는 다른 사람들에 비해 귀족 무리와 제법 가까웠던 터라 그 목소리가 들린 모양이었다.

"그럼 이제 슬슬 이쪽도 진행하겠습니다."

루실리온이 분위기를 바꾸듯 말을 이었다. 아직 허공에 떠 있던 아빠의 피와 루실리온의 신력이 섞인 내 피가 서서히 가까워지더니 이내 합쳐졌다. 두 피가 뒤섞이며 이내 은은한 황금빛을 뿜기 시작했다.

'……황금빛?'

이상했다. 루실리온의 말에 따르면 신력에 의해 뒤섞인 피가 황금빛을 띠는 것은 오로지 혈육일 때만이었다. 즉 친부모와 친자식 사이에서만 볼 수 있는 현상이라는 거다. 하지만 나는 아빠의 진짜 혈육이 될 순 없다.

'아빠는…….'

실리안과 칼란 말고는 자식이 없잖아……? 근데 어떻게 저런 반응이 생기는 거지? 내가 의구심을 이기지 못하고 막 고개를 돌려 아빠를 보려고 할 때였다.

파지직—!

스파크가 튀는 소리가 났다. 다시 허공에 빛나고 있던 황금빛 피를 바라보자 이미 그것은 새하얀 빛에 삼켜지고 있었다. 시선을 내리니 루실리온의 표정에 설핏 당혹이 서린 것이 보였다. 이게 그가 예견한 상황이 아니라는 것쯤은 어렵지 않게 알 수 있었다.

'뭔가 잘못됐어.'

고개를 돌려 아빠를 보자 아빠도 답지 않게 살짝 굳은 기색이었다.

"결과는 나온 것 같군요. 그럼 이것으로 검사는 마치도록 하겠습니다."

루실리온이 상황을 정리했다.

"……오늘 연회를 지속하기에는 무리가 있을 것 같군."

이미 연회장 내의 분위기가 엉망이었다. 이런 분위기에서 연회를 지속해 봐야 늘어나는 것은 가십이고 루머일 것이다.

"조금 이르긴 하지만 오늘 연회는 여기서 마치도록 하지. 아쉬워하진 말게. 아직 연회는 사흘이나 남았으니까."

황제가 나서서 몰려든 인파를 흩뜨렸다.

"대신관과 에탐 공작은 나 좀 보지."

마지막 말을 덧붙인 황제가 연회장을 퇴장하는 것으로 2일 차 연회는 어수선하게 막을 내렸다.

* * *

나와 아빠 그리고 루실리온과 부득불 따라오겠다고 한 차르니엘 에탐은 황제의 부름에 따라 시종장의 안내를 받아 응접실로 향했다.

"안에 폐하께서 기다리고 계십니다."

시종장이 허리를 굽히곤 이내 문을 열어 주었다. 문이 열리자 마음이 차분해지는 라벤더 향이 풍겼다.

"왔군. 앉게."

상석에 앉은 황제의 양옆으로 우리는 자리를 잡고 앉았다. 시종장이 직접 찻잔을 채우곤 이내 조용히 응접실에서 벗어났다.

달칵.

여유롭게 찻잔을 기울이는 황제의 유리잔 소리만 들리는 적막한 순간이 지나고서야 황제가 입을 열었다.

"그래, 아까 그 혈육 검사가 정상적이지 않았다는 건 여기에 있는 모두가 알겠지."

"……."

황제의 말에 누구 하나 대답하지 않았다.

'역시 그건 루실리온이 신력으로 없앤 거였구나.'

황금빛으로 빛나던 그 혈액에선 분명히 스파크가 일었다. 그대로 두었다면 아마 내 친아빠라고 주장했던 개망나니의 검사와 크게 다를 바 없는 결과가 나왔을 것이다.

"초반까지는 분명히 제대로 된 검사였을 텐데. 뭔가 수를 쓴 건가, 대신관?"

황제의 시선이 무겁게 가라앉아 루실리온에게 닿았다.

"신께 맹세코 그런 일은 없습니다."

루실리온이 빙긋 웃으며 대답했다. 나는 왜 루실리온이 신에게 맹세한다고 하면 오히려 신뢰도가 떨어지는 것 같을까? 괜히 든 실없는 생각에 눈동자를 도르륵 굴렸다.

"사실, 신께 기도해도 주인…… 아니 공녀님에 관한 정보는 거의 알 수가 없습니다."

"알 수 없다?"

"네. 요컨대…… 만약 누군가가 언제 죽는지 알려 달라고 기도하면 신께선 제게 응답을 해 주시지요."

루실리온이 차분하게 설명을 시작했다.

"대개 신께선 답을 주시는 편입니다. 다만 그걸 알아도 제가 할 수 있는 건 별로 없습니다."

덧붙이는 말에는 그동안 짐작만 했던 루실리온의 기묘한 능력을 추측할 수 있었다.

"신의 목소리를 듣는 것은 오로지 제게만 허락된 일로, 그로 인해 알게 된 미래나 정보를 함부로 입 밖에 냈다간 대가를 치러야 하니까요."

말만 들으면 그야말로 최강의 능력이 아닐 수가 없었다. 기도를 하면 무엇이든 알 수 있는 능력이라니.

"하지만 공녀님에 관해서는 아무리 기도를 해도, 어떤 공물을 바쳐도 답을 주시지 않습니다."

루실리온이 말했다.

"마치…… 신조차도 저분께는 개입할 수 없는 것처럼."

덧붙이는 목소리는 기이함과 의아함이 뒤섞여 있어서 나조차도 조금은 오싹해지는 기분이었다.

"그래서 에이린 에탐이 에탐 공작의 아이가 맞다는 건가? 아니라는 건가?"

답답한 듯 되묻는 황제의 말에 루실리온의 입술이 천천히 벌어졌다.

"육체적인 정보만 보자면 맞습니다. 혈육 검사에서 신력이 빚어내는 황금색 빛무리는 제가 꾸밀 수 있는 것이 아니니까요."

"하지만 그 뒤에 일어난 건 분명한 거부 반응이었다."

한참이나 입을 다물고 있던 아빠가 드디어 말문을 열었다. 루실리온은 맞은편에 앉은 아빠를 가만히 보다가 시선을 옮겨 나를 보더니 이내 입을 열었다.

"맞습니다. 그건 거부 반응입니다."

루실리온이 말했다. 어느 쪽이 제대로 된 말인지 이해가 잘되지 않았다. 루실리온의 말에는 두루뭉술한 구석이 있었다.

'육체적인 정보만 보자면 맞다는 건 무슨 뜻이지?'

다른 건 맞지 않다는 뜻인 건가? 루실리온은 제 대답이 다소 부족했음을 인정하듯 잠시 침묵하더니 이내 다시금 입을 열었다.

"저는 공녀님에 대한 정보를 얻을 순 없지만 주변인들의 정보를 얻어 공녀님에 대한 것을 유추할 순 있습니다."

갑작스럽게 시작된 루실리온의 설명에 모두가 조용해졌다.

"저는 황자 전하가 몇 번의 위기를 넘기면 운명을 뒤틀고 살아날 수 있다는 걸 알고 있었습니다. 그래서 도와드렸죠."

황제가 작게 침음했다. 루실리온이 생각보다 많은 걸 알고 있었다는 것에 놀라기라도 한 것일까?

"황자 전하가 살아날 방법이 오로지 드라고니아뿐이라면 그것을 공녀님이 꽃피운다는 사실을 유추할 수 있었고 공녀님이 드래곤이라는 사실도 그때쯤 확신했습니다."

이야기가 길어질수록 나도 조금 당혹스러운 것은 사실이었다. 루실리온은 생각보다 많은 걸 알고 있었다. 아마 한참 전부터 그랬겠지. 그 모든 것을 알면서도 입을 다물어야 했다는 것에 조금 마음이 쓰였다.

"인간에게는 영혼과 육체가 존재합니다. 드래곤의 각인도 혈육 검사도 보통 영혼과 육체가 동시에 진행됩니다."

루실리온은 신학 서적에서 보았다며 말을 작게 덧붙였다.

"두 분께서는 피를 나눈 혈육이 맞습니다. 다만…… 한쪽의 영혼이 불안정합니다."

루실리온이 말했다. 그는 무언가를 꿰뚫어 보듯 나를 한참이나 바라보다가 말을 이어 갔다.

"즉 본래 제대로 되었어야 하는 각인조차 완전하지 않다는 말입니다."

"나와 에이린의 각인이 제대로 되지 않았다는 건가?"

아빠가 다소 격양된 듯 인상을 찌푸리며 반문했다. 사실 나도 말로만 각인이 되었다고 들었지 크게 달라진 건 느끼지 못했다. 아주 조금 아빠가 남에게 욕을 먹는 게 듣기 싫거나 아빠를 괴롭히는 사람에게 보복하고 싶다는 충동이 늘기는 했다. 하지만 '각인'이라는 강력한 단어에 비해 뭔가 부족한 것 같다고 생각은 했었다.

"고대로부터 드래곤과 신은 아주 오랜 시간 얽혀 있는 존재였죠."

그래서 고대 신학서에는 드래곤에 대한 얘기가 아직 남아 있다고 덧붙인 루실리온이 말을 이었다.

"고대 신학서에는 제대로 각인이 된 상대에겐 표식이 생긴다고 합니다."

루실리온이 우리를 보며 말했다. 그 시선에는 우리에게 그런 표식이 존재하냐는 듯한 물음이 담겨 있었다.

'표식? 그런 건 없었는데.'

나는 말끔했던 내 몸을 떠올리며 고개를 저었다.

"그러니까 그대의 말은 육체만 혈육이고…… 영혼은 혈육이 아니라는 그런 의미인가?"

방관자처럼 듣고만 있던 차르니엘 에탐이 이해하지 못한 듯 끼어들었다.

"아뇨. 그렇다기보단…… 이미 영혼이 각인된 다른 쪽이 있는 모양입니다."

"그 개망나니 놈인가?"

"그랬다면 그쪽도 같은 반응이 생겼을 겁니다."

루실리온이 고개를 저었다. 가만히 듣던 황제가 고개를 기울였다.

"그러니까 말을 정리하자면 에탐 공작과 공녀는 서로 혈육이지만 영혼은 누군가와 이미 각인되어 있는 탓에 육체적 각인만 되었다는 건가?"

"제 추측이 맞다면……. 물론 말이 안 되긴 하지만 주어진 정보만 해석하자면 그렇습니다."

루실리온이 긴가민가한 표정으로 대답했다. 그도 답답한 듯 생각에 잠긴 표정이었다. 문득 섬뜩한 느낌이 들었다.

"이게 가능한 일인가? 부모가 둘이라는 의미는 아니겠지?"

"비슷합니다. 생각해 볼 수 있는 건……."

루실리온이 입술을 달싹였다. 턱에 손을 올린 그가 한참을 고민하듯 느릿느릿 말을 뱉었다. 그러더니 이내 눈을 크게 뜨곤 고개를 들었다.

"전생의 인연이 아직 덜 끊겼다는 것 정도겠군요. 그쪽의 인연이 아직 얽혀 있어서 영혼이 온전히 에이린이라는 인물에게 속하지 못한 느낌입니다."

루실리온의 말이 끝나기가 무섭게 불현듯 느꼈던 섬뜩한 느낌은 불안이 되어 나를 덮쳤다.

'설마…….'

내가 이 세계에 빙의를 했기 때문인가? 제대로 이 세계에서 태어나 속한 사람이 아니라서 그런 거야?

"하지만 확실한 것은 공녀님은 에탐 공작님의 친딸이 맞습니다."

루실리온이 확신하듯 대답했다. 아빠의 표정이 어두워졌다. 그리고 나도 의아한 느낌을 숨기지 못했다.

'아빠에게 자식이 또 어디에 있는데?'

내가 칼란이나 실리안도 아니고 아빠 성격에 밖에서 함부로 여자와 관계를 맺었을 것 같진 않았다.

"내게 셋째 아이가 있었던 건 맞지만…… 그 애는 태어나지도 못하고 죽었다."

아빠는 아주 오랜 시간 고심한 듯 한없이 무거워진 목소리로 말했다. 그 말에 내 눈이 절로 동그래졌다.

"그 핏덩이는 내 아내와 함께 묻혔다."

"……."

"나는 에이린을 충분히 아끼고 사랑하고 있으나 네가 하는 말은 이치에 맞지 않는다."

아빠가 말했다. 그때 그 이야기를 꺼내는 것이 퍽 괴로운 듯 언제나와 같은 미소는 입가에서 사라진 후였다.

"그건 결국 인간의 관점에서 인간의 눈으로 보고 생각한 것들이지요."

"……"

"세상엔 생각보다 더 기적 같은 일이 많이 있습니다."

루실리온의 말에도 대꾸하지 않고 앉아 있던 아빠는 한참 만에 자리에서 일어났다.

"따님."

"네."

"이만 돌아가자꾸나."

아빠는 자리에서 일어나 내게 두 팔을 뻗었다. 나는 언제나처럼 자연스럽게 그의 품에 안겼다. 품은 여전히 넓고 따뜻했다. 손길은 다정했고 쓰다듬어 주는 느낌은 부드러웠다.

"결론은 난 것 같으니 저는 이만 가 보겠습니다."

아빠는 나를 품에 안은 채 마차에 올랐다. 집으로 돌아가는 내내 아빠는 나를 물끄러미 바라보았다.

"에이린."

"……네."

"처음 만났을 때부터 너는 뭔가 특별하고 특이한 아이였지."

아빠는 마차가 저택에 입성하기 직전에 입을 열었다.

"한 가지만 물어도 되겠니?"

"네."

"혹시 내게 숨기는 것이 있느냐?"

"……"

생각지도 못한 돌직구에 말문이 턱 막혔다. 내가 입을 열지도 못하는 사이 마차가 멈췄다.

"……그렇구나."

나는 아무런 말도 하지 않았는데 아빠는 대답을 들은 사람처럼 혼잣말로 작게 중얼거렸다. 그러면서도 아빠는 내게 아무것도 묻지 않았다. 그저 평소와 다름없이 나를 품에 안아 방에 데려다주고 이마에 입을 맞출 뿐이었다.

"잘 자렴."

그 모든 것이 너무나도 평소와 다를 것 없이 다정해서 조금 눈물이 날 것 같았다. 그날 나는 꿈을 꿨다. 여전히 기억이 나진 않지만 불쾌감이 침잠한 듯 거슬거슬한 모래처럼 남아 있는 기묘한 꿈이었다.

끼이익—

덜컹!

톱니바퀴의 흐름이 뒤바뀐 듯한 기이한 소리가 또다시 한참이나 귓가를 맴돌았다.

* * *

똑, 똑, 또옥.

물방울이 규칙적으로 떨어졌다. 아주 작은 소음이지만 유난히 귀에 거슬렸다. 코끝에 닿는 병원 특유의 냄새에 인상이 절로 찌푸려졌다. 패닉 상태에 빠져서 아무것도 보이지 않았던 저번보다는 정신이 조금 멀쩡한 기분이었다. 짧은 한숨과 함께 천천히 눈을 뜨자 이제는 조금 익숙해질 것도 같은 새하얀 천장이 보였다.

'또야……'

또 돌아왔다.

'대체 왜지?'

멍하니 천장을 보며 생각했다. 이쯤이면 생각하지 않을 수가 없었다. 자꾸 이 끔찍한 곳으로 돌아오는 이유를 알 수 없었다. 호화로운 1인실은 적막했다. 가습기가 돌아가는 소리와 링거에서 액체가 떨어지는 소리만이 조용한 병실을 울렸다.

'……이상한 건 에이린이 되면 여기에서 있었던 일은 꿈처럼 느껴지고 생각나지도 않아.'

마치 세계가 차단되어 기억이 자연스럽게 잊히는 것처럼. 왜 자꾸 여기로 돌아오는 걸까? 단언하건대 나는 이곳에서 살고 싶지 않았다. 에이린의 세계가 설령 꿈이라고 한들 나는 그 꿈이 더 소중한 사람이 되었다. 지옥 같은 현실에서 살아야 한다면 차라리 꿈속에서 사는 것이 더 낫다.

'대체 뭐가 문제인 거지?'

답답함에 얼굴을 일그러뜨리며 그렇게 생각하는 순간이었다.

문득 아주 꽉 잠가 두었던 수도꼭지가 조금 풀린 듯 희미한 기억의 일부가 졸졸졸 흘러 들어왔다.

"아⋯⋯."

떠오른 기억에 살짝 뒤통수를 얻어맞은 듯했다.

"나는⋯⋯."

잔뜩 가라앉은 목소리가 새어 나왔다.

"자다가 그쪽으로 넘어간 게 아니야."

자취방에서 소설을 읽다가 잠들었고 정신을 차려 보니 그 세계로 넘어간 줄 알았다. 어쩐지 계속 그런 생각만 들었다. 하지만 또렷하게 기억났다.

[빠아아앙―!

끼이이이익―!

횡단보도엔 아이가 서 있었다. 트럭은 브레이크가 고장 나기라도 한 것인지 경적을 울리며 사납게 돌진하고 있었다. 순간 나는 달려 나갔고 아이를 밀쳤다. 그리고 나는⋯⋯.

[야, 차미소!]

트럭을 피하지 않았다. 가족들이 나를 보고 있었다. 경악하고 놀란 눈으로. 그래서 피하지 않았다. 당신들이 죄책감을 느끼길 바라면서. 마지막으로 보는 그 표정이 저열한 마음을 희열로 가득 채웠다. 커다란 트럭이 나를 쳤다. 허공에 떠 있던 몸이 바닥을 나뒹굴었다. 마지막으로 느끼고 본 것은 끔찍한 고통과 경악해

서 움직이지도 못하는 그들의 모습이었다.

'아, 내가 아직 당신들에게 그 정도는 되었구나.'

내 죽음이 그들에게 흉터로 남았으면 좋겠다. 그렇게 생각하며 눈을 감았다.]

그래.

나는 그날 죽었다.

아니, 분명히 죽었다고 생각했다. 하지만 정신을 차리니 나는 모든 걸 다 잊은 채 다른 세계에 있었다. 내가 줄곧 바라던 모든 것들이 있는 세계에. 왜 자꾸 돌아오는 걸까? 왜 에이린은 이 세계의 나를 기억하지 못하는 거지? 나는 대체 왜 그곳에 가게 된 걸까? 의문이 머릿속을 가득 채웠으나 더 생각하고 싶진 않았다. 아직은 진실을 마주할 시기가 아니란 생각이 들었다. 그렇게 믿고 싶었다.

'이 세계의 내가 아직 살아 있어서 검사 결과가 그렇게 나왔구나.'

그래서 루실리온은 내게 전생의 인연이 끊어지지 않았다고 했구나. 나는 멍하니 창밖을 보았다. 병실 창문에는 혹여나 일어날 사고를 대비한 듯 쇠창살이 촘촘히 달려 있었다.

'그 세계는 정말로 꿈인가? 내가 죽으면 꿈이 끝나나? 아니면…… 내가 아예 그 세계에 속하게 되는 걸까?'

생각해 봐도 지금으로선 알 수 없는 일이다. 지금 내가 하는 생각은 지나치게 도박에 가까웠다.

'아직이야.'

나는 아직 하타르 사건도 해결하지 못했어. 크루노 삼촌에게 애완동물을 선물해 주지도 못했고 가족들의 사랑에도 보답하지 못했다.

'그러니까 조금만……'

조금만 더 뒤에 생각하자. 아직은 이 행복한 꿈에 파묻혀 있어도 괜찮잖아. 나는 이불을 뒤집어쓰고 눈을 질끈 감았다. 눈을 떴을 때 나는 다시 에이린 에탐이 되어 있었다.

──◆── X ──◆──

"어머, 아가씨 왜 이렇게 피곤해 보이세요?"

"로랑, 나 요즘 이상한 꿈을 꾸는 것 같아."

"이상한 꿈이요? 어떤 꿈인데요?"

"그걸 모르겠어."

꿈이라고 해 봐야 눈을 뜨면 전혀 생각나지 않아서 뭐라고 말을 하기도 모호했다. 눈을 뜨면 가슴이 먹먹하고 울고 싶으면서도 괴로울 정도로 답답했다.

"그냥 눈을 뜨면 아무런 생각도 안 나."

"그래요? 근데 꿈은 원래 생각나는 경우가 더 드물대요."

"……그런 거야?"

"네. 또렷한 게 더 이상한 거랬어요. 왜, 꿈속에선 생각만 하면 원하는 게 다 이뤄지잖아요. 그래서 신께서 그 꿈이 현실과

혼동되어서 삶이 무너지지 않도록 공간과 시간을 분리한 거라고 했어요."

"그렇구나……."

하긴 생각해 보면 꿈이 잘 생각나는 경우도 꽤 드물었다. 보통 생각나지 않는 게 당연한 거긴 하겠지. 그걸 알면서도 뒤가 찜찜한 이유는 알 수가 없었다. 나는 뺨을 긁적이며 고개를 끄덕였다.

"그나저나 연회 내내 피곤하셔서 괜찮으시겠어요?"

"응, 괜찮아."

나만 참석하는 연회도 아니니까. 게다가 가주가 되면 빠질 수도 없잖아. 미리 체험한다고 생각해야지.

'아빠는 괜찮아졌을까?'

사실 나도 에이린에 대해서는 알지 못했다. 하지만 숨기는 게 있는 건 사실이었다. 실은 내가 다른 세계에서 자랐고 아직도 전생의 기억을 가지고 있다는 얘기를 어떻게 하겠어.

'내가 아빠 딸이라고…….'

하지만 아빠는 자기 자식이 죽었다고 했다. 어머니의 배에서 태어나지도 못한 아이가 나일 확률이 있나? 그게 가능한 걸까?

'게다가 전생의 인연이 안 끊어졌다니…….'

나는 아직도 저쪽 세계에서 잠을 자는 중인 건가? 영 마음이 편하지 않았다. 저쪽 세계의 몸이 살아 있어서 아직 영혼이 정착하지 않았다는 얘기면…….

'저쪽에 있는 내가 죽을 때까지 기다려야 한다는 건가?'

그건 좀 난감하네. 내가 저쪽 세계에 다시 갈 수 있는 것도 아니니까 별달리 방법은 없을 텐데.

'이미 죽었을 거라고 생각했는데.'

나는 팔짱을 끼며 생각했다. 혼자 사는 자취방이었으니 사람이 찾아오지 않았으면 아마 그대로 죽지 않았을까 싶었다.

'그 텅 빈 방에 누군가 오긴 왔다는 건가?'

어쩌면 월세가 안 들어와서 집주인이 왔을 수는 있겠다 싶었다.

'이럴 게 아니라 아빠한테 가 봐야겠다.'

나는 로랑이 마지막으로 머리 모양을 매만지는 것을 기다리다가 의자에서 내려왔다.

"꺄아아, 진짜 너무 귀여우세요!"

"히히, 그래?"

"네!"

로랑이 발을 동동 구르며 연신 고개를 끄덕였다. 나도 모르게 볼이 발그레해져서 뺨을 꾹꾹 누르자 또다시 로랑이 비명 아닌 비명을 지른다.

'이러다 칭찬에 너무 익숙해지는 거 아닐까?'

아무리 칭찬을 받아도 익숙하지 않은 탓인지 늘 민망하고 부끄러웠다.

"근데 아가씨, 어디 가시려고요?"

"아빠한테."

"아, 아까 온실에 가시는 걸 봤어요."

"응. 다녀올게!"

"제가 같이 가지 않아도 괜찮으시겠어요?"

"혼자서 할 수 있어. 애도 아니잖아. 벌써 열 살이라고."

내가 불만스럽게 볼을 부풀리며 말하자 로랑의 입이 살짝 벌어졌다.

"푸훗, 맞아요. 벌써 열 살이시죠."

로랑이 퍽 기특한 것을 보듯 웃음기 섞인 목소리로 대답했다.

"조심해서 다녀오세요."

"응."

나는 재빨리 아빠가 있다는 곳으로 발걸음을 재촉했다.

'전생의 기억이 있는 걸 밝히는 게 나을까?'

사실 계속 숨길 순 없는 노릇이잖아. 어쩌면 자세한 내용만 말하지 않으면 되지 않을까?

'이 세계가 소설 속이라든가……'

그런 얘기만 하지 않으면 내가 온전히 세계에 속할 수 있게 아빠가 도와주지 않을까? 걸어가는 내내 불안이 온몸을 잠식하는 기분이었다. 이런저런 가정을 해 봐도 어쩐지 자꾸만 불안해서 빨리 그 품에 안기고 싶었다.

* * *

"진짜 내 딸이라고……."

에르노 에탐이 아주 작은 목소리로 중얼거렸다. 대신관이 확답했으니 아마 틀렸을 확률은 낮을 것이다. 에르노 에탐 역시 그 사실을 알고 있었다. 그러나 그는 아내가 품고 있던 아이가 딸인지 아들인지도 몰랐다. 태어나지도 못하고 죽은 아이란 그러했다.

[미안해…… 에르노. 나 아무래도…….]

[달리아, 괜히 말하지 마. 의원을 불렀으니까.]

[우리 애가 욕심이 많나 봐. 내가 우리 애를 감당하기에 너무…….]

흐려지는 목소리가 아직도 귓가에 생생했다. 임신한 에르노 에탐의 아내는 몸이 점점 약해졌다. 첫 달엔 안색이 살짝 나빠지는 정도였으나 넉 달이 되자 온몸이 나뭇가지처럼 앙상해져 버렸다.

[내가 조금 더 튼튼하면 좋았을 텐데…….]

본래도 무척 튼튼한 사람이었다. 병에 걸린 것이라고 생각했지만 누구도 그녀가 어떤 병에 걸린 건지 알지 못했다.

[달리아, 말하지 마. 당신은 괜찮을 거야.]

마력이 부족한가 싶어서 마력을 나눠 주기도 했고 치유 신관부터 시작해서 온갖 사람을 다 불러 모았다. 그러나 누구도 그녀의 병을 고치지 못했다.

[엄마…….]

[엄마아아…….]

칼란과 실리안이 앙상해져 숨 쉬는 것조차 버거워 보이는 그녀를 보며 울었다.

[왜 울어, 내 아들들. 네 아빠가 또 괴롭히니?]

[괴롭히긴 누가…….]

[맞아. 당신은 아이들에게만큼은 좋은 아빠가 되겠다고 나랑 약속했으니까.]

지킬 거라고 믿어. 그렇게 말하며 힘없이 휘어지는 눈꼬리는 언제고 무너져 내릴 것처럼 위태로웠다.

[달리아, 아이를 포기하지.]

방법이 없었다. 아이라도 꺼내서 영양분을 앗아가는 걸 어떻게든 막아야만 했다.

[안 돼.]

달리아는 단호했다. 그녀는 마른 나뭇가지 같은 앙상한 팔로 부푼 배를 끌어안으며 고개를 저었다.

[괜찮아, 조금만 더 버티면……. 이 애는 태어날 수 있어. 아주 조금만…….]

그러나 그렇게 말한 달리아는 며칠이 지나지 않아 심장이 멈췄다.

[……평생 곁에 있어 주겠다고 했으면서.]

에르노 에탐은 차갑게 식은 그녀의 손을 붙잡은 채 속삭이듯 말했다.

[넌 정말 예나 지금이나 날 속일 수 있는 유일한 사람이야. 거짓말쟁이.]

이내 달리아의 손등 위로 작은 물웅덩이가 생겨났다.]

문득 떠오른 기억에 에르노 에탐은 천천히 고개를 저었다. 그래. 아이는 이미 닿을 수 없는 곳에 간 뒤였다.

'딸…….'

그 아이가 다시 살아나기라도 했다는 말인가?

'아니면 내가 미쳐서 아랫도리를 함부로 놀리고 다녔거나.'

어느 쪽도 말이 되지 않았다. 아이의 근원이 드래곤인 것을 생각하면 아마 살아 있었을 확률이 제일 높다. 그것이 가장 말이 된다는 것을 에르노 에탐도 잘 알았다. 그러나…….

'그 어둡고 추운 땅속에 있었다고? 대체 얼마나?'

이쪽도 썩 믿고 싶지 않은 진실이었다. 그는 커다란 손으로 눈을 꾹 눌렀다. 제대로 확인하지 않았던 탓인가?

바스락―

뒤에서 들린 소리에 그가 반사적으로 몸을 돌렸다. 에르노 에탐의 시선이 새하얗게 질린 아이에게 닿았다. 여기까지 뛰어오기라도 한 것인지 밭은 숨을 몰아쉬는 아이는 불안에 잠식된 표정으로 온실 입구에서 주춤거리며 서 있었다. 그러더니 눈이 마주치자 입가를 풀어 헤실헤실 웃어 보였다.

"아, 아빠……. 아침…… 식사, 하자고……."

에이린은 머릿속에서 생각했던 오만가지 말과 변명 중에 가장 허름한 것을 꺼내 버렸다. 웃지 않는 표정을 보고 있으니 덜컥 겁부터 났다.

'아빠는 내가 진짜 딸이라는 게 이상한 건가?'

어쩌면 괴물이라고 생각할지도 몰랐다.

"……그래. 시간이 벌써 그렇게 됐구나."

짧게 침묵하던 에르노 에탐은 아주 느리게 입을 열었다. 평소와 크게 다름없는 목소리였다. 그제야 에이린이 안도한 듯 활짝 웃으며 조심스럽게 에르노 에탐에게 다가갔다.

"잠 못 주무셨어요?"

"아니. 잘 잤단다."

거짓말이었다. 에이린은 오는 길에 만난 칼란과 실리안에게 아빠가 어젯밤 독한 술을 몇 잔 하고 잠을 자지 않았다는 사실을 들었다.

"그렇구나."

그러나 에이린은 굳이 그의 거짓말을 지적하지 않았다. 대신 오면서 생각했던 몇 마디 말을 입에 올렸다.

"아빠, 제가 고민해 봤는데요! 아마 검사는 뭔가 잘못된 걸 거예요. 제가 루시한테 다시 말해 볼게요!"

에이린이 해사하게 웃으며 곁으로 다가오더니 조잘조잘 떠들었다. 분명히 뭔가 문제가 있었을 거라느니, 걱정하지 말라느니, 드래곤이니까 분명히 알을 깨고 나왔을 거라느니, 죽었는데 다시 살아날 수 있을 리가 없다느니……. 아이가 해 주는 에르노 에탐을 향한 모든 위로의 말들이 스스로를 부정하는 것에 근간을 두고 있었다.

'나도 참 한심하군.'

에르노 에탐이 생각했다. 그는 물끄러미 에이린을 바라보다가 천천히 한쪽 무릎을 꿇고 아이와 눈을 맞췄다.

"에이린."

"네!"

"내가 확실히 말하지 않아서 널 불안하게 했구나."

에이린의 고개가 살풋 기울어졌다. 눈을 동그랗게 뜬 아이를 바라보며 에르노 에탐이 에이린의 손을 붙잡았다.

"나는 네가 내 딸이라 기쁘단다."

"……"

그 단호한 말에 에이린의 눈이 확 커졌다.

"단지 조금 예상치 못한 말에 놀라서 생각할 시간이 필요했을 뿐이야. 결코 널 부정할 생각이 아니었다."

에르노 에탐의 말에 놀란 듯 에이린이 입을 꾹 다물었다.

"검사는 틀리지 않았어, 에이린. 너는 원래부터 내 딸이니까. 결과가 어땠든 네가 내 딸이라는 사실에는 변함이 없었을 거야."

에르노 에탐이 에이린을 품에 끌어안았다. 힘주어 끌어안은 단단한 품에 무너져 내리며 에이린은 울 것처럼 얼굴을 일그러뜨렸다.

"불안하게 해서 미안하다."

"……"

솔직한 사과와 진정성 있는 말에 에이린이 에르노 에탐의 어깨에 얼굴을 묻었다. 더는 아빠를 속여선 안 될 것만 같았다. 반쪽짜리 각인 때문인지 아닌지는 모르겠지만 자꾸만 불안했다.

"……아빠, 죄송해요."

"에이린?"

어제의 질문에 하지 못한 대답을 할 때였다.

"……저 숨기는 거 있어요."

그리고 본능이 아주 조금, 솔직해질 때가 왔다고 속삭이는 듯했다. 그래야만 이 답답하게 엉킨 실타래가 조금이나마 풀릴 것만 같았다.

"그렇구나."

아빠는 이미 예상한 사람처럼 담담하게 입을 열었다. 오히려 그 반응에 입이 꾹 닫힌 건 내 쪽이었다. 그는 담담한 표정으로 내 뺨을 가볍게 쓰다듬더니 이내 다시 입을 열었다.

"솔직하게 대답해 줘서 고맙구나."

"……화나지 않아요?"

"누구나 숨기는 건 있는 법이잖니."

"……아빠는 제가 무슨 말을 해도 믿어 주실 건가요?"

"부모가 자식을 믿지 않으면 누구를 믿겠니."

다정하면서도 평생 듣지 못했던 그리고 늘 듣고 싶었던 그 말에 울컥한 기분이 들었다. 목구멍이 벌어지는 듯 빠듯하게 아픈 기분에 나는 억지로 눈꼬리를 휘어 가며 웃어야 했다.

"사실 저……."

나는 주먹을 몇 차례 쥐었다 폈다.

"전생의 기억이 있어요……."

나는 침을 꿀꺽 삼키고 눈을 질끈 감으며 말했다. 나도 모르게 옷자락을 쥐고 있는 것도 알아채지 못했다.

"전생의 기억……?"

아빠 역시 그답지 않게 조금 당황한 표정이었다. 나는 고개를 푹 숙여 보였다. 믿기 어려운 것은 알고 있다. 하지만 그래도 믿어 주기를 바라며 나는 마저 입을 열었다.

"거짓말이 아니에요. 제가 사실은 이곳과 다른 세계에서 어른이 됐었는데…… 어쩌다 보니 여기에 있었어요."

차마 소설을 읽다가 들어왔던 것 같다고 말하진 못했다. 이 세계가 사실 소설일지도 모른다는 것도 말할 수 없었다.

'기억으론 소설을 읽다가 들어온 것 같은데 그게 확실하진 않으니.'

어떻게 이 세계에 오게 됐는지 전혀 기억이 나지 않았다.

"제가 만약에 거기서 죽지 않고 여기서 다시 태어난 거라면…… 그래서 검사 결과가 이상하게 나온 게 아닐까요……?"

말을 끝맺을수록 내 목소리는 점차 작아졌다. 아빠가 놀란 듯 굳어 있기도 했거니와 나도 이런 기이한 현상을 입 밖으로 꺼내는 것이 정상처럼 느껴지지 않았던 탓이다.

"그러니까 제가 하고 싶은 말은……."

"네가 거짓말을 하지 않은 건 안다."

나를 보던 아빠가 단호하게 말했다.

"조금 놀라서 그래. 그런 일이 있을 거라곤 생각지도 못했으니까."

그는 나를 품에 안은 채 멀지 않은 곳에 있는 벤치 의자에 앉아 나를 무릎에 앉혔다.

"그랬구나. 그래서 그렇게 똑똑했구나."

아빠가 설핏 웃으며 내 머리카락을 슥슥 쓰다듬었다.

"이제야 조금 너에 대해 알게 된 것 같구나."

아빠는 뭔가를 생각하는 듯 한참이나 내 머리를 쓰다듬고 등을 토닥이기만 할 뿐 아무런 말도 없었다.

"꿈을 꾼 적은 없니?"

"꿈이요?"

"그래. 네가 전생에 살았던 저 세계의 꿈."

나는 눈을 동그랗게 뜨곤 고개를 내저었다. 무언가 꿈을 꾸지만 눈을 뜨면 아무것도 기억나지 않았다.

"잘 모르겠어요. 꿈을 꾸긴 하는데 기억이 나진 않아요."

그러니 그게 내가 푸딩 속을 헤엄치는 꿈인지, 전에 살던 세계의 꿈을 꾸는 건지도 불확실했다.

"에이린."

"네?"

"기억하지 못한다는 건 네가 그 꿈을 감당할 준비가 되지 않았다는 거겠지."

예상치도 못한 아빠의 말에 눈이 절로 동그래졌다.

"그러니 너무 깊게 생각하지 말거라. 언젠가 네가 감당할 때가 올 거야."

다정한 목소리에 나도 모르게 고개를 끄덕였다. 아빠의 어깨에 얼굴을 묻고 뺨을 비비고 있으니 기분이 좋았다.

"어떤 결과가 나오더라도 너는 내 딸이니까."

감당하기 싫어도 감당할 때는 반드시 오게 될 테니 벌써부터 초조해하지 말라고 덧붙인 아빠가 나를 안고 일어났다.

"그리고 그때가 되면 내게도 꼭 말해 주렴."

"……네."

아빠가 내 이마에 입을 맞추곤 느긋하게 식당으로 향했다.

연회는 막 3일 차를 맞이한 후였다.

* * *

결과만 말하자면 나는 3일 차 연회에 참석하고 4일 차 연회엔 불참했다. 그리고 오늘이 바로 마지막 연회 날이었다. 그동안 나는 에탐들의 도움을 받아서 꽤 많은 귀족의 얼굴을 익힐 수 있었다. 그리고…….

'지쳐. 돌아가고 싶어.'

한동안은 연회엔 얼굴도 들이밀고 싶지 않았다. 아빠는 이번이 특수한 경우라고 했으니까 다행인 일이지만. 칼란과 실리안을 비롯해 몇몇 에탐들은 3일 차부턴 참석하지 않았다. 듣자 하니 하타르 쪽에 뭔가 유의미한 성과가 생긴 모양이었다. 넓게 쳐 둔 거미줄이 살짝 흔들린 것이 분명했다.

'5일 차가 되니까 그렇게 바글바글하던 귀족들도 많이 없어졌네.'

게다가 에탐들이 워낙 철벽을 치고 내게 다가오지 못하게 해서 그런지 3일 차부턴 내게 접근하는 귀족도 거의 없었다.

"다 좋은데 심심하네."

나는 작게 중얼거렸다.

"에탐 영애?"

테라스에나 갈까 고민하고 있는데 누군가 나를 불렀다. 고개를 돌리자 필 로즈먼트였다.

"……필?"

"네, 호…… 혹시 시간이 될까?"

필 로즈먼트가 뺨을 붉히며 몇 발자국 떨어진 곳에서 수줍게 물었다. 나보다 머리 하나는 더 큰 소년이 저렇게 있으니 어쩐지 귀엽게 보였다.

'이 세상에도 정상이 아직 남아 있구나.'

괜스레 흐뭇함과 뿌듯함이 느껴졌다.

"물론이야."

심심했는데 마침 잘됐다!

"어제는 나오지 않았던데……."

"응. 너무 피곤해서 못 가겠다고 했어."

3일 연속 피곤함에 절어 있었던 터라 4일 차엔 신물이 올라올 것 같았다.

"그렇구나……."

"왜? 나 찾았어?"

"응. 너랑 얘기해 보고 싶었거든."

"어떤 걸?"

"그…… 너도 내 삼촌 봤지?"

필 로즈먼트가 환하게 웃으며 조금은 부끄럽다는 듯 물었다.

"응."

나는 알비온을 떠올리며 고개를 끄덕였다.

"나, 삼촌이 좋아. 나…… 어릴 때부터 가족이 없었거든."

필 로즈먼트가 수줍게 웃으며 말했다.

"우리 부모님이 일찍 죽고 형이랑 둘이서 살았으니까 어른인 보호자가 없었거든. 우리 주변에 온 사람들은 다 돈을 노리는 사람뿐이었어."

그래서 형이 아주 싫어했다고 필 로즈먼트가 작게 웅얼거렸다. 손가락을 꼼지락거리며 뺨을 발갛게 붉힌 필 로즈먼트가 마저 입을 열었다.

"형도 말은 안 하지만 조금 기쁜 것 같아……."

힐 로즈먼트가? 설마. 전혀 그렇게 보이지 않던데.

'아닌가?'

알비온이 돌아간다고 했을 때 가스라이팅을 했던 걸 생각하면 은연중에 그걸 바랐는지도 모르겠다.

"그래서 삼촌을 어떻게 하면 떠나보내지 않을 수 있을지 궁금해……. 너는 가족이 많아 보여서……."

도움을 청하러 왔다고 속삭이는 필 로즈먼트의 얼굴에는 아주 조금 기대감이 섞여 있었다.

"원장님은 돌아갈 곳이 있어서 돌아가는 거라서……. 보육원에 원장님을 기다리는 아이들이 아주 많아."

"……하지만 우리는 정말 피가 섞였잖아."

그건 그렇긴 한데…….

"어떻게 안 되는 걸까? 이러다가 형이 삼촌을 죽일 수도 있어."

"아마 쉽게 죽지 않을……."

……거라고 말하려 했는데 약간 의구심이 들었다. 생각해 보니 알비온은 늘 아이들에게 죄책감을 가지고 살아왔다.

'설령 딸의 무덤을 찾았더라도 쉽게 성격이 바뀌진 않았겠지.'

그 말은 힐 로즈먼트의 속셈을 알면서도 죽어 줄 확률이 있다는 것이다. 아무리 생각해도 그건 안 될 말이다. 살려야 한다. 나는 급히 머리를 굴렸다.

"어…… 돌아갈 이유를 없애면 되지 않을까?"

내 말에 필 로즈먼트가 눈을 동그랗게 뜨더니 손뼉을 쳤다.

"그렇구나."

"아예 없애라는 게 아니라 그 보육원을 수도로 옮겨 주거나…… 아이들이 좋은 집안으로 입양 갈 수 있게 해 주거나 그런 것들 있잖아."

어쩐지 이대로 필 로즈먼트가 이 말을 힐 로즈먼트에게 전달하면 그 순간 고아원이 의문의 폭발 사고에 휩쓸릴 것만 같았다.

"원장님은 고아원 아이들을 중요하게 생각하니까……."

혹시 모를 위험을 없애기 위해 급히 말도 덧붙였다.

"응. 조언해 줘서 고마워! 형님께 말씀을……."

"엥? 뭐야, 말 병X 고아 새끼가 여기에 있네?"

뒤쪽에서 들린 저급하고 상스러운 말에 절로 인상이 구겨졌다. 필 로즈먼트의 표정이 어두워졌다.

"야, 여기 봐. 시골 촌놈 왔다. 으, 어디서 냄새나는 것 같지 않냐?"

세상 어디를 가든 저열하고 비겁한 사람은 존재하는구나.

"영애, 그런 놈이랑 있으면 병 옮을걸요?"

"맞아요. 저희와 노는 건 어때요? 최신 유행이나 재밌는 놀이도 많이 알거든요."

애네는 알까. 이 멘트가 구식 중에서도 곰팡이가 피다 못해 썩어 버린 구식이라는 것을. 적어도 내게는 말이다. 그리고 예나 지금이나 나는 걸어 오는 시비를 딱히 피하는 편은 아니었다. 남동생들이 얽히면 입을 다물고 몸을 사려야 했지만 그게 아니라면…….

"필, 어디서 생선 썩은 내 안 나?"

구태여 참을 필요는 없지.

"어? 아, 안 나는 거 같은데……."

순진한 필의 말에 나는 오히려 활짝 웃었다. 그러자 날 보고 있던 영식 무리의 얼굴이 발갛게 달아올랐다.

"멍청하긴. 레이디가 하는 말은 다 맞는 거야."

"그래. 그리고 실제로도 나잖아? 네 몸뚱어리에서."

킥킥 웃어 대는 머리에 피도 안 마른 청소년들을 보고 있으려니 기분이 영 좋지 않았다.

"영애, 저희는 영애가 아주 마음에 들었어요. 함께하지 않겠어요?"

부모님이 시켰다는 건 알겠다. 어떻게든 나와 연을 터 보라고 했겠지.

"야."

"네……? 저, 저희요?"

"응."

내가 고개를 끄덕이자 영식들이 의아한 표정으로 나를 보았다.

"너희 입에서 나잖아. 생선 썩은 내. 나한테 말 걸지 마, 멍청이들아."

나는 예전부터 정말로 학교 폭력이 싫었다. 사교계 폭력도 좋아하진 않고.

"난 나보다 멍청한 애들이랑 대화 안 해."

나는 필 로즈먼트의 손을 잡고 테라스를 나섰다.

"문 잠그는 것 좀 도와줄래?"

"어? 물론이지."

필 로즈먼트가 테라스 문을 꽉 잠갔다.

"여, 영애?!"

"나 마음에 든댔지?"

"네? 네……."

"그럼 그것도 맘에 들겠네."

나는 활짝 웃으며 상상했다. 그러자 아무것도 없는 허공 위에 먹구름 같은 것이 생겨나는 듯하더니 이내 무언가가 후두두둑 떨어졌다.

"흐, 흐아아악!"

"끄아아악! 지, 징그러워!"

"이, 이게 뭐야. 비켜! 다 비…… 얽! 이베 드러……!"

수백 마리의 도마뱀이 비처럼 내려와 놈들의 몸에 들러붙으며 테라스 바닥에 산처럼 쌓이기 시작했다.

"에이린, 너 용사님 같았어!"

필 로즈먼트가 눈을 반짝반짝 빛내며 말했다. 필의 뺨이 한층 더 붉어져 있었다. 즐거운 연회의 피날레였다.

* * *

그리고 다음 날, 우리가 만든 가짜 하타르가 진짜처럼 본격적으로 유통되기 시작했다.

하타르.

칼란 에탐이 밝혀낸 사실에 따르면 이 액체는 생각보다도 훨씬 더 질이 좋지 않은 것이라고 한다. 마시면 각종 신경계를 천천히 자극해서 자꾸 액체가 생각나게 중독시키며, 더 많은 양을 요구하게 해서 결국은 금단 증상이 심각해져 죽게 만드는 액체. 뿐만 아니라 장기에도 좋지 않은 영향을 줘서 산 채로 사람을 내장부터 썩게 한다고 했다.

"어쨌든 네가 미리 알아내서 다행이야. 이게 나라에 퍼졌으면 어떻게 됐을지."

칼란이 그렇게 말하며 고개를 절레절레 저었다. 나와 눈이 마주치자 씩 웃으며 쿠키를 오독오독 씹어 먹는 칼란은 여전히 어린애 같은 면모가 있었다.

'하긴 아직 열다섯 살이긴 하지.'

나는 대체 언제 자라려나. 곱씹어 보니 어쩐지 조금 까마득하게 느껴지기도 했다. 하지만 그래도 옛날보다는 훨씬 낫다.

'살아 있다는 느낌이 드니까.'

괜히 기분이 좋아져서 히죽히죽 웃고 있으려니 칼란이 조용히 내 이마에 손을 얹었다.

"……뭐 해?"

"어? 아니, 어디 아픈가 해서. 갑자기 이상하게 웃기에……."

그가 내 눈치를 살피며 혀가 아릴 것처럼 진하게 탄 핫초코를 홀짝홀짝 마셨다.

'저런 걸 어떻게 먹는지 모르겠어.'

단 걸 먹으면 기분이 좋아진다는데 저걸 먹으면 기분이 좋아지기는커녕 하늘로 솟아오를 것 같았다.

"너는 그 이상한 걸 어떻게 먹는지 항상 궁금해."

나는 야금야금 떠먹던 푸딩이 담긴 수저를 입에 와앙 물며 고개를 기울였다.

"……넌 좀, 그렇게 안 하면 안 돼?"

"뭘?"

뜬금없는 말에 슬쩍 수저를 내리자 어느새 벌겋게 물든 얼굴의 칼란 에탐이 내게 삿대질을 했다.

"그 표정! 그 눈! 그 살짝 기울어진 애매한 고개 각도!"

"……어?"

"지금도 소파를 부수고 싶었다고!"

"……."

주접도 이런 주접이 없다. 최근 여러 사람과 대화를 나누며 한 가지 알게 된 사실이 있다면…… 아주 민망하고 아주 부끄러워서 입 밖으로 꺼내기 약간 괴로운 면이 있지만…… 나는 내가 생각하는 것보다 더 사랑받고 있었다. 칼란 에탐의 저 서툴고 어색한 말도 어디에서 기인했는지 대충 알 것 같았다. 왜냐면…….

"진짜 어떻게 아버지한테서 이런 솜털 같은 애가 나왔지?"

"솜털 같다니……."

"너! 내 방에 네 인형이 몇 개인지 알아? 내가 나이가 몇인데!"

예전에 내가 이런 식으로 여주인공을 좋아했던 것도 같기 때문이다. 칼란 에탐은 인형을 모으는 스스로가 퍽 억울하다는 듯 소파 쿠션을 끌어안고 툴툴거렸다. 그러나 나를 보는 시선엔 분명히 애정이 있었다. 전생의 남매 같지도 않던 그놈들과는 다르게 말이다.

"근데 나 궁금했는데 하타르를 퍼뜨린 범인을 잡으면 어떻게 할 생각이야?"

나는 팔짱을 끼곤 고개를 기울였다. 어쩌기는. 하나부터 열까지 전부 아득바득 뜯어내야지. 그걸 실행할 사람은 내가 아니겠지만. 이 범인 잡기는 딱히 어떤 생각이 있어서 시작한 일은 아니다. 그냥 내 일상이 편안했으면 좋겠고 내 주변 사람들이 평화로웠으면 했을 뿐이니까.

'그러게 대체 왜 하타르를 퍼뜨렸지? 대체 왜 기억이 안 나는지 모르겠네.'

어떤 나라에서 이 하타르를 풀었는지 명확히 떠오르진 않았다.

'하타르를 풀어서 이득을 보는 사람이 있어야 할 텐데.'

내가 푸딩을 오물오물 퍼먹으며 생각에 잠겨 있을 때였다. 맞은편에 앉아 있던 칼란 에탐이 자리를 옮기더니 내 옆자리에 턱 앉았다.

"맛있냐?"

"웅."

"한 입만 줘 봐."

칼란 에탐이 입을 떡 벌렸다. 그의 뻔뻔함에 눈을 가늘게 뜨자 칼란 에탐이 시선을 슬쩍 피했다. 내가 푸딩을 한 스푼 떠서 내밀자 칼란 에탐이 냉큼 입에 넣더니 대번에 얼굴을 구겼다.

"으, 식감이 기분 나빠."

푸딩도 싫어하면서 왜 뺏어 먹는지 모르겠네. 나는 불만스러운 표정으로 그를 흘겨보다가 입을 열었다.

"그러고 보니까 내 친아빠……인 줄 알았던 사람은 어디에 있어?"

"아아…… 그 개망나니?"

"응."

"왜?"

"생각해 보니까 뭔가 독특한 냄새가 났던 것 같아서. 잘 기억이 안 나는데……."

묵직한 우드 향이 나면서도 묘하게 달콤한 냄새가 섞여 있는 뭐라고 설명할 수 없는 냄새였다. 설핏 풀 냄새도 섞여 있었던 것도 같고.

"보고서 가져다줄까?"

"있어?"

"뭐, 개망나니가 방계이긴 해도 어쨌든 에탐 가문의 사람이니까 보고 정도는 올라왔지."

"오라버니한테?"

"아니. 아버지 책상에서 봤어."

칼란 에탐이 짓궂은 악동처럼 씩 웃었다. 그가 뭔가를 작게 읊조리자 허공에서 종이가 생겨나더니 팔랑팔랑 내 손 위로 사뿐히 내려앉았다.

"훔친 거야?"

"설마. 베껴 온 거지."

칼란이 당당하게 말했다. 훔치나 베끼나 무슨 차이가 그렇게 큰가 싶기는 하지만…….

"잘했지?"

소년이 눈을 반짝이며 상체를 살짝 숙였다. 부쩍 낮아진 머리를 보던 나는 손을 뻗어 그의 머리카락을 헤집었다.

"고마워, 오라버니."

"천만에."

칼란 에탐이 만족스레 웃으며 물러났다. 나는 천천히 보고서를 읽어 내려갔다. 횡설수설 말을 더듬는다든지 나를 보고 싶어 한다든지 하는 이야기는 여럿 있었다. 하지만 따지자면 그건 솔직히 내 알 바는 아니었다.

'도대체 날 이 개망나니한테 준 사람은 누굴까?'

어렴풋이 떠오른 기억에서 갓난아기였던 나를 개망나니에게 넘긴 사람이 보였다. 그러나 그때 상황이 어땠는지 어떤 대화가 오갔는지는 선명하게 생각나지 않았다. 천천히 보고서를 읽어 내려가는데 문득 눈에 들어오는 내용이 몇 줄인가 있었다.

소지품: 나이프, 금화…… (중략), 시가 1개

특이사항: 발작을 일으키는데 어떠한 약물의 부작용이나 혹은 중독 증상으로 보임.

소지품과 특이사항에 관한 내용이었다. 내 눈이 한결 가느다래졌다.

'시가…… 그리고 중독 증상?'

묘하게 꺼림칙한 연관성이다. 따로따로 두고 보면 사실 개망나니라는 인물에게 아주 어울리는 내용이다. 그러나 공교롭게도 나는 이 두 가지가 모호하게 얽혀 있는 사건을 하나 알고 있었다.

[앳되어 보이는 남자로 왼쪽 눈 위에 상처가 있다는 외형 정보를 제외하면 자세한 건 저도 몰라요. 특이한 시가를 좋아한다곤 하는데 직접 제작하는 건지 시중에 유통되는 건 아니었고요.]

문득 떠오르는 힐 로즈먼트의 말에 나는 천천히 종이를 책상 위에 내려놓았다.

"오라버니."

"응?"

"혹시 이 사람이 중독됐다는 거 하타르가 아닌지 알아봐 줄 수 있어?"

"물론이지."

칼란 에탐이 씩 웃으며 핫초코를 단숨에 마시더니 자리에서 일어났다.

"네가 도와 달라고 하면 나는 얼마든지 도와줄 거야. 그러니까 참지 말고 생각하지도 말고 언제든 말해 줘."

다정한 말에 절로 입가에 힘이 풀렸다. 나도 모르게 눈꼬리를 휘었다. 늘 생각하지만 이 사람들은 너무 다정하다. 그래서 더 지켜 주고 싶고 더 잃고 싶지 않았다.

"응. 오라버니도 사고 치지 말고 무슨 일 있으면 나한테 말해."

"그럴게."

칼란 에탐이 손을 흔들며 냉큼 응접실에서 나갔다. 나는 찌뿌둥한 몸을 이리저리 움직이다가 자리에서 벌떡 일어났다. 하려던 일도 다 마쳤으니…….

"오늘은 외출이다!"

나는 도도도 달려 쫄래쫄래 방으로 돌아갔다. 방에는 언제나처럼 로랑이 나를 기다리고 있었다.

"어서 오세요, 아가씨!"

"로랑! 나 이제 나가려고."

"공자님과는 잘 대화하셨나요?"

"응. 내가 도와 달라고 했더니 도와준대."

그 사실이 조금 기뻐서 신이 나 말하자 로랑이 웃으며 고개를 끄덕였다.

"거기에 이 로랑도 있다는 걸 잊지 말아 주세요! 그럼 저도 있는 힘껏 준비 도와드리겠습니다!"

"응. 잘 부탁해!"

"수도 시장의 상점가에 가신다고 하셨죠?"

"응."

내가 의자에서 달랑거리는 다리를 흔들며 대답하자 로랑이 내 머리를 조심스럽게 만지며 입을 열었다.

"근데 상점가는 왜 가시려고요?"

"선물 사러!"

내 말에 그녀가 눈을 동그랗게 떴다.

"선물이요?"

"응."

내가 히죽 웃자 머리 정돈을 마친 로랑이 내 뺨을 가볍게 쓸어 주더니 마주 웃었다. 로랑은 내 옷을 열심히 만져 주고는 기운찬 얼굴로 자리에서 벌떡 일어났다.

"그럼 저도 얼른 채비하고 올게요. 호위 기사분도 데리고 올게요. 이오나 경과 아담 경이면 될까요?"

"응."

이오나와 아담은 아예 내 전담 호위를 맡고 있었다. 저택은 안전하니까 호위하진 않지만 이 저택 건물을 나가는 순간부터는 설령 에탐 가문 부지 내라고 할지라도 두 기사가 나를 따랐다.

"돈도 챙겼고."

나는 두둑한 지갑을 내려다보며 흐뭇하게 고개를 끄덕였다. 아빠가 준 검은 호랑이 모양의 동전 주머니였다. 금화를 가득 채웠더니 호랑이 얼굴이 울룩불룩했다. 고개를 돌리자 침대 위에 잘 앉아 있는 호랑이 인형이 보였다. 최근엔 영 신경 써 주지 못한 것 같아서 미안할 따름이다.

"음, 너도 나갈래?"

슬쩍 다가가 물었다. 당연히 인형에게 한 물음이니 대답은 들려오지 않았지만.

"흠흠."

약간 민망해져서 헛기침을 몇 번 하다가 슬쩍 인형을 품에 안았다.

"그거 알아? 네가 내 첫 장난감이야."

처음 선물 받은 소중한 인형. 물론 진짜로 처음 받은 건 중간에 가출하면서 잃어버린 터라 이건 새로 받은 것이었다.

"그래도 이제 잃어버리지 않을게."

품에 꽉 끌어안으며 침대에 앉아 발을 구르고 있으니 이내 로랑이 도착했다. 그녀와 함께 계단을 내려가니 아담과 처음 보는 기사가 내게 허리를 숙여 인사했다.

"아가씨, 외출하신다고 들었습니다."

"응."

"일전에 함께했던 이오나 경은 오늘 다른 일이 있어 자리를 비웠기 때문에 다른 기사를 데리고 왔습니다."

아담의 설명에 고개를 끄덕이고 고개를 돌리자 뺨에 상처가 난 무뚝뚝해 보이는 표정의 잘생긴 남자가 서 있었다.

'기사들은 다 무뚝뚝한 걸까?'

막 생각하고 있을 때였다.

"와아, 처음 뵙겠습니다! 이스터라고 합니다. 오늘은 제가 모시겠습니다."

기사가 활짝 웃으며 입을 열었다. 그리고 동시에 내가 생각했던 이미지가 와장창 깨졌다. 노란 머리카락의 기사 이스터는 허리를 낮춰 내 손등에 입을 맞추곤 씩 웃었다.

"오, 아름다운 시녀분도 함께하시는군요. 어떤 위험에서든 지켜드리겠습니다, 레이디."

그러고는 자리에서 일어나 아주 자연스럽게 로랑에게 추파를 던졌다. 로랑과 내 표정이 썩어 가는 걸 봤는지 아담이 이스터의 뒷덜미를 잡아당겼다.

"근무 중에 카사노바 짓은 적당히 해라."

"아이고. 알겠어, 알겠다고. 딱딱하기는. 가실까요, 아가씨."

그가 손을 휘휘 흔들더니 나를 보며 말했다.

"으응, 그래."

나는 과하게 텐션이 높은 기사를 데리고 모두와 함께 마차에 올랐다. 상점가가 모여 있는 시장까진 그리 오래 걸리지 않았다. 다만 마차가 너무 눈에 띄기 때문에 우리는 상점가에 들어가기 전에 마차에서 내려 조금 걸어가기로 했다.

"근데 뭘 사러 오신 건가요?"

로랑의 질문에 나는 씩 웃었다. 오늘은 그동안 미뤄 놨던 일을 처리하기로 한 날이다.

"아빠 생신 선물! 그리고 크루노 삼촌 선물도."

나는 5년 치 생일 선물을 전부 받았는데 생각해 보니 아빠 생일 선물을 챙겨 준 적이 없었다.

'얼마 전에 달력을 보니까 곧 아빠 생일이 돌아오는 것 같았어.'

그러니까 이번에는 꼭 생일 선물을 줄 거다. 예전에 날 돌봐 줬다가 뒤통수를 치고 사라진 시녀 마일라가 '삭월의 밤'이 아빠의 생일이라고 했는데 그땐 그게 거짓말이라고 생각했다. 하지만 거짓말이 아니었다. 그해 아빠의 생일은 정말 그날이었다.

'내가 그날 뒤통수를 친 거지.'

마일라가 나쁜 짓을 할 걸 알면서도 원작의 일부라며 모른 척했으니까. 근데 그때 왜 저택이 조용했던 걸까? 그래도 막내 공자의 생일이었을 텐데.

"생신이요?"

"응."

"아, 그러고 보니 이번 달이네요. 에르노 공작님께선 생신을 챙기는 걸 무척 싫어하셔서……."

세 사람과 함께 보석 가게로 걸어가던 걸음이 뚝 멈췄다.

"그래……?"

"네. 근데 아가씨가 주시는 거라면 뭐든 기쁘게 받으실 것 같긴 하네요."

로랑이 웃으며 말했다.

'그러려나?'

하긴 아빠는 내가 뭘 줘도 좋아할 것 같기는 했다. 그래도 기왕이면 자주 쓸 수 있는 그런 걸 주고 싶었다.

"근데 왜 싫어해?"

"음, 그건 직접 여쭤보시는 게 나을 것 같아요."

로랑이 웃는 얼굴로 말끝을 흐렸다. 다른 기사들을 보았지만 모두 마찬가지였다.

'무슨 일이 있었나?'

괜히 조금 불안해졌다.

"그동안 못 줬던 만큼 주려면 5년 치나 줘야 돼."

"5년 치나요?"

"응. 그러니까 5개 살 거야."

내가 다섯 손가락을 쫙 펴 보이자 로랑이 눈을 동그랗게 뜨더니 입을 가렸다.

"그 자세 그대로 한 컷만 찍어도 될까요, 아가씨?"

그러더니 울먹거리는 표정으로 슬쩍 사진석을 꺼내 보였다. 주륵주륵 흐르는 눈물을 보고 있으니 거절하면 안 될 것 같은 기분이었다. 내가 그 자세 그대로 굳은 채 고개만 끄덕이자 그녀가 이리저리 움직이며 사진을 찍기 시작했다.

"감사합니다. 아가씨는 천사세요."

"천사라니…… 그런 거 아니야."

"아뇨. 반드시 천사세요. 아니면 말이 안 된다고요. 이렇게 사랑스러운데! 마음씨도 착하신데! 아르마께서 피조물을 만드실 때 분명히 실수하셔서 좋은 것만 다 집어넣은 거라고요!"

반드시 천사가 뭔데. 로랑의 주접에 떨떠름하게 고개를 끄덕였다. 정말 얼굴 붉어져서 못 들어 주겠다.

"일단 보석 가게부터 가자!"

부티크 거리는 귀부인들이나 귀족 영애들로 인산인해를 이루고 있었다. 나는 유리에 진열된 다양한 상품을 눈으로 훑으며 천천히 걸음을 옮겼다.

'으음, 여기 어디라고 했었는데?'

소설 속에 분명히 나왔다. 흙 속에 묻힌 진주 같은 가게. 아빠 선물을 사러 갈 거라고 살짝 물어봤더니 샤르네가 알려 준 곳이었다. 샤르네의 단골 부티크인 모양인데 다른 곳과는 다르게 허름하고 가게도 화려하지 않았다. 하지만 내 기억으로 이 부티크는 샤르네가 데뷔탕트를 하는 것과 동시에 그 가치가 급등했다. 여주인공 버프 중 하나이긴 하지만, 실력 있는 디자이너가 부티크 거리의 콧대 높은 다른 경쟁자들에게 밀려 초라한 가게에서 일하고 있다는 흔한 클리셰였다. 그리고 샤르네가 그 옷을 입고 데뷔탕트를 치르면서 관심이 지대하게 높아져 순식간에 인기 부티크가 된다.

'나도 줄을 하나 대야지.'

샤르네에게 물어본 것도 그런 이유에서였다. 앞으로 획기적이고 놀라울 정도로 아름다운 드레스나 장신구가 나오는데 디자이너는 샤르네가 부탁만 하면 모든 일을 제치고 가장 먼저 들어주는 조력자가 됐으니까.

"아가씨."

내가 점점 부티크 거리의 인적이 드문 끝자락으로 가자 불안했는지 로랑이 입을 열었다. 고개를 돌리자 이스터와 아담도 의아한 얼굴이었다.

"이쪽은 더 이상 가게가 없는 것 같은데 저쪽으로 다시 가 보시는 건 어떨까요?"

"아냐. 여기 맞아. 샤르네 언니가 여기 맞댔어."

"샤르네 아가씨가요?"

"응."

로랑이 영 못 미더운 표정을 하면서도 고개를 끄덕였다. 다행히 조금 더 걸어가자 거의 구석에 박혀 있는 가게가 보였다. 확실히 허름한 오두막 같은 가게는 화려한 색채로 꾸민 다른 부티크와는 다르게 시선이 잘 가진 않았다.

"여기다."

"……여기라고요?"

로랑이 경악한 표정으로 물었다.

"응. 나 여기 갈 거야."

"아, 아가씨…… 저쪽이 더 멋지고 예쁜 게 많아 보이는데요?"

로랑이 울먹이는 표정으로 쪼그려 앉아 내 옷을 붙잡았다. 나는 단호하게 고개를 저으며 가게를 손가락으로 가리켰다.

"로랑."

"네에……."

"뭐든 겉모습만으로 판단하면 부자가 될 수 없어. 알지?"

보이지 않는 원석을 찾아내는 사람은 진정한 부자가 될 수 있는 것이다. ……하고 《입.양.각》이라는 커닝 페이퍼를 읽은 내가 말하면 조금 웃기겠지.

"네에……."

로랑은 여전히 납득하지 못한 표정을 하면서도 순순히 고개를 끄덕이곤 내 뒤를 졸졸 쫓았다.

딸랑―

청량한 종소리와 함께 문이 열렸다. 놋쇠 종이 몇 번 더 흔들리며 소리를 내더니 조용해졌다.

"아, 아앗. 어서…… 으악!"

종소리를 듣고 안쪽에서부터 급히 튀어나오던 여자가 바닥에 늘어진 천 조각에 발이 걸려 앞으로 고꾸라졌다.

"죄, 죄송합니다. 천을 실수로 쏟아 버려서…… 어서 오세요. 스칼렛 부티크에 오신 걸 환영합니다. 제가 주인인 스칼렛이고요. 무, 무엇을 도와드릴까요?"

허름한 옷을 입고 주근깨가 가득 박힌 뺨에 조금 촌스럽게도 보이는 탁한 주황색 머리카락을 곱게 땋아 묶은 젊은 여자였다.

이제 스무 살이나 되었을까 싶을 정도로 앳된 얼굴의 여자는 둥글고 알이 두꺼운 안경을 쓰고 있어서 눈이 유독 작아 보였다. 그녀는 허둥지둥 바닥에 쏟아진 천을 정리해서 한쪽에 켜켜이 쌓기 시작했다.

"아빠한테 선물할 장신구를 좀 보고 싶어요. 그리고 제 드레스도 한 벌 맞추고 싶고요!"

더 유명해지기 전에 연줄을 대 놔야지.

"아, 물론입니다! 있어요. 자, 잠시만 기다려 주세요. 아, 여기 앉아 계시면 됩니다! 잠시만요!"

이 디자이너의 놀라운 점은 무려 보석 세공은 물론 장신구의 금속 부분 제련과 세공도 직접 할 줄 아는 인재라는 사실에 있었다. 디자인에도 뛰어난 감각을 보이지만 장신구도 직접 만들었다. 다른 부티크는 장신구를 직접 만들기보단 다른 업체와 계약을 맺고 물건을 떼 오는 형식에 가까운데 스칼렛은 아니었다. 그녀는 부티크에서 파는 모든 물건을 직접 만들었다. 그래서 시간이 꽤 오래 걸리는 것이 작은 단점이지만.

"조, 종류는 어떤 거면 될까요?"

내가 말한 물건을 찾기 위해 안쪽으로 들어간 그녀가 널린 천 조각 사이로 얼굴을 불쑥 내밀며 물었다. 저 원단도 그녀가 직접 손으로 만져 보고 가격 대비 품질을 따져서 떼 오는 것이다. 때때로 색을 직접 입힐 때도 있었다. 그래서 그녀가 만드는 드레스나 장신구엔 같은 것이 하나도 없었다. 《입.양.각》의 정보들을 떠올리며 나는 소파에 앉아 그녀가 물건을 가져오길 기다렸다.

"여러 개 살 거니까 있는 대로 보여 주세요!"

헉!

안쪽에서부터 숨을 들이켜는 소리가 아주 크게 났다.

"네, 네! 자, 잠시만 기다려 주세요!"

오랜만에 온 큰 손님이라고 생각했는지 그녀는 가죽으로 된 상자를 바리바리 싸서 나왔다.

"여기 있습니다!"

모두 퀄리티가 상당했다. 나는 잠시 고민하다가 씩 웃으며 손가락을 치켜들었다. 어차피 오늘은 그녀에게 임팩트를 남기고 줄을 댈 목적도 있었다. 그러니까 이건 절대 사심이 아니다.

"스칼렛! 여기서부터 여기까지 전부 살게요."

예전부터 돈이 많으면 꼭 해 보고 싶었던 대사를 내뱉으며 나는 히죽 웃었다.

"어…… 네……?"

쿵—

그리고 스칼렛이 뒤로 넘어가며 기절했다.

"……."

아니 여기서 기절하는 거야? 내가 생각했던 드라마 속, 소설 속 멋진 장면들과는 상당히 다른…… 그야말로 현실적인 결말이었다.

"……스칼렛?"

"이런. 기절했습니다, 아가씨."

이스터가 몸을 굽혀 그녀의 맥박을 재 보고 눈꺼풀을 뒤집어 보더니 대답했다.

"……왜?"

"아가씨께서 너무 멋있는 말씀을 하셔서 그런 게 아닐까요?"

"아……."

좋아할 줄 알았는데 생각보다 심약한 성격이었나? 실망스러운 마음에 입술을 툭 내밀었다. 이스터가 그녀를 안아 맞은편 소파에 눕히더니 갑자기 스칼렛의 얼굴에 본인의 얼굴을 바싹 가져다 대기 시작했다.

으응?

내가 당황해서 눈을 크게 떠도 그는 멈출 생각이 없어 보였다.

"잠까안! 이스터 경! 뭐 하는 거야?"

"네? 잠자는 공주님은 왕자님의 키스로 깬다고들 흔히 말하지 않습니까."

"그거 범죄."

"네? 괜찮습니다. 딱히 뺨을 맞아 본 적은 없거든요. 그리고 이건 인공호흡입니다."

이 미친놈. 기절한 사람한테 무슨 짓이야. 내 표정이 어두워질수록 이스터의 표정이 해사해졌다. 뺨에 난 상처는 보통 사람을 무섭고 다가가기 어려운 인상으로 만든다는데 이스터에겐 그조차도 매력이었다. 하지만 그건 그거고…… 이건 이거지.

"안 돼."

"아가씨……."

그가 실망스러운 표정으로 내 이름을 불렀다. 무슨 강아지 같은 표정이지만 안 되는 건 안 되는 거다. 사람 자고 있는데 허락도 없이 입을 맞추면 그게 바로 범죄라고.

"바로 깨울 수 있는데요? 제가 또 인공호흡을 아주 기가 막히게……."

"너 다음부터 내 호위하기 싫어?"

내가 불쾌하다는 듯 인상을 찌푸리며 묻자 그제야 이스터가 입을 꾹 다물었다. 그도 더 하면 선을 넘는다는 걸 깨달았는지 조용해졌다.

"죄송합니다. 농담이었어요."

"듣기에 불쾌한 농담은 하는 게 아니야."

"……네, 알겠습니다."

이스터가 바싹 들이댄 얼굴을 막 물리려고 할 때였다. 스칼렛이 눈을 번쩍 떴다. 두어 번 눈을 깜빡이며 상황을 파악하는 듯하던 그녀가 이내 입을 떡 벌렸다.

"꺄아아아악!"

짜악—!

비명과 섬찟한 소리가 뒤섞이더니 이내 이스터의 고개가 세차게 돌아갔다.

"꺄악! 꺅!"

짜악!

짜악—!

짜아악!

"……."

"……."

비명과 적막 그리고 찰진 소리가 사위를 뒤덮었다. 이스터는 소파 바닥에 주저앉은 채 멍하니 눈을 깜빡이고 있었다.

"다, 당신 뭐예요? 신고할 거예요!"

몸을 바싹 움츠리며 스칼렛이 소리쳤다.

"날 신고하겠다고?"

"네! 절 덮치려고 했……."

새파랗게 질려 아무것도 보지 못하던 스칼렛이 그제야 방금까지 있었던 일이 떠올랐는지 고개를 확 돌렸다. 내가 어색하게 웃어 주자 그녀가 그제야 천천히 상황 파악을 하는 듯 눈을 동그랗게 떴다.

"……제, 제가 기절했나요……?"

"으응. 그랬지."

"설마 저분은 절 그냥 도와주시려고 했다던가……?"

나는 잠시 고민했다. 썩 틀린 말은 아니었던 탓이다. 의도가 불순했지만 실제로 실행되진 않았다. 게다가 설명해 봐야 서로 불쾌해지고 불편해지기만 할 테니까.

"으응. 비슷해."

"……으아."

그녀가 낮게 신음하며 바닥에 무릎을 꿇었다.

"죄송합니다아!"

냉큼 머리를 바닥에 박은 스칼렛이 이스터에게 사과했다. 이스터는 뺨을 손바닥으로 누른 채 멀거니 스칼렛을 보며 앉아 있었다.

'뺨을 한 번도 안 맞아 봤다더니 정말인가 보네…….'

넋이라도 잃은 것만 같다. 하긴 저 외모에 에탐 가문의 기사라면 어디 가서 꿇릴 건 아니지.

"죄송해요……. 저는 그냥 누가 절 덮치려는 줄 알고…… 절 쫓아다니는 스토커가 몇 명 있어서……."

주절주절 개인사까지 얘기하며 죄송하다고 하는 스칼렛의 모습에 이스터도 이내 정신을 차렸다.

"아닙니다. 제가 레이디께 실례되는 일을 했습니다."

그가 이내 정신을 차리며 자리에서 일어났다. 팔을 뻗어 스칼렛을 일으키는 손길이 퍽 부드럽다. 바람둥이 기질만 제외하면 확실히 신사의 정석이라고 해도 부족함은 없어 보였다.

"네, 네. 죄송합니다."

"스칼렛, 이제 진정하세요! 이거 구매할 수 있는 거 맞죠?"

"무, 물론입니다. 전부 가능해요."

허둥지둥 일어나 고개를 끄덕이는 스칼렛의 눈이 반짝반짝거렸다.

"샤르네 언니가 스칼렛이 아주 대단하다고 저한테 소개해 줬어요."

샤르네도 살짝 치켜세워 주고.

"샤르네 아가씨가요? 세상에……."

스칼렛이 울먹거리며 입을 가렸다. 이미 여주인공에게 아주 감화된 표정이었다.

'내가 그래도 다 빼앗진 않았던 모양이네.'

샤르네도 나름대로 여주인공 버프와 특유의 밝은 성격을 이용해서 원작을 차곡차곡 진행했던 모양이다.

"실례지만 그러면 아가씨께선……."

"전 샤르네 언니의 사촌 동생이에요! 에이린 에탐이에요."

"아, 세상에. 샤르네 아가씨께서 매번 귀여운 동생분이 있다고 자랑하셨는데 그분이셨군요!"

"으음, 아마도?"

조금 부끄럽기는 하다.

"말랑말랑한 밀가루빵 같다는 그분!"

"으응……."

"솜사탕같이 잡으면 녹아내릴 것 같다는 그분……! 맞죠?!"

그게 뭔데. 그게 누군데. 내가 당황한 표정으로 스칼렛을 바라보자 그녀가 뺨을 살포시 붉혔다.

"확실히 정말 그러시네요."

그러니까 그게 뭔데.

"먹음직스러우세요!"

애 그냥 배고픈 거 아냐? 내가 당황해서 로랑을 보자 로랑은 또 눈을 감은 채 흐뭇하게 고개를 끄덕이고 있었다.

"저 샤르네 아가씨께 인형 선물도 받았어요!"

스칼렛이 드레스가 진열된 유리 진열장에서 뭔가를 꺼내 쭉 내밀었다.

"가죽 인형이래요!"

꼬리가 달린…… 나였다. 조금 오래된 것 같은 게 내 예전 모습이었다. 근데 왜 이게 인형이 돼서 여기에 있냐고.

'이상해.'

아무리 생각해도 이상했다. 도대체 날 닮은 인형이 왜 알음알음 세상에 퍼진 거지? 아무래도 샤르네를 추궁할 필요성이 느껴졌다.

"앗, 말씀 편하게 하셔도 돼요!"

"그래……? 그럼 이거 배달해 줄 수 있어?"

"네! 네! 물론이죠! 제가 어떻게든 싸매고 가겠습니다!"

스칼렛이 주먹을 꽉 쥐며 말했다. 정말 등짐을 지듯 다 짊어지고 공작가에 올 것 같은 표정에 나는 잠시 입을 다물었다.

"사람을 보내 줄게."

오다가 도둑맞으면 그만큼 당황스러운 일도 없으니까.

"앗, 그렇게 해 주시면 감사하겠습니다."

"응. 아버지 선물 드릴 거니까 잘 포장해 줘."

"네. 물론이죠!"

아빠의 씀씀이는 엄청나니까 나도 그에 맞추려면 가게 하나는 털어야 할 것 같았다.

"응. 내 드레스도 잘 부탁해."

"네. 온 힘을 다하겠습니다!"

"그리고 여기 종이에 적힌 것도 제작해서 함께 배송 부탁할게. 얼마나 걸릴까?"

"이 정도면…… 제가 밤을 새워서라도 일주일 안에 끝내 보겠습니다!"

"2주 뒤에 사람을 보낼게……."

"앗, 그것도 그렇게 해 주시면 너무 감사하고요……."

박쥐처럼 빠르게 태세를 전환하는 스칼렛을 보며 나는 바람 빠진 웃음과 함께 고개를 끄덕였다.

"응. 알겠어."

내가 가게를 나설 때까지 스칼렛은 연신 고개를 꾸벅꾸벅 숙였다. 활짝 핀 표정이 행복하게만 보였다.

"만족스러운 옷으로 만들어 보일게요. 이 거리에 저보다 뛰어난 디자이너는 없을 테니까요."

그 자신감 넘치는 말에 나는 눈을 동그랗게 떴다. 자존감이 낮은가 싶었는데 반짝반짝 빛나는 눈을 보니 전혀 그래 보이지 않았다.

'왜 샤르네가 좋아하는지 알 것 같아.'

나는 활짝 웃으며 고개를 끄덕였다.

"응. 스칼렛은 분명 제국에서 가장 유명한 디자이너가 될 거야."

"……!"

내 말에 스칼렛의 동공이 한껏 커지더니 이내 울 것 같은 표정으로 환히 웃었다.

"네. 감사합니다!"

실제로 스칼렛은 나중에 황족의 옷도 전담해서 제작할 정도로 아주 유명한 디자이너가 된다.

"가자. 로랑, 아담, 이스터."

다음 목표는 애완동물을 분양하는 곳이었다. 듣자 하니 갈 곳 없는 아이들을 돌보고 분양을 도와주는 유기 동물 가게라고 들었다. 상점가를 구경하며 열심히 걸어가고 있을 때였다. 어디선가 시선이 느껴지는 것 같아 걸음을 뚝 멈췄다. 갑작스럽게 멈춰 선 탓에 세 사람과 몇 걸음가량 떨어졌다.

"아가씨?"

"아, 금방 갈게."

급히 다시 세 사람과 합류하려는 때였다. 갑자기 머리 위로 그림자가 지더니 나와 몸이 툭 부딪혔다.

"아!"

성인 남자와 부딪힌 것인지 몸이 휘청거리다가 무너져 바닥에 엉덩방아를 찧었다.

"이런…… 죄송합니다."

로브를 쓴 남자였다. 그가 듣기 좋을 정도의 나직한 목소리로 상체를 숙여 나를 일으켜 세워 주려고 손을 뻗었다.

"아가씨!"

그보다 먼저 로랑이 헐레벌떡 달려와 나를 급히 일으키는 바람에 그의 행동은 더 이어지지 못했지만 말이다.

"앞을 제대로 보고 다니셔야죠. 귀하신 분인 걸 떠나서 아직 어린아이신데!"

"죄송합니다. 급히 어딜 가는 길이었던 터라 미처 보지 못했네요."

그가 한쪽 무릎을 꿇고 나와 시선을 맞추더니 손을 뻗어 내 뺨을 가볍게 만졌다.

"죄송합니다, 귀하신 아가씨."

그의 손끝에서 조금 익숙하면서도 굉장히 달콤하며 좋은 냄새가 났다.

'뭐지?'

순간 눈앞이 핑 도는 느낌에 내가 한 걸음 뒤로 물러나자 그는 어느새 자리에서 일어나 내게 물러나 있었다.

"냄새……."

"네?"

내가 중얼거리며 올려다보자 그가 고개를 옆으로 기울이더니 이내 작은 탄성을 뱉었다.

"아, 제가 피우는 시가 냄새가 독특해서 그런 듯합니다."

그가 미안하다는 듯 내게서 선뜻 물러나며 말했다.

"시가라뇨? 세상에…… 이분은 이제 열 살밖에 되지 않으셨다고요!"

시가는 썩 좋은 잎으로 만들어지는 것이 아니다 보니 로랑이 식겁하며 나를 품에 안고 멀찍이 떨어졌다.

"걱정하지 마세요. 싸구려와는 달라서…… '평범한 사람'에겐 아무런 해가 없을 테니까요. 그래도 실례가 정말 많았습니다."

그가 제법 정중하고 조곤조곤하게 대답했다. 그 부드러운 말투에 로랑의 날 선 눈매도 살짝 풀어졌다.

'신기한 사람이네.'

대화 몇 번에 경계심 높은 로랑이 이렇게 풀어지다니.

"……다음부턴 주의해 주세요."

"물론입니다."

그가 한 차례 고개를 숙이더니 이내 몸을 돌렸다.

'내가 이 냄새를 어디에서 맡았더라?'

분명히 어딘가에서 맡았는데 시장 사방에서 풍기는 냄새 때문에 어지러워서 기억이 잘 떠오르지 않았다.

"아가씨, 어디 다친 덴 없으시죠?"

"응, 살짝 넘어진 거야……."

"어디 아프신 곳은요?"

"괜찮아, 없어."

두 기사가 하얗게 질려선 나를 걱정스럽게 바라보고 있었다.

"죄송합니다. 제 불찰입니다."

"아냐, 괜찮아. 오히려 내가 미안해. 갑자기 멈추고 딴짓하지만 않았어도……."

"아가씨, 이건 저희가 잘못한 거예요. 아가씨는 얼마든지 그러셔도 되지만 저희는 보호자 격으로 온 거니까 아가씨에게 눈을 떼선 안 됐어요."

로랑이 단호하게 말했다. 내 잘못이 아니라고 해 주는 그 말에 기분이 이상했다.

'나는 늘 사과를 하는 쪽이었는데.'

그게 내 잘못이든 아니든 일단 미안하다고 하는 쪽이었다. 일을 크게 만들고 싶지 않았고 가족들과 대화하다 보면 항상 문제는 나에게 있는 것만 같았으니까.

"아가씨께선 뭐든지 하셔도 괜찮아요. 아직 한참 어리시고 세상이 궁금하실 나이이니까요."

나는 종종 '만약'으로 시작되는 생각을 한다. '에이린'이 아닌 '차미소'에게도 이런 부모님 혹은 이런 친구나 지인이 있었으면…… 에이린이 가진 모든 사람 중 한 사람이라도 있었으면 나는 행복할 수 있었을까?

"지위 고하를 막론하고 책임은 아이가 아니라 어른이 지는 거예요."

로랑이 다정하게 말했다.

"응……."

내가 할 수 있는 것은 그냥 조금 멋없는 수긍뿐이었다. 로랑에게 이곳저곳이 괜찮은지 확인받은 뒤 우리는 다시 애완동물 가게로 향했다. 두 기사는 이제 눈을 부릅뜨고 주변을 경계하기 시작했고 로랑은 아예 내 손을 잡고 걷기 시작했다.

'민망해……'

육체 나이는 그렇다 치고 정신적인 나이를 생각하니 괜히 더 부끄러워졌다. 하지만 기분이 나쁘지는 않았다. 아빠의 선물을 산 나는 이제 크루노 에탐을 힐링시켜 줄 애완동물을 찾기 위해 가게에 방문했다. 커다란 가게는 아주 넓은 부지에 있었다. 생각했던 것보단 전체적으로 무척 깔끔했고 구역이 나뉘어 있어서 동물들이 편안하게 뛰놀고 있었다.

'……정말 이렇게 둬도 돼?'

도망가지 않는 건가? 구역별로 아주 크게 울타리를 친 것을 제외하면 모든 동물이 서로 어우러져 놀고 있었다. 그뿐이랴. 한 마리를 제대로 볼 수도 없이 사방팔방 날뛰는 동물들 사이로 털이 풀풀 날렸다.

"어서 오세요, 손님."

"아, 네."

"천천히 둘러보세요. 저희 가게에서는 아이와 함께 놀면서 마음에 드는 아이가 생기면 입양 절차를 밟아 드리고 있습니다. 유기 동물이라고 해도 책임감 있게 키우기를 바라는 마음으로 소정의 분양비를 받고 있고요. 유기된 아이들을 키우기 어려운 분들을 위해서 일반 분양도 하고 있습니다."

"아…… 그래요?"

"네. 단, 함부로 아이를 만져선 안 됩니다. 보안석이 감시하고 있으니 몰래 만지는 것도 안 돼요."

종업원이 사방을 날아다니는 돌들을 가리키며 말했다. 나는 고개를 끄덕였다.

"마음에 드는 아이가 있으면 당연히 함께할 시간을 드릴 테니 편히 말씀해 주세요!"

"네에. 알겠어요."

나는 고개를 끄덕이곤 천천히 둘러보기 시작했다. 고양이, 강아지, 토끼를 비롯해 신기한 동물도 가득했다. 그러나 그것들보다 내 시선을 사로잡은 건 다른 생명체였다.

"카웅!"

"와아……."

새끼 흑호잖아? 생김새가 흑호랑이와 똑 닮았다. 가지고 왔던 검은 호랑이 인형을 살짝 들어 올려 비교하자 모양새가 똑 닮았다.

"아, 그 아이는 업자가 실수로 데려왔다고 주고 간 아이인데…… '아크'라는 희귀 동물이에요."

"아크……?"

"네. 듣자 하니 다 자라면 덩치가 성인 남자만 한 데다가 말로는 마물의 숲 깊은 곳에서나 산다고 하는데……."

그가 어깨를 으쓱였다.

"사실 제대로 보고된 생태가 없어서요……."

"그렇구나……."

"까웅……?"

고개를 갸웃하는 게 미칠 듯 귀엽다. 나는 그 앞에 거의 달라붙어서 한참이나 아이를 바라봤다. 녀석은 뭐가 좋은지 폴짝폴짝 뛰다가 내 앞을 뱅글뱅글 돌더니 내 다리에 얼굴을 비비적거리기 시작했다.

"성격 되게 좋구나, 너."

"와…… 신기하네요."

"왜요?"

"사람만 오면 물어뜯으려고 해서…… 사실 입양은 포기했거든요."

물어뜯는다고? 세상에, 이렇게 귀여운데? 나는 한참이나 아크를 바라보다가 입맛을 다시며 몸을 돌렸다.

'허락도 안 받고 데리고 갈 순 없으니까…….'

"까웅! 꺙! 꺙!"

서럽게 나를 부르는 것만 같은 울음소리가 신경 쓰였지만 일단 조금 더 둘러보기로 했다. 무난하게 고양이와 강아지 쪽을 바라보고 있는데 퍽 독특한 아이들이 보였다. 나도 모르게 걸음이 뚝 멈췄다. 고양이 한 마리와 강아지 한 마리 그리고 무려 토끼 두 마리가 옹기종기 모여서 저희끼리 엎치락뒤치락 놀고 있었다.

"쟤넨……."

"아가씨께선 퍽 독특한 아이들만 보시네요. 하하."

썩 신기한 조합이지 않던가.

"새끼 때부터 어쩌다 같이 지내게 됐는데 저 아이들끼리는 유독 친해져서요. 누구 하나가 잠깐 떨어지기만 해도 시름시름 앓더라고요."

"그랬어요……?"

"예전에 고양이 한 마리가 입양됐는데 입양 간 고양이가 쓰러져서 앓고 여기 남은 애들도 목이 쉬도록 울어대서 결국 파양도 당했어요."

물끄러미 바라보고 있으니 저것도 결국 가족의 형태 중 하나구나 싶은 생각이 들었다. 종족도 피도 이어지지 않았는데 저렇게 목숨까지 걸며 시름시름 앓는 가족도 세상에는 존재하는 법인데. 하물며 그것도 짐승이었다.

'세상엔 짐승만도 못한 인간이 많다니까.'

나는 생각하며 천천히 모여 있는 네 마리에게 다가갔다. 내가 다가가자 재밌게 놀던 녀석들이 움찔 몸을 굳혔다. 그러더니 바짝 경계하며 나를 노려보기 시작했다.

"안녕?"

"크르르르……!"

그나마 덩치가 조금 더 큰 강아지가 앞을 가로막더니 으르렁거리기 시작했다. 보들보들, 말랑말랑, 찹쌀떡처럼 생긴 녀석이었다. 내가 키득키득 웃으며 손을 뻗자 강아지가 입을 벌렸다. 이제 막 이빨이 나기 시작한 듯 퍽 귀여웠다.

"저 외의 사람에겐 사나워서 손대시면 안 됩니다."

"응. 근데 나 얘 입양하고 싶어요."

"……아, 그게 말씀드렸다시피……."

"응. 그러니까 네 마리 같이 입양할게요."

내 말에 종업원의 눈이 커졌다.

"네 마리를 같이요?"

다시 묻는 목소리가 영 믿기지 않는 모양이었다.

"네. 메마른 사람한테 만들어 줄 가족이라서 이 정도로 화기애애한 편이 좋아요. 그리고 가족은 떨어뜨려 놓으면 안 되잖아요."

북슬북슬한 털복숭이가 네 마리쯤 있으면 크루노 삼촌도 조금은 말랑해지겠지. 그렇게 보여도 중요한 곳에선 마음이 약해서 결국 툴툴거리면서도 잘 돌봐 줄 미래가 훤히 보였다.

"너희 다 같이 가는 대신에 삼촌도 친구로 받아 줘야 한다?"

"아웅?"

내가 손을 대지 않자 강아지가 고개를 갸웃했다. 입가가 절로 풀어졌다.

'나도 예전부터 반려동물을 키우고 싶었는데.'

외로움을 거기서 채우고 싶었던 때도 있었다. 내게도 맹목적인 애정을 주고받을 존재가 필요했다. 내 처지가 영 좋지 않아서 매번 키우지 못했다. 불청객인 나는 아무것도 선택할 수 없었으니까.

'크루노 삼촌이 키우게 되면 자주 놀러 가야지.'

내가 흐뭇하게 웃으며 아이들을 가리켰다. 손을 뻗자 고양이 한 마리가 슬쩍 다가와 내 손가락을 핥았다.

"뭐야. 애교 부리는 거야?"

귀엽네.

"데리고 갈게요."

"아, 알겠습니다. 금방 준비해서 케이지에 넣어 데리고 오겠습니다!"

"네."

내가 고개를 끄덕이고 몸을 돌리는 순간이었다.

"까웅!"

어느새 구역을 나누어 둔 울타리를 뛰어넘어 아까 그 흑호랑이가 내 앞을 뒹굴고 있었다.

"까웅! 꺙!"

배를 내보이며 데굴거리던 녀석이 애처롭게 울었다.

"나는 아빠한테 허락을 안 받아서……."

크루노 삼촌이야 알아서 하겠지만 나는 아직 아빠의 허락이 필요했다.

'물론 내가 가주이긴 한데…….'

멋대로 행동해도 되는 걸까?

"이 아이를 키우고 싶으세요? 가주…… 아니, 아가씨."

내가 한참을 망설이고 있자 로랑이 무릎을 굽혀 나와 눈을 마주치며 말했다.

"……응."

"그럼 키우시면 돼요. 아가씨는 뭐든지 할 수 있으시니까요."

"아빠가 동물을 싫어하면 어쩌지?"

저 세계의 아버지는 동물을 얼마나 싫어했는지 모른다. 어린 날 길 잃은 고양이가 안쓰러워 잠깐 데리고 왔을 때 그는 고양이를 밖으로 내동댕이치며 내게 그렇게 소리를 질렀다.

'아빠가 그런 사람이 아니라는 건 알지만……'

그 고양이 때처럼 내 앞에서 이 애를 내동댕이치진 않겠지.

'하지만 소리 소문 없이 독약은 먹일 수 있을 것 같단 말이야.'

그렇다. 내동댕이는 안 쳐도 조용히 암살은 할 수 있을 것 같았다.

"이대로 안고 가서 키워도 되냐고 물어보시면 분명히 고민할 것도 없이 허락하실걸요?"

"그럴까?"

"네. 그런고로 사진 한 장만 더 찍으면 안 될까요? 저만 간직할게요."

어느새 사진석을 꺼낸 로랑이 두 손을 모았다. 내가 고개를 끄덕이자 로랑이 재빨리 사진을 두어 번 찍더니 냉큼 사진석을 집어넣었다.

"근데 그러다 조용히 죽이면 어쩌지?"

"아…… 어……."

로랑도 내가 이런 말을 할 줄은 몰랐던 건지 자못 당황한 기색으로 입을 벌렸다.

"몰래 죽이면…… 앞으로 공작님을 보지 않겠다고 하시는 건……."

"그럼 안 죽일까?"

"제국 보호 생물로 지정하실지도요."

어쩐지 가능할 것도 같아. 한참 망설인 끝에 나는 고개를 끄덕였다. 이렇게 같이 가고 싶다고 애교 부리는 아이를 버리고 가고 싶진 않았다.

"아가씨, 여기 케이지에 아이들을 잘 넣었습니다."

종업원이 다가와 커다란 케이지를 내밀었다. 옹기종기 네 마리가 모여 케이지 사이로 나를 멀거니 보고 있었다. 함께 가는 걸 알기라도 하는 것처럼 난동도 부리지 않고 조용했다.

"응. 그리고 이 애도 데리고 가도 되나요?"

내가 흑호를 쑥 들며 말했다.

"물론이죠. 안 그래도 사람을 영 따르지 않고 친구를 만들지도 못해서 고민하고 있었거든요."

종업원이 시원스럽게 웃으며 말했다. 내가 고개를 끄덕이자 그가 손을 내밀었다.

"케이지에 넣어 오겠습니다, 아가씨."

"아냐. 괜찮아요. 이대로 데리고 갈게요."

이 애는 어쩐지 케이지에 들어가고 싶어 하지 않을 것만 같았다. 내가 아까보단 조금 홀쭉해진 흑호랑이 지갑을 로랑에게 내밀자 로랑이 대신 값을 치렀다. 아이들을 안고 저택으로 돌아온 나는 일단 보고하러 가야 한다는 아담을 먼저 들여보내고 이스터와 로랑과 함께 크루노 에탐의 방으로 향했다. 굳게 닫힌 문을 물끄러미 바라보며 나는 심호흡을 크게 했다.

"쉬이잇. 조용히 해."

내가 검지로 입술을 꾹 누르며 말하자 로랑은 주먹을 꽉 쥐며 고개를 끄덕였다. 로랑이 문을 살짝 열고 이스터가 케이지의 문을 열어 동물을 한 마리 한 마리 조심스럽게 방 안으로 들여보냈다.

"얘들아, 삼촌한테 엉겨 붙는 거야. 알았지?"

내가 주먹을 쥐며 작게 속닥거리자 알아듣기라도 했는지 녀석들이 폴짝폴짝 뛰더니 우다다 방으로 뛰어 들어갔다.

"이, 이게 뭐야! 누가 감히 내 방에……! 이것들아 당장 떨어져!"

비명 같은 소리와 함께 나는 조용히 문을 닫고 두 사람을 바라봤다.

"이스터."

"네, 아가씨."

그가 짓궂게 웃으며 대답했다. 나와 하는 장난이 즐거운지 입꼬리도 둥글게 말려 올라가 있었다.

"로랑."

"네!"

나는 두 사람의 눈을 마주하곤 주먹을 쥐었다.

"튀자!"

말이 끝나기가 무섭게 방 안에서부터 쿵쾅거리는 소리가 들렸다.

"이, 망할, 에이린…… 에타아아암!"

크루노 에탐이 벌컥 문을 여는 것과 동시에 우리는 방으로 달려갔다.

"또 무슨 사고를 친……!"

고개를 살짝 돌리자 양어깨와 머리 그리고 바짓가랑이에 고양이 한 마리와 토끼 두 마리 그리고 강아지 한 마리를 대롱대롱 매단 크루노 에탐이 씩씩거리며 따라오고 있었다.

"힐링 타임이야, 삼초온—! 예쁘게 키워 줘!"

"거기 안 서?!"

크루노 에탐이 나를 보더니 이를 악물고 복도를 달리기 시작했다.

"아가씨, 이리로."

이스터가 냉큼 나를 품에 안았다. 그러고는 그대로 있는 힘껏 달리기 시작했다.

"……너, 너무 빠르잖아!"

"도망치려면 자고로 빨라야죠."

"맞아요."

"로랑, 너는 어떻게 이렇게 여유롭게 쫓아오는 건데……?"

"시녀 생활 10년 차를 얕보지 마세요, 가주님."

두 사람이 치타처럼 빠르게 훅 튀어 나갔다. 이스터의 품에 안겨 어깨 너머로 본 크루노 에탐은…… 저질 체력 때문인지 중간에 멈춰서 난간을 붙잡고 헉헉거리고 있었다.

'난 체력 단련을 꼭 해야지.'

멈춰 선 크루노 에탐의 아련한 눈빛을 보며 나는 안전하게 내 방에 도착했다.

"오늘 무척 재밌었습니다, 아가씨."

크루노 에탐을 따돌리고 나를 내 방문 앞에 내려놓은 이스터가 웃으며 말했다.

"응. 나도."

"이 유서 깊은 가문에 어린 가주님께서 자리를 잡으셨다기에 어떤 분인가 했는데……."

이스터가 천천히 내 앞에서 한쪽 무릎을 꿇더니 시선을 맞췄다.

"상냥하시지만 무르시진 않은 분이라는 걸 알게 됐습니다."

"……그래?"

"네. 장차 아가씨께서 꾸려 가실 에탐이 기대가 됩니다."

이스터가 웃으며 자리에서 일어났다.

"참고로 이오나 경의 빈자리를 차지하기 위한 경쟁은 꽤 치열했습니다."

"경쟁도 있었어?"

"네. 지원자끼리 단체 난투를 해서 마지막까지 살아남은 사람만 올 수 있었거든요."

그런 숨겨진 얘기가 있는 줄은 몰랐다. 대체 내가 뭐라고 그렇게까지 하는 거야? 고맙고 신기하면서도 조금 생경해서 몸 둘 바를 모르겠다.

"오늘 제 무례한 행동에 다시 한번 사과드립니다. 가주님께 드래곤의 가호가 함께하시길."

이스터가 고개를 숙이며 물러났다.

'생각해 보니 쟤도 누아르 기사단이겠구나.'

워낙 행동거지가 가벼워서 생각지도 못했는데…… 확실히 실력은 보통이 아니겠다는 생각이 들었다.

'이제…… 아빠만 남았군.'

나는 비장한 표정으로 품에 안은 흑호랑이를 바라봤다. 한쪽 품엔 흑호랑이 아크를 또 한쪽 품엔 아빠가 준 흑호랑이 인형을 낀 나는 비장하게 아빠의 집무실로 향했다.

"아크, 아빠한테 무조건 잘 보여야 해. 알았지? 그래야 우리가 같이 있을 수 있어."

나름 진지하게 한 내 말을 알아듣기라도 했는지 흑호랑이가 "까웅!" 하고 힘차게 울었다.

집무실에 도착한 나는 심호흡을 크게 하며 그를 불렀다.

"아빠, 바빠요?"

빼꼼 열린 문으로 고개를 들이밀자 아빠가 하던 일을 단숨에 멈추곤 고개를 들어 나를 보았다.

"바쁘지 않다."

나를 발견한 아빠가 대답하며 성큼성큼 걸어와 단숨에 문을 열어 주었다. 활짝 열린 문을 보며 나는 준비했던 대로 양팔에 낀 두 마리 흑호랑이의 얼굴을 뺨에 가져다 댔다.

'조금 민망하긴 하지만……'

그래도 이 민망함을 버티고서라도 키우고 싶었다. 내가 그러자 아크가 눈을 말똥말똥하게 뜨더니 앞발을 조신하게 모으고는 고개를 갸웃하며 "까웅?" 하고 울었다. 아까는 힘찬 울음소리였는데 지금은 조금 귀여운 울음소리다.

'얘, 좀 완벽한데?'

정말 내 말을 알아들은 것 같은 기분이었다.

'희귀한 생물이라더니 머리도 좋은 걸까?'

생각하며 나는 내 앞에 굳은 듯 서 있는 아빠를 보고 조심히 입을 열었다.

"아빠…… 나 이 애 키워도……."

"키우렴."

아니, 나 말 아직 다 안 끝났는데요.

"따님, 괜찮다면 잠깐만 그대로 있어 보렴."

"네? 네."

그가 손가락을 튕기니 번쩍번쩍한 구슬이 생겨났다. 아빠가 꺼내 든 것은 꽤 익숙한 구슬이었다. 로랑에게서 보았던 사진석이었다. 그것도 어떻게 봐도 단연 값비싸 보이는 번쩍번쩍한 사진석이다. 그리고 반대쪽 손에는 웬 단단한 재질의 커버로 된 책 같은 것이 있었다. 겉면이 번쩍번쩍하고 보석도 박혀 있어 아빠와는 어울리지 않는 화려한 책이었다. 살짝 벌어진 틈새로 언뜻 보니 안쪽은 투명하게 생겼다. 마치 사진을 꽂고 간단한 메모를 할 수 있게 되어 있는 앨범처럼.

"요즘은……."

그가 입을 열었다.

"이게 유행이라더구나."

'애완동물'에 이어 이상한 유행을 알아 온 아빠가 어쩐지 뿌듯하게 말했다.

"성장 앨범이라고 하더군."

성장, 앨범? 한국에서도 제 아이의 앨범을 만드는 건 자주 있는 일이었다.

'엄마도 남동생들 앨범은 다 보관하고 있었으니까.'

엄마뿐인가. 가끔 만나지만 내게만 유독 엄한 할머니도 남동생들 앨범은 똑같이 가지고 있었다.

'내 건 없었는데…….'

그래도 아빠가 해 준다고 생각하니 괜히 기분이 좋아지면서 몸이 뻣뻣해졌다.

'이상하게 찍히면 어쩌지.'

바짝 긴장하고 있는데 몇 장 사진을 찍은 아빠가 내게 마저 입을 열었다.

"이걸 간직하고 있으면 이 앨범의 주인공에게 행운이 온다고 하더구나."

예? 아빠 그거 상술, 상술.

"그, 그거 얼마 주고 샀어요……?"

"기본 2천만 로스트에 보석 등으로 커스텀 제작이 가능하다고 해서 몇 개 추가했지. 매수도 가장 많은 걸 했으니…… 한 1억 정도 든 것 같구나."

으악. 내가 10만 로스트면 만들어 줄 수 있는데! 안 돼. 우리 아빠가 어디 가서 호구가 되어 왔다니! 차마 그건 아니라고 말하려는데 입이 떨어지지 않았다.

'누가 간 크게 아빠한테 이런 짓을 한 거야?'

차마 아빠한테 사기당한 거라고 말은 못 하고 입술만 뻐끔거리고 있자 아빠가 가볍게 웃었다.

"따님께선 내가 속았다고 말하고 싶은 모양이구나."

내가 뜨끔한 표정으로 고개를 들자 아빠가 인형과 아크를 끌어안고 있는 나를 한쪽 팔로 품에 안아 올렸다.

"따님."

"네……?"

"이 값이 터무니없다는 건 알고 있단다. 허튼 상술일 수도 있지. 하지만 그래도……"

아빠가 다른 손으로 내 뺨을 가볍게 문질렀다.

"네게 세상 모든 행운이 닿기를 바란다."

아빠의 말에 눈이 절로 커졌다.

"이렇게 쓰인 앨범 첫 페이지를 보고 있으니 설령 거짓이라고 한들 살 수밖에 없었어."

다정하게 속삭이는 아빠의 진심에 입술 끝이 파르르 떨렸다.

"내 이기심이라고 해도 좋다. 나는 세상 모든 행운이 네게 쏟아졌으면 좋겠구나."

어쩐지 울 것 같은 기분에 표정을 일그러뜨린 채 아빠의 가슴팍에 얼굴을 파묻었다.

"네, 아빠도……. 저는 아빠가 더 행복해졌으면 좋겠어요."

나보다도 내게 이런 행운을 가져다준 아빠가 훨씬 더 행복해졌으면 했다. 나 같은 것보단 이런 꿈 같은 시간을 보내게 해 준 아빠에게 모든 행운이 돌아갔으면 했다.

"에이린."

"네."

"네 행복이 곧 내 행복이다. 그걸 잊지 말렴. 네가 행복해지면 그걸 보는 나도 행복해지니까."

눈앞이 흐릿해졌다. 그러나 우는 모습을 보여 주고 싶진 않아 애써 눈꼬리를 휘려고 할 때였다. 아까부터 계속 은은하게 코끝에 맴돌던 그 로브를 쓴 남자의 시가 향이 문득 강렬하게 떠올랐다.

"아……."

쥐고 있던 호랑이 인형이 바닥에 툭 떨어지고 아크가 내 품에서 폴짝 뛰어내려 안전히 착지했다.

"따님?"

"……아, 빠……."

눈앞이 갑자기 핑그르르 돌더니 몸이 제멋대로 휘청거렸다. 그 순간이었다.

퍼엉—!

시야가 훅 낮아지더니 이내 아빠가 한층 크게 느껴졌다. 나를 보는 아빠의 눈이 커졌다.

어? 뭐지?

"뀨?"

제법 낯익은 울음소리가 퍽 가까이서 들렸다. 나는 설마설마하는 표정으로 천천히 고개를 들었다.

"에이린."

"뀨우!"

네!

대답했지만, 누구나 알아들을 수 있는 말이 되지는 않았다.

'대체 드래곤이라면서 왜 말은 할 수 없는 건데?'

아직 해츨링이라 그런가? 성체가 되면 드래곤이라도 말을 할 수 있는 걸까? 뭇 소설을 보면 해츨링이라도 말을 하던데……. 왜 나는 이럴까. 근데 갑자기 왜 이렇게 된 거야?! 급히 다시 상상해서 원래 모습이 되어 보려고 했으나 꿈쩍도 하질 않는다.

대체 뭐지? 순간 언뜻 그 불쾌한 시가 냄새가 떠올랐다.

'아······.'

생각났다. 이 시가 냄새. 일전에 내 친아빠라고 주장하는 그 개망나니가 내게 다가왔을 때 났던 냄새와 아주 닮아 있었다.

'······설마 그 사람이 범인이었어?'

코앞에 두고 범인을 놓쳤네.

'근데······.'

나는 허공에 대고 연신 코를 킁킁거리다가 고개를 갸웃했다.

'왠지 찾을 수 있을 것 같은데?'

거기까지 생각하고 나니 절망보단 희망이 조금 더 커졌다. 나는 히죽 웃었다.

"뀨! 뀨뀨뀨! 뀨우욱, 뀨!"

아빠, 나 찾을 수 있을 것 같아! 내가 아빠에게 달랑 매달려 열심히 말했다. 물론 뀨국거리는 소리밖에 나진 않았지만.

"······드래곤 언어를 배워 놓을 걸 그랬구나."

굉장히 진지한 얼굴로 아빠가 말했다. 나는 고개를 절레절레 저으며 파닥파닥 날개를 움직여 날았다.

"에이린."

아빠의 책상 위에 펜과 종이가 있었다. 나는 빈 종이 한 장을 앞발로 짚고 다른 손으론 깃펜을 쥐었다. 정확히는 앞발의 발톱과 발톱 사이에 끼워 넣었다고 해야 할까? 글씨가 한층 삐뚤빼뚤해졌다.

'잘 안 써지네.'

크기도 크고 삐뚤빼뚤해서 글씨가 아니라 그림 같았다.

범 인

내가 적은 글자는 대략 이러했다. 종이 한 장을 꽉 채운 두 글자에 살짝 말문을 잃었다.

"범인?"

나는 고개를 끄덕끄덕하곤 다시 파닥파닥 날아올라 종이 한 장을 더 가지고 내려왔다.

찾 기

"범인을 찾는다고?"

아빠가 내 옆에 몸을 웅크리고 앉아 물었다. 이 그림 같은 글씨를 알아봐 준 아빠를 끌어안고 싶어졌다. 내가 고개를 끄덕끄덕하곤 네발로 서서 코를 킁킁거리며 냄새를 맡는 시늉을 하자 아빠가 눈을 가늘게 떴다.

"냄새로 범인을 찾을 수 있다는 거니?"

"뀨뀨!"

나는 냉큼 고개를 끄덕였다.

"인간으로 다시 돌아올 순 없고?"

나도 바로 해 보려고 했는데 계속 시가 냄새가 코끝에 맴돌아서 잘되지 않았다. 내가 고개를 절레절레 젓자 아빠의 미소가 한층 환해졌다.

"냄새를 안다는 건 그 범인과 접촉한 적이 있다는 거구나."

"뀨웅!"

나는 냉큼 고개를 끄덕끄덕했다. 열심히 팔다리를 움직여서 한쪽에 흑호랑이 인형을 세워 두었다. 그리고 뒤로 후다닥 물러나서 열심히 밖으로 나가서 걸었다는 시늉을 하곤 흑호랑이와 일부러 부딪혀 툭 넘어져 앉은 자세를 했다.

"범인이 널 넘어뜨렸구나."

내가 고개를 끄덕였다. 그러면서 앞발로 코를 막는 시늉을 해 보이자 아빠의 미소는 이루 말할 수 없을 정도로 화사해졌다.

"그래. 이해했단다."

내가 활짝 웃자 아빠가 말했다.

"그놈이 널 이렇게 만들었다는 거지?"

"뀨뀨!"

정답! 내 말에 아빠가 내 머리를 살살 쓰다듬어 주었다.

"그래. 그걸 잡아서 짐승의 먹이로 주면 되겠구나."

아니 왜 결론이 그쪽으로 튀어요.

"가자꾸나."

"뀨욱?!"

아빠 혼자서요? 아무리 아빠가 강해도 그렇지 누굴 좀 데리고 가야지! 내가 연신 도리질을 치자 빙긋 웃은 아빠가 내 뺨의 비늘을 부드럽게 문질렀다.

"걱정해 주는 거니? 하지만 다른 놈들을 데리고 가면 조금 귀찮아진단다."

"뀨?"

뭐가요?

"아무래도 사정을 봐줘야 할지도 모르니까."

스산하게 읊조리는 아빠의 목소리에 소름이 오소소 돋았다.

'그 때문에라도 누굴 데려가야 하는 게 아닐까……?'

그러나 이미 아빠는 나를 품에 안은 채 방을 나서고 있었다.

'이대로 아빠를 보내면 안 돼.'

분명히 사람이 반이 되든 건물이 반이 되든 뭔가가 반쪽만 남을 것 같았다.

"뀨우우욱!"

누구 없어요!

"뀨욱!"

"에이린, 뭐 하는 거니."

"뀨, 뀨!"

아빠 막아 줄 사람 찾는 중! 내가 열심히 울음소리를 내며 의지를 피력했지만 암만 봐도 내 말을 알아듣는 기색은 아니었다. 나도! 말을! 하고 싶다! 다른 소설 보면 드래곤은 잘도 말하던데 나는 대체 뭐가 문젤까? 울적한 기분이 들어 고개를 막 숙일 때였다.

"……에이린?"

익숙한 목소리에 눈이 번쩍 뜨였다.

"뀨웅!"

칼란! 실리안! 때마침 반가운 얼굴에 앞발을 번쩍 들자 두 사람이 눈을 동그랗게 뜨며 달려왔다.

"진짜 미쳤다……."

"인형이 네 귀여움을 반도 채 못 담았구나."

진짜 진지한 얼굴로 그런 말 하지 말아 줄래? 당황스러운 기분에 나는 손을 휘휘 내저으며 눈동자를 살살 굴려 아빠를 바라봤다. 그제야 칼란과 실리안도 나를 따라 아빠에게 시선을 돌렸다.

"아버지도 계셨군요."

아니 그게 무슨 말이야.

"그래."

"근데 어디 가시는 길이었나요? 애는 왜 이렇게 됐고요?"

"하타르를 푼 범인이 에이린을 이렇게 만들었더구나. 그래서 죽이러 가는 중이란다."

고상한 얼굴로 앞뒤 다 자르고 그렇게 상스러운 말 내뱉지 말라고요!

'근데 죽이러 가는 중이었어?'

범인을 잡으러 가는 거 아니었냐고.

"……"

"……."

나는 급히 칼란과 실리안을 보며 고개를 도리도리 저었다.

"아, 그래요?"

실리안이 나를 보더니 빙긋 웃었다.

"잠깐 검 좀 가져오겠습니다."

실리안이 사라지더니 정말 몇 분 되지 않아 다시 나타났다.

'이게 아닌데…….'

칼란은 어느새 마법사 로브를 입은 채 한 손에는 지팡이를 들고 있었다.

"뀨욱!"

그거 아냐. 아니라고!

"그래. 우리가 복수해 줄게."

아니라니까!

"가지."

그렇게 기이한 가족 나들이가 시작됐다. 아빠는 나를 부드러운 천으로 덮어 주었는데 덕분에 얼굴만 볼록하게 튀어나올 수 있었다.

"뀩!"

여기에서 부딪혔어! 내가 앞발을 척 들어 올리자 세 사람이 동시에 멈췄다.

'아직 남아 있네.'

이 달콤하면서도 못내 불쾌한 냄새가 말이다. 나는 눈을 가늘게 뜨고 킁킁거리며 허공에 냄새를 맡았다. 이 꺼림칙한 냄새는 희미하지만 어딘가로 이어져 있었다.

"뀨욱!"

"이쪽이라는 거니?"

"뀨!"

내가 고개를 끄덕이자 칼란이 불쑥 얼굴을 들이밀어 나를 살폈다.

"뀨……."

왜 그렇게 보는 거야? 내가 고개를 갸웃하자 소년의 표정이 한층 더 매서워졌다.

"이 쪼그만 거 건드릴 데가 어디에 있다고……."

나를 보던 칼란이 한층 분노를 불태우며 내가 가리킨 곳으로 성큼성큼 걸어가기 시작했다. 골목길 사이사이를 지나자 시장에서도 꽤 떨어진 외곽에 도착했다. 인적은 드물고 험상궂은 사람이 돌아다니는 것을 보니 어쩐지 잘 찾아왔다는 생각이 들었다. 그리고 우리가 돌고 돌아 마침내 도착한 곳은 겉보기에는 멀쩡한 웬 건물이었다. 그러나 건물 앞에는 험상궂은 용병 2명이 서 있었고 사람들이 한 번씩 들어가고 나가기 바빠 보였다.

"도박장이구나."

"뀨?!"

도박장이요?

"그래. 설마 이 도박장을 다닐 줄은 몰랐는데."

아빠는 뭔가 아는 듯한 표정으로 가볍게 웃었다.

"뀨욱?"

아빠?

"그래. 여기라면 문제가 없을 것 같구나."

"누가 운영하는 곳인데요?"

칼란 에탐이 물었다. 그러자 아빠가 픽 웃는 것이 아닌가.

"나."

"뀨……?"

"정확히는 어릴 때 내가 각하에게 반항하느라고 만들었던 곳이란다."

네? 어릴 때부터 남달랐던 반항 스케일에 말문이 턱 막혔다.

"그때…… 장난…… 아니, 부하 중 하나에게 대충 맡겨 뒀던 것 같은데."

아빠의 말에 나는 절로 조용해졌다. 방금 장난감이라고 말하려고 했던 것 맞지? 내가 뚫어져라 바라보자 아빠가 나를 자연스레 칼란의 품에 안겨 주었다.

"잠깐만 여기서 기다리고 있으렴."

"네?"

"내가 썩은 내 나는 놈들은 제법 잘 찾는 편이란다."

저긴 썩은 생선 같은 놈들 투성이기는 하지만 말이다. 아빠가 아주 느긋하게 건물로 향했다. 용병들이 아빠의 앞을 가로막았지만 아빠가 웃는 얼굴로 가볍게 손을 움직이자 전부 바닥에 머리부터 고꾸라져 박혀 버렸다.

"에이린."

"뀨!"

"우리 요 앞에서 잠깐 맛있는 거 먹고 올까?"

칼란 에탐이 실실 웃으며 손가락으로 시장을 가리켰다. 아빠가 방금 기다리라고 하지 않았나? 내가 앞발을 움직이자 칼란 에탐이 나를 끌어안은 채 괜찮다며 걸음을 옮겼다.

"뀨우……."

그래도 기다리라고 했는데 기다려야 하는 거 아니야? 내 시무룩한 표정에서 뭔가를 읽었는지 실리안이 입을 열었다.

"네가 가주라는 걸 정식으로 밝히기 전에 괜한 문젯거리는 다 치우고 싶어서 그러시는 거야. 아마 시간이 좀 걸릴 테니 1시간만 놀다 오자는 거고. 이해했어?"

실리안의 말에 나는 눈을 깜빡이며 고개를 끄덕였다. 나는 여전히 바닥에 거꾸로 박혀 있는 용병들을 보다가 칼란의 품에 안겨 실리안과 함께 시장으로 향했다.

* * *

도박장 안으로 들어온 에르노 에탐의 미간에 살짝 주름이 생겼다. 사방은 매캐한 연기로 가득하고 약을 했는지 동공이 풀어진 놈들도 널려 있었다. 그뿐이랴. 여기저기엔 돈과 온갖 게임이 진행되는 소리로 귀가 찢어질 것처럼 시끄러웠다.

'……독특한 시가.'

에르노 에탐도 한때 시가를 즐겨 피웠기 때문에 제국 수도에 유통되는 시가는 잘 알고 있었다. 장소가 특정됐으니 찾는 게 어렵진 않으리라. 에르노 에탐이 이 도박장을 만들고 폐쇄하지 않은 건 이곳이 꽤 쓸모 있는 정보가 모이는 공간이었기 때문이다. 가장 귀한 정보는 가장 밑바닥에서 구르는 법이다. 겉보기엔 이래도 지하로 크게 뚫린 도박장에선 VIP나 재력가들도 모였다. 에르노 에탐은 돈이 가치의 전부라고 생각하지 않았다. 정보 역시 가치가 있었다. 돈이 없는 이들은 정보를 팔면 그만이다. 그 정보에 값어치를 매겨서 보관하는 곳. 한동안은 누군가의 정보나 약점이 필요치 않아 이용한 적은 없었다. 아, 콜린 공작의 정보를 털 때만 제외하고.

'그땐 딱히 털어도 뭐가 나오지 않았지.'

앞과 뒤가 크게 다르지 않은 깨끗한 사람은 이래서 귀찮았다. 아무리 털어도 먼지 한 톨 나오지 않으니 말이다.

'이렇게 쓸모가 생길 줄은 몰랐는데.'

에르노 에탐은 느긋하게 안을 거닐었다. 시가를 입에 물고 있는 사람을 보는 건 어렵지 않았다.

'역시 이쪽엔 없군.'

아마 아래쪽에 있을 확률이 높겠지. 그가 자연스럽게 지하로 가는 입구가 있는 곳으로 걸음을 옮길 때였다.

누군가 에르노 에탐의 어깨에 손을 턱 올렸다.

"거기는 출입 금지입니다."

"손 떼."

"이쪽은 출입 금지라고……."

콰앙—!

에르노 에탐이 사내의 팔을 잡아 단숨에 바닥으로 내리꽂았다. 눈에는 보이지 않을 정도로 정말 한순간이었다.

"분명히 손 떼라고 했잖나."

에르노 에탐이 먼지를 털어 내듯 자신의 어깨를 툭툭 치며 말했다.

"너 뭐야!"

여기저기 흩어져 있던 경비와 용병들이 순식간에 에르노 에탐을 둘러쌌다. 에르노 에탐이 픽 웃으며 허리춤에 찬 검을 뽑으려는 때였다.

"대체 무슨 소란이냐!"

험악한 인상에 덩치가 큰 근육질의 남자가 몰린 인파 사이를 헤치고 성큼성큼 들어왔다.

"오랜만이네, 멍멍아."

"……!"

남자의 눈이 한껏 커지더니 이내 눈에 띌 정도로 애처롭게 질린 채 몸을 떨며 고개를 푹 숙였다.

"여, 여긴 어쩐 일이십니까. 고, 공자님……."

"내가 뭘 좀 찾으려고 했는데…… 개가 주인을 못 알아보네."

"죄송합니다. 바로 시정하겠습니다. 당장 다 물러나서 제자리로 복귀해!"

눈에 띌 정도로 굽실거리는 남자를 보며 사용인들이 의아한 얼굴을 하면서도 그의 사나운 기세에 쭈뼛쭈뼛 물러났다. 그들의 고용주는 독불장군이라고 해도 부족하지 않을 정도로 늘 매섭고 드센 남자였으니까.

"멍멍이도 똥개들 사이에선 늑대 노릇을 하는 법이라더니."

에르노 에탐이 느리게 손을 내밀었다. 그러자 남자가 급히 달려가 상체를 숙이고 제 턱을 에르노 에탐의 손바닥 위에 올렸다. 그러자 주변 사람들의 입이 떡하니 벌어졌다. 에르노 에탐이 그의 턱을 살살 긁적이며 입을 열었다.

"그래, 도박장 주인 노릇은 할 만하고?"

"예. 덕분에 잘 지내고 있습니다."

"그래 보이네. 약쟁이가 주제도 모르고 어린 나한테 약 먹이려고 했던 때에 비하면 뭐 제법 양호해."

"……다 공자님 덕분입니다."

"그렇겠지."

에르노 에탐이 손을 떼며 고개를 까딱였다. 남자가 몸을 바로 세웠다.

"내가 딸이 생겼는데 말이야."

"……예?"

"여기 손님 중 하나가 내 딸한테 손을 댔어."

그의 눈매가 초승달 모양으로 예쁘게 휘어지며 접혔다.

"……예? 어떤 미친놈이……."

남자의 입이 떡하니 벌어졌다. 남자는 딱 한 번 돈에 눈이 멀어 에르노 에탐에게 해를 가하려고 했다가 자그마치 수년을 그의 밑에서 데굴데굴 구르고 구르며 한 마리의 개가 되었다. 그런데 딸을 건드렸다고? 딸이 있다는 것도 놀라운데 그가 직접 여기까지 걸음을 할 정도로 아끼는 것이 분명한 딸을?

"아는 정보라곤 독특한 시가를 피운다는 것뿐인데 듣자 하니 제국에서 유통되는 건 아닌 모양이던데."

"아……."

단 하나의 정보뿐이었음에도 불구하고 남자의 눈이 커졌다.

"누군지 알 것 같습니다."

"그래?"

"네. 지금 지하 VIP룸에 있습니다. 꽤 큰손인데 종종 와서 도박을 하고 자주 누군가를 만나더군요. 그런데 도박을 즐기는 것 같진 않고 그냥…… 룸을 위해서 도박을 해서 등급을 유지하는 느낌이었습니다."

최고 등급의 VIP에겐 비밀이 보장된 방이 하나씩 제공된다며 남자가 덧붙였다.

"……그놈이군."

에르노 에탐의 얼굴이 환해졌다.

"안내해."

에르노 에탐이 고개를 까딱였다.

'어느 놈인지 저보다 더 미친놈한테 걸리다니…… 그냥 죽었군.'

표정을 보아하니 단순히 개새끼 노릇을 한다고 봐줄 것 같지 않았다. 남자가 고개를 저으며 그를 안내했다. 미로처럼 엮인 지하의 길을 능숙하게 찾아 안내하던 남자가 문 앞에 멈춰 섰다.

"여기야?"

"네. 여기입니다."

"그래. 넌 여기서 잠시 대기해."

에르노 에탐이 검을 뽑아 검집만을 챙겨 검을 대충 남자에게 넘겼다.

"아, 걱정하지 마. 죽이진 않을 테니."

그가 문을 열었다.

"당신은 누구……."

퍼억!

"커흑!"

"일단 맞고 시작하자."

에르노 에탐의 부드러운 목소리와 함께 문이 닫혔다. 밖을 지키라는 명령을 받은 사내는 눈을 질끈 감았다. 아니나 다를까 머지않아 매타작 소리가 지하 미로 안을 쉼 없이 메아리치며 울려 퍼졌다.

"……."

"……."

내려앉은 적막 사이로 누구도 아무런 말을 하지 않았다. 할 수 있을 리가 없었다.

'범인이 이런 꼴로 왔는데…….'

대체 무슨 말을 한단 말인가.

"……아빠?"

"왜, 따님."

어딘가 상쾌한 얼굴의 아빠가 싱긋 웃으며 말했다. 나는 다시 고개를 돌려 속옷만 입고 로브를 얼기설기 상체에 두른 채 무릎을 꿇고 고개를 숙이고 있는 사람의 형상을 한 무언가를 바라보았다. 머리 위로 쫑긋 솟아난 귀는 축 늘어져 잘게 떨리고 있었고 바닥에 늘어진 3개의 꼬리는 바짝 움츠러들어 있었다. 남자의 얼굴은 푸르딩딩하게 물들어 두 배로 커져 있었다.

"수인……이네요……?"

내가 조심스럽게 말했다. 아, 나는 시장을 돌아다니다가 문득 코끝에서 냄새가 사라졌다고 생각하는 순간 다행히 다시 인간화를 할 수 있었다.

"그렇더구나."

"아……."

수인이었구나. 다 좋은데 이 사람 대화는 가능한 걸까? 죽지는 않은 것 같긴 한데 잔뜩 부푼 얼굴에선 표정조차 알 수가 없었다.

"간히 내가 누궁 줄 아르구……!"

탁—

아빠의 검집이 가볍게 탁자를 두드리는 순간 남자의 몸이 애처로울 정도로 파드득 떨렸다. 발음이 줄줄 새던 것도 냉큼 조용해졌다.

'여우……인가?'

푸른빛이 도는 여우 꼬리가 3개 그리고 쫑긋 솟은 귀도 물빛이었다. 퉁퉁 부은 눈 사이로 보이는 눈동자는 녹갈색이었다.

"사과 안 하나?"

부드러운 목소리가 내려앉는 것과 동시에 귀가 바짝 죽어 버렸다.

"……죄, 죄송합니다."

"아니…….."

근데 범인이 이렇게 쉽게 잡혀도 돼? 아무리 그래도 그렇지…….

"왜 그랬대요?"

"글쎄, 그건 말하지 않더구나. 차분히 가서 심문해 보면 될 일이지."

빙긋 웃는 아빠의 표정은 내가 봐도 무서웠다. 굉장히 젊어 보이는 남자인데 대체 무슨 일이 있었던 걸까…….

"그 냄새, 이상한 거죠?"

남자는 입을 벌리기도 힘겨워 보이는 표정으로 입술을 달싹이다가 인상을 찌푸렸다.

 '이 남자를 치료해 주면 좋겠어.'

 나는 눈을 감은 채 생각했다. 손끝에서 새하얀 마력이 뻗어나와 순식간에 남자를 감쌌다. 남자의 눈이 커졌다. 그가 본인의 뺨을 몇 번 어루만지더니 인상을 찌푸렸다.

 "별거 아닙니다. 인간화를 오래 하고 있으면 자연스럽게 마나가 뭉치는 증상이 있는데 그걸 완화해 주는 것뿐이죠."

 "완화?"

 "어린 수인에겐 조금 독해서 종종 수인화가 풀리는 일도 있긴 합니다."

 위험한 건 아니라고 덧붙이는 목소리는 딱히 거짓말을 하는 것처럼 느껴지지 않았다.

 "근데 진짜 왜 그랬어요?"

 "……"

 남자는 냉큼 입을 다물었다. 나는 허탈하게 잡힌 범인을 바라보았다. 하긴 사실 아빠 능력에 특정된 범인을 잡지 못할 리는 없겠지.

 '괜히 세계관 강자가 아니니까.'

 내가 가만히 남자를 바라보고 있으려니 남자도 나를 가만히 바라보았다.

 "정말 드래곤이군요."

"가짠 줄 알았어요?"

"그건 아니지만 봐도 믿기지 않는 건 사실이네요."

남자가 솔직하게 말했다. 그는 정말로 신기한 전설 속 생물을 보는 듯한 표정이었다.

"우린 당신이 필요했습니다."

"내가? 왜요?"

"……."

남자는 또다시 입을 다물었다. 아빠한테 이렇게 맞고도 아무런 말을 하지 않았다는 건 그만큼 의지가 강한 사람이라는 거겠지.

"하타르는 왜 뿌렸어요?"

"제국과 전쟁을 하려고 했겠지."

대답은 아빠에게서 나왔다. 갑자기 전쟁을? 현대에서 살던 내게는 조금 먼 나라의 이야기 같았다. 남자는 입을 꾹 다문 채 여전히 무릎을 꿇고 앉아 있었다. 그렇게 얻어맞고도 자세를 꼿꼿하게 세운 채 말을 아끼는 것이 조금 놀라울 정도였다.

'의리는 있는 사람인가?'

척 보기에 그렇게까지 나쁜 사람처럼 보이진 않았다. 물론 좋은 사람이냐고 한다면 확신은 없고.

'뒤에 누군가가 있는 건 확실하네.'

일단 이 사람이 진짜 '머리'는 아니었던 모양이다. 그래도 너무 싱겁게 잡히긴 했다. 그때였다.

"윽……."

갑작스럽게 남자가 고통스러운 신음을 흘리며 배를 끌어안았다.

욱, 욱…….

그러더니 갑자기 입을 막고 헛구역질을 하기 시작했다. 내가 당황한 표정을 하며 눈을 동그랗게 뜨자 그가 무언가를 입에서 뱉어냈다.

"그거 아십니까?"

살짝 창백해진 얼굴의 그가 빙긋 웃었다.

"여우에겐 소원 구슬이라는 게 있다는 거."

남자의 녹갈색 눈동자가 언뜻 다감하게 휘어졌다. 아빠가 내 앞을 가로막았다.

"당신이랑 꽤 비슷하지요, 드래곤 아가씨? 드래곤에게도 구슬이 있으니까요."

그의 말이 끝나기가 무섭게, 세상이 멈췄다. 아빠가 멈췄고 칼란과 실리안의 움직임이 멈췄다. 믿기지 않을 정도로 완벽하게.

"역시 당신에겐 효과가 없네요. 드래곤 하위 호환의 힘이라 그런 걸까요?"

"……아빠?"

내가 아빠의 옷자락을 붙잡고 흔들었다. 그러나 아빠는 반응이 없었다.

"아빠! 칼란, 실리안!"

아무리 불러도 대답이 없다. 정말 석상처럼 굳은 것 같았다.

심장이 쿵 떨어지는 기분이었다.

"드래곤도 결국은 마력이 원천. 당신이 해츨링이 아니었다면 생각지도 못할 방법이었겠지만……."

남자는 무언가 팔찌 같은 것을 꺼내 들고 내게 다가왔다.

"싫어……."

내 가족을 더 뺏기고 싶지 않아. 내 소중한 가족인데. 내가 지켜 주지 않으면 안 돼. 나는 다가오는 남자를 보며 입을 열었다.

―오지 마.

목소리가 메아리치듯 울려 퍼졌다. 말하고 있는 나도 모르는 언어가 입술을 타고 흘러나온다. 모르는 언어인데 마치 오래전부터 알고 있었던 것만 같기도 했다. 참 기이한 일이 아닐 수가 없었다. 어쨌든 내 말이 끝나기가 무섭게 남자의 걸음이 우뚝 멈췄다.

"설마……."

남자는 몸을 움직이려고 노력하는 모양이었으나 쉽게 되지 않는 듯 당황한 기색으로 입술을 달싹였다.

―당장 아빠를 원래대로 돌려놔.

어쩐지 이 사람을 아주 손쉽게 막을 수 있을 것만 같다는 생각이 들었다. 말이 끝나기가 무섭게 손끝에서부터 피가 싸하게 빠져나가는 기분이 들었다.

"대체 어떻게 용언을……."

그의 말은 끝까지 맺어지지 못했다. 그는 마치 누군가에게 조

종이라도 당하는 사람처럼 움직이더니 순식간에 아빠와 형제들을 원래대로 돌려놓았다.

―구슬 내놔.

내가 손을 내밀며 말했다. 그가 구슬을 꽉 쥔 채 숨을 삼켰다. 흔들리는 시선과 꽉 깨문 이를 보아하니 필사적으로 버티고 있음이 분명했다. 그러나 결국 그는 삐걱거리며 앞으로 걸어와 무릎을 꿇고 내 손에 구슬을 올려 두었다. 남자의 얼굴에 깊은 낭패감이 깃들었다. 남자의 손에선 물빛으로 빛나던 구슬이 내 손에 들어오자 순식간에 투명한 유리구슬처럼 변했다.

"……에이린?"

"아빠……!"

원래대로 돌아온 아빠가 놀란 목소리로 나를 불렀다. 나는 급히 아빠의 다리를 끌어안았다. 영영 잃을 것만 같던 기분이 들자 어쩐지 서글퍼졌다.

"아빠, 아빠…… 아빠……."

"그래, 따님."

아빠가 나를 안아 힘껏 끌어안았다. 강하게 끌어안은 품에 안겨 있으니 기분이 한층 괜찮아졌다.

"무슨 일이 있었는지 알려 줄 수 있겠니?"

"저 사람이 이상한 힘을 썼어요."

"그랬구나."

그가 가볍게 나를 품에 안더니 내 머리를 가슴팍에 묻게 했다. 그러더니 내 뺨을 가볍게 문지르는 것이 아닌가. 그러자 사위가 고요해졌다. 늘 나를 피곤하게 했던 소음이 완전히 사라졌다. 소음뿐만이 아니라 모든 소리가 사라졌다고 함이 옳았다. 눈을 감고 있어도 아빠의 팔이 움직이는 건 알 수 있었다.

"이제 눈을 떠도 된단다."

살짝 고개를 돌리자 어느새 기절한 듯 바닥에 쓰러져 있는 남자가 보였다. 뒤통수에는 커다란 혹이 보였다.

"이거요……. 저 사람 거예요."

내가 아빠에게 내 두 주먹만 한 구슬을 내밀자 아빠가 인상을 찌푸리곤 구슬을 집어 칼란 에탐에게 넘겼다. 그러고는 자연스럽게 손수건을 꺼내 내 손을 문질러 닦아 주었다.

"아빠?"

"지지다. 지지. 더러운 거."

"……그거 지금 아버지 아들 손에 있거든요?"

칼란 에탐이 황당하다는 듯 반문했다. 아빠가 칼란을 보고는 픽 웃었다.

"너도 딸 하던가. 왜? 손 닦아 줘?"

아빠가 손수건을 들어 올리자 칼란 에탐이 질색하며 고개를 저었다.

"아빠, 나……."

눈앞이 핑그르르 돌았다.

"어……?"

또 능력을 쓴 부작용인 걸까? 머리가 지끈거리는 느낌에 손을 들어 이마를 감싸자 아빠가 내 등을 토닥거렸다.

"아가, 따님?"

"아빠, 나 어지럽고 졸……."

눈앞이 흐릿해졌다.

"에이린!"

아빠의 애절한 부름에도 불구하고 눈앞이 암전됐다.

끼익, 끼익.

덜컹.

또다시 톱니바퀴가 흐르는 방향이 바뀌었다. 신기하게도 나는 그 바뀌는 톱니바퀴를 볼 수 있었다. 그리고 다시 눈을 감았다가 뜬 순간 이번에는 지옥의 한복판이었다.

"이 돈만 먹는 기생충 같은 년! 당장 죽이지 않고 뭐 해! 언제까지 이년에게 돈을 퍼부을 거야! 언제까지!"

"어머님, 제발……."

"야, 너 언제까지 처잘 거야?!"

그래. 시끄럽고 끔찍한, 속이 뒤집힐 것 같은 지옥 속에서 나는 눈을 떴다. 어쩌면 그런 생각이 들었다. 하나가 끝나지 않는 이상 이 지옥은 영원히 나를 괴롭힐 것이라는.

"할머니가 유지 장치 떼 버리라잖아!"

"차미소, 너 죽는다고!"

사방이 시끄러웠다. 몸을 흔들어 대는 거친 손길에 기분은 바닥을 내달렸다. 눈을 뜨고 싶지 않지만 떠야 한다는 것은 알고 있다. 이 난장판은 도통 정이 안 갔던 할머니가 나를 죽이거나 내가 눈을 뜨지 않으면 끝나지 않을 것만 같았으니까.

"애미야, 너도 웃긴다. 진즉 유지 장치 떼라고 했을 때 뗐으면 얼마나 좋아! 돈이 어디 땅 파면 나오는 줄 아니?"

"어머님, 아직 죽지도 않은 아이를……."

"엄마 말이 맞아요, 할머니. 누나가 뭘 했다고……."

낯익고도 낯선 목소리가 우습게도 나를 감싸고 있었다. 늘 내게 날 선 목소리를 내던 사람들인데 말이다. 언성을 높이고 욕설을 내뱉고 마치 존재하지 않는 것처럼 무시하고.

"뭘 하긴! 애미 너는 부모가 되어서 대체 우리 강아지들 교육을 어떻게 했으면 이렇게 저 애한테 집착을 하게 해!"

할머니의 언성이 높아졌다.

"네 자식 살리겠다고 설마 협박이라도 한 거냐?"

"어머님, 제가 어떻게……."

"뭐가 문제냐고 물었느냐, 똥강아지들아?"

할머니가 말했다.

"이 집안에 태어난 게 문제야. 얼마나 귀한 가문인지 잘 알지? 근데 어디 감히 이 손 귀한 집안에 계집이……."

더는 들어줄 자신이 없었다. 속이 울렁거리는 기분에 나는 꽉 감고 있던 눈을 천천히 떴다. 내가 눈을 뜬 것을 알아채는 사람은 없었다. 그래서 조용히 고개를 돌리자 널찍한 등이 둘이 보였다. 그렇게도 끔찍하게 싫어했던 남동생들의 등이었다. 그리고 그 어깨너머로 나이에 비해 주름이 적고 허리도 꼿꼿하게 선 노인이 보였다. 할머니는 내 시선을 느낀 듯 곧장 내 쪽으로 고개를 돌렸다.

"너!"

할머니가 남동생들이 가로막은 것을 뚫고 성큼성큼 걸어 내 앞에 섰다. 꼬장꼬장하게 생긴 얼굴에 21세기에 꾸역꾸역 불편한 개량 한복을 차려입은 모습은 그녀의 성격을 고스란히 보여주었다.

"고얀 년, 어디 어른이 왔는데 못 배워 먹은 것처럼 계속 누워 있어?"

나는 입술을 뻐끔거리다가 천천히 시선을 아래로 내리깔았다. 나는 늘 그랬다. 할머니 앞에만 서면 사고가 굳고 말도 제대로 내뱉지 못하는 머저리가 되는 것 같았다. 할머니가 입만 벌려도 두려운 듯 심장이 쿵쿵 뛰었고 숨이 멈췄다.

"당장 못 일어나!"

허공을 보며 가만히 눈을 깜박이던 나는 천천히 몸을 일으켜 앉았다. 할머니 뒤에선 기억보다 조금 야윈 어머니가 보였다. 내 앞에선 늘 범접할 수 없는 태산 같았는데 할머니 앞에선 어쩔 줄 모르고 서 있는 어머니가 참 작아 보였다.

'어머니가 저렇게 작았던가?'

내 앞에선 늘 크고 무서웠던 사람이다. 아버지와는 다르게 때리진 않아도 늘 입을 다문 채 나를 노려보던 사람이었는데. 이상한 일이다. 이제는 전혀 무섭지 않게 느껴지다니.

'이것도 다 아빠 덕분일지도.'

늘 내가 무엇을 하든 무슨 잘못을 하든 오로지 내 편을 들며 지켜 주던 아빠니까 말이다. 사랑을 듬뿍 받고 나니 그제야 내 주변에 있던 세계가 얼마나 불공평하고 불합리했는지를 알 것 같았다. 따지고 보면 아빠는 내게 구원이었다.

'그땐 정말 죽고 싶었는데.'

지금은 그냥 그 세계로 돌아가고 싶었다.

"어디 눈을 그렇게 치켜떠? 이게 죽다 살아나서 미쳤나! 죽을 거였으면 곱게 죽던가! 수치스럽게 차에 치여?"

할머니의 악담은 하루 이틀 있는 일이 아니었다. 할머니는 지독한 남아 선호 사상의 정점에 있는 사람이었다. 사고방식이 아주 예전에 머물러 있는 사람. 식당에 첫 손님이 여자면 그날 하루 장사를 공친다느니, 여자가 사업을 하면 재수가 없다느니 하는 말을 곧잘 내뱉곤 했다. 내가 할머니의 미움을 받는 것도 비슷한 이유에서였다. 여자가 제일 먼저 태어나서 재수가 없을 거라느니 뭐라느니. 지금 와서 생각해 보면 정말 말도 안 되는 말이었다. 여자로 태어나서 안 될 일이었다면 어차피 안 될 일이었을 것이다. 여자가 들어와서 하루 공칠 장사였다면 결국 안 될 장사였을 것이다. 그냥 누군가는 실패에 그럴듯한 이유가 필요했는데 그게 때로는 여자였고 때로는 아이였고 때로는 노인이었을 뿐이다. 그저 언제나 약자의 탓이었다. 나는 약자였을 뿐. 종종 생각하곤 한다. 나는 무슨 잘못을 했기에 늘 태어난 것이 죄라는 이야기를 들어야 했는지. 그렇게 인간 취급도 못 받는 말을 듣고 살아야 했는지.

'저 세계엔 검을 들고 마법을 쓰고 사람이 죽고 사람을 사고파는 일이 가득한데…….'

그런 사람들도 모두 아빠의 해사한 웃음과 함께 가루가 되어 사라지곤 했다. 그 세계를 보고 온 탓일까? 활화산 같던 할머니의 화도 이제는 별거 아닌 것처럼 느껴졌다. 나도 모르게 픽 웃고 말았다. 그러자 할머니의 표정이 아주 이상해졌다.

"너 지금 웃었니?"

"그럼……."

목소리가 잠긴 탓인지 소리에 바람이 많이 섞여 있었다. 나는 손을 들어 몇 번인가 목을 매만지다가 마저 입을 열었다. 나는 미친 걸까? 어쩌면 팔려 갈 뻔도 하고 죽을 뻔도 했고 또 드래곤이기도 하고 5년이나 잠들어 있다가 깨어나서 어린 나이에 가주직도 달아 보니 조금 미쳤을지도 모르겠다.

"제가 우는 것처럼 보이세요?"

"……뭐? 지금 뭐라고 했느냐!"

"우는 것처럼 보이시냐고요."

"이년이 미쳤나……!"

내가 눈을 똑바로 뜨고 벌벌 떨지도 않은 채 말하자 할머니의 눈이 커졌다. 그럴 만도 했다. 할머니의 기억 속 나는 한마디 대꾸도 못 하고 윽박지르기만 하면 벌벌 떨며 말이나 더듬는 멍청한 골칫덩이였을 테니까.

"차미소, 너 할머니께 대체 무슨 말을……!"

"애미 네가 애 교육을 엉망으로 시킨 게야! 이년이 아주 죽다 살아나서 미쳤는지……!"

"년, 년. 자꾸 그러지 마세요, 할머니. 같은 년이면서 왜 그러세요. 상스럽게."

늘 고상함과 기품을 강조하는 할머니는 내 말에 입을 떡 벌렸다. 내가 이렇게 대꾸할 줄은 생각지도 못했던 모양이었다. 나는 잠깐 창문 밖으로 시선을 돌렸다. 시간이 얼마나 지났는지는 모르겠지만…….

'그냥 저번에 죽을 걸 그랬어.'

그렇다면 조용히 눈을 감을 수 있었을지도 모르는데. 그러면 이런 꼴을 볼 일도 없었을 테고 계속 에이린으로 있었을지도 모른다.

'하지만 그게 정말 꿈이라서 영영 죽게 되는 거라면?'

영원히 돌아갈 수 없게 되는 거라면 그건 싫었다. 나는 그 세계에서 오래 살고 싶다.

"의사! 정신과 의사를 불러와! 이년이 아주 미친 게야. 귀신이 들렸어!"

"할머니, 저는 멀쩡해요. 태어나서 이렇게까지 머리가 맑아 본 적이 없을 정도로."

"차미소, 당장 할머니께 사과드리렴!"

어머니가 사색이 되어 달려와 내게 쏘아붙였다.

"야, 너는 눈뜨기가 무섭게 할머니한테……."

"야, 차이도."

나는 첫째 동생을 바라봤다. 문득 아빠가 떠올랐다. 화가 날수록 더 환하게 웃었던 아빠가. 그래서 나도 입가에 미소를 띠었다.

"닥쳐."

"……뭐라고?"

나는 손을 조심스럽게 움직였다. 손에 힘이 잘 들어가지 않았다. 침대 아래로 다리를 내리자 역시나 힘이 잘 들어가지 않는다. 그래도 서는 것이 어렵진 않았다. 나는 조심조심 자리에서 일어났다. 링거를 힘껏 뽑아내자 피가 튀었다. 나는 대충 옷 소매로 주삿바늘이 꽂혔던 부위를 꾹 눌렀다.

'일단 병원에서 벗어나야지.'

꿈이든 아니든 자다가 다시 눈을 떴을 때 병원만 아니면 좋을 것 같았다.

"차미소, 지금 어디 가니!"

비척비척 걸어가는데 어머니가 내 앞을 가로막았다. 날카로운 눈매나 꾹 다물린 입술이 한때는 두렵기도 했었는데…… 더 큰 사람들을 많이 보고 와서 그런지 이제 별것도 아니게 느껴졌다.

'정말 이 사람들이 뭐라고 무서워했을까.'

시야가 높아진 것이 썩 적응되지 않았다. 오랜만에 위에서 보는 시선이다. 이 사람에게 한때는 그렇게 사랑받고 싶었다. 진짜 사랑을 받아 보니 나는 단 한 번도 사랑받지 못했다는 걸 깨달았지만.

"어머니."

나는 웃는 얼굴로 최대한 다감하게 입을 열었다. 어머니는 이상한 것을 보는 표정으로 내게 시선을 두었다.

드르륵—

병실 문이 열렸다. 어머니의 뒤로 익숙하고 두려운 얼굴이 보였다. 나는 그와 눈을 마주치면서도 입을 멈추지 않았다.

"제가 나가 뒈지든 차에 치여 뒈지든 부디 다음엔 살리지 마세요."

"지금 뭐라고……."

어머니는 상당히 충격을 받은 얼굴로 입을 열었다. 아니, 충격보다는 상처를 받은 것 같았다. 웃기는 일이지. 나는 그보다 더 많은 상처를 받았는데.

"……일어나자마자 소란을 피우는구나."

문밖에 서 있던 아버지가 병실로 들어오며 말했다. 나는 그냥 아버지를 무시하며 막 나가려고 했다. 그러나 할머니는 제 아들을 무시하는 내가 퍽 못마땅했던 모양이었다.

"감히 어디 어른이 말을 하는데……!"

할머니가 내 손목을 잡아당겼다. 나는 대번에 얼굴을 구겼다.

'아빠 보고 싶어.'

치미는 짜증에 강렬하게 생각한 순간이었다.

화악.

뜨거운 햇빛이 쏟아지듯 갑자기 병실이 무척이나 환해지더니 그 자리에 누군가 서 있었다.

"이게 갑자기 무슨……."

"……아빠?"

아빠였다. 또다시 상상이 이루어졌다. 그것도 현실에서. 그것을 깨닫는 순간 등줄기가 오싹해졌다.

"……."

내 부름에 아빠는 평소와는 다르게 미간을 좁힌 채로 거리를 두고 나를 바라보고 있었다. 문득 내가 에이린이 아니라는 것을 깨달았다. 아빠가 나를 알 리 없었다. 새하얀 병실이 있는 현대적인 세계에서 제복을 입은 아빠는 무척이나 이질적이었다.

'꿈이 아닌가?'

꿈이라고 생각했다.

'아니면 이것조차 꿈이야?'

대체 뭐가 어떻게 된 거지? 나는 할머니에게 손목이 붙잡힌 채 멍하니 서 있었다.

"자, 자네는 누, 누군가!"

할머니가 화들짝 놀라 입을 열었다. 아빠는 할머니에게로 흘굿 시선을 돌렸다. 마치 무생물을 감정하듯 주변에 서 있는 내 가족들을 훑은 그는 다시 내게로 시선을 돌렸다. 물끄러미 바라보는 시선이 무언가 탐색이라도 하는 듯했다.

'나 좀 미친 사람처럼 보였겠지.'

처음 만났는데 아빠라고 소리치기나 하다니. 내가 생각해도 조금 민망하고 어이가 없었다. 내가 어떤 모습인지 생각지도 못했다. 스스로가 한심해져서 손을 뻗어 뺨을 몇 차례 문지르다가 고개를 푹 숙였다.

'나 때문에 휘말린 것 같은데 그냥 두고 갈 수도 없고.'

내가 아빠가 보고 싶다고 생각해서 또 이런 일이 일어난 것이 분명했다. 예전에 루실리온이 갑자기 허공에서 나타났던 때처럼.

"할머니, 저 사람 갑자기 나타나지 않았어……?"

차이도가 말했다. 그러자 곁에 있던 둘째 동생, 차이현이 고개를 끄덕였다.

"갑자기 천장에서…… 무슨 영화라도 찍는 거야?"

"촬영이든 뭐든 방을 잘못 찾았다면 이만 나가게!"

할머니의 일갈에 아빠의 눈썹이 꿈틀거렸다. 내가 고개를 푹 숙이고 있자 아빠가 입을 열었다.

"에이린."

익숙한 목소리에 어깨가 움찔 떨렸다. 나는 입을 꾹 다문 채 천천히 고개를 들었다. 솔직히 나는 에이린이랑 닮은 구석이라곤 없었다. 에이린보다도 열 몇 살은 더 많고 에이린처럼 귀엽지도 않다. 사랑스럽지도 않고 드래곤도 아니며 그렇다고 대단한 권력을 가지고 있지도 않았다. 무엇 하나 특출난 것이 없는 인간이 바로 나였다. 그러니 아빠가 불쾌하게 여겨도 어쩔 수 없는 노릇이다. 나를 몰라본다고 해도 딱히 원망할 마음도 없었다. 다만 아주 조금……. 그래, 아주 조금은 서운할 것도 같지만.

"따님."

"……"

생각이 끝나기가 무섭게 아빠는 기다렸다는 듯 나를 불렀다. 그 부름에 얼굴이 절로 일그러졌다. 나를 부른 걸까? 대답을 해야 하나? 내가 정말 이 모습으로 아빠라고 불러도 되는지 의심스러웠다.

"맞니?"

"머리가 어떻게 된 사람이군."

뒤에서 가만히 서 있던 아버지가 아빠를 보더니 인상을 찌푸렸다. 성큼성큼 걸어 나와 내 앞을 가로막는 아버지의 모습에 웃음이 절로 나왔다.

"아빠……."

나는 아버지를 밀치고 할머니가 붙잡은 손을 빼내곤 아빠에게 다가갔다.

"차미소, 이리 와!"

내 돌발 행동에 아버지가 언성을 높였다. 가족들은 모두 하나같이 이 상황이 이해되지 않는 듯 멈춰 있었다.

"이게 네가 말한 그 전생 이야기와 연관되어 있는 거니?"

"……네."

"전생이니 뭐니 대체 무슨……."

아버지가 내 어깨를 잡아채며 강제로 잡아당기려고 할 때였다. 아빠가 손을 뻗어 아버지의 손목을 힘껏 쥐었다. 아버지의 얼굴이 고통스럽게 일그러졌다.

우드득—

뼈가 부러지는 듯한 소리와 함께 아버지의 잇새 사이로 신음이 흘렀다.

"애야!"

할머니가 달려와 아버지의 손을 살피고는 본인이 더 아픈 표정으로 새하얗게 질려서는 너스콜을 눌렀다. 아빠가 느리게 손을 놓았다.

"이, 이, 미친! 고소할 줄 알아! 지금 어디서, 어디서! 내 아들이 감히 누군 줄 알고!"

화가 머리끝까지 났는지 할머니가 말을 더듬었다. 어쩌면 아빠가 두려운 걸지도 모른단 생각이 들었다.

"조금만 더 세게 쥐면 곧 죽겠군."

아빠가 퍽 예상 밖이라는 표정으로 담담하게 대답했다.

"이 오타쿠같이 생긴 미친 새끼가!"

차이도가 주먹을 꽉 쥐더니 아빠에게 덤벼들었다. 아빠가 짧게 한숨을 쉬더니 한쪽 팔로 차이도를 가볍게 바닥에 내동댕이

쳤다.

"아악! 씨X!"

"이도야!"

어머니가 차이도에게 달려가 급히 무릎을 꿇고 상태를 살폈다. 할머니는 연신 발을 동동 구르느라 바빴다. 왜 경비원이 안 오냐는 둥 소리를 지르는 모습을 보고 있노라니 웃음이 새어 나왔다. 차이도를 가소롭다는 듯 가볍게 바닥에 내동댕이친 아빠는 가볍게 손을 털었다.

"아이고, 내 강아지!"

할머니가 얼굴을 일그러뜨리곤 어쩔 줄 몰라 했다.

"네년! 네년이 사주한 게지! 어디 미친 양놈의 새끼를 데리고 와서 제 아비랑 형제를 죽이려고 해!"

"……"

"제 부모도 몰라보는 배은망덕한 계집애 같으니라고!"

"이봐, 늙은이."

아빠가 할머니 앞으로 성큼 다가가 상체를 살짝 숙이며 입술을 빙긋 말아 올렸다.

"내가 노인이라고 사정을 봐주는 편이 아닌데."

아빠가 나를 돌아보았다.

"따님, 이게 너를 묶고 있는 네 가족이니?"

"……"

아빠의 말에 눈이 커졌다. 가족이라니. 이 사람들이 내게 가족이었던 적이 있기는 할까?

"따님에겐 미안한 말이지만 수준이 보이는구나."

아빠의 말에 눈을 동그랗게 뜬 나는 작게 웃었다. 내 웃음에 차이도를 살피던 어머니가 눈을 크게 떴다. 나는 천천히 고개를 저었다.

"아니에요. 나는 이 사람들 가족 아니에요."

생각해 보면 가족이었던 적이 한 번도 없었다.

"그냥 저는……."

이 사람들 안에서…….

"아무것도 아니었어요."

어떤 의미도 존재도 없는 그냥 그런 사람. 있어도 없어도 상관없는 그런 존재.

"아빠 나는요……."

입술을 달싹이는 때였다. 무언가가 안쪽에서 울컥 터져 나오는 듯한 기분에 기침하며 고개를 숙이자 핏덩이가 나왔다.

"어……?"

"에이린."

몸이 휘청거리다가 앞으로 툭 고꾸라졌다. 아빠가 급히 손을 뻗어 나를 품에 단단히 안았다.

"대체 당신 뭔데 내 딸을 자기 딸이라고 하면서 이상한 이름으로 부르는 거야!"

아버지가 자리에서 벌떡 일어났다. 손목에 금이 갔는지 아니면 부러지기라도 했는지 식은땀을 흘리면서도 말이다.

"네 딸?"

아빠가 아버지를 비웃었다.

"이 애는 내 딸이다."

"무슨 이상한 소리를……."

"애초에 끊어졌어야 하는 인연을 강제로 붙들어 둔 주제에……."

아빠의 말에 아버지가 인상을 찌푸렸다. 딱딱하게 굳은 표정은 내가 항상 두려워했던 그 표정이었다.

"내 딸을 내 딸이라고 부르는데 무슨 이유가 필요하지?"

"어디 정신병원에서 도망치기라도 했나? 미소는 당신 딸이 아니라 내 딸이야!"

아버지의 말에 나는 그저 비죽비죽 웃음만 흘렸다. 피를 토했는데도 아빠가 곁에 있어서인지 딱히 두려운 마음은 들지 않았다.

"내가 언제부터……."

나는 피를 토한 손바닥을 꽉 움켜쥐며 고개를 들었다. 울컥하는 느낌이었다.

"내가 언제부터 아버지 딸이었어요? 심기 거슬리면 때리고, 소리 지르고, 무시하고."

"차미소."

"쟤들 좋은 거, 좋은 옷, 좋은 음식 먹을 때 나는 맨날 쟤들이 쓰던 거나 싸구려 옷, 먹다 남은 음식이나 줬으면서."

 억울함에 꾹꾹 억눌렸던 것이 하나둘 입 밖으로 흘러나왔다. 늘 참던 것이었다. 늘 삼키던 것들이었다. 나는 어렸고 독립하기엔 여건이 되지 않았으니 어떻게든 붙어 있기 위해서 필사적으로 비위를 맞추려고 노력했다. 그도 그럴 게 아이에게는 부모와 집이 세상 전부가 아니던가. 그러나 내 세상을 둘러싸고 있던 모든 것이 전부 비합리적일 정도로 썩어 있었다고 생각하니 억울했다. 사랑도 받아 본 사람이 안다고 했다. 나 역시 그것을 이제야 깨달았다.

 "매달 가지고 싶은 거 다 가지는 쟤들에게 쓰는 돈은 안 아깝고 저한테 쓰는 돈은 아까워하셨잖아요. 다 떨어져 가는 신발 하나 사겠다고 용돈 좀 달라고 했을 때 엄마 나한테 뭐라고 했어요? 돈 아까운 줄 모른다고 했죠."

 이제 와서 부모 노릇을 하겠다고, 죄책감 덜겠다고 이러는 꼴이 너무도 보기 싫었다.

 "내가 딸이라 싫었다고요?"

 태어나고 싶어서 태어났던가? 아니, 그렇지 않았다. 탄생에는 내 의지가 존재하지 않는다. 오로지 존재한 것은 어머니 아버지의 욕심과 의지였다.

 "그러게 왜 여자로 낳았어요. 이렇게 낳은 어머니 아버지 탓이지."

 나는 아빠의 품에 안겨 씩씩거리며 긴 시간 가슴에 묻어 두었던 말을 내뱉었다.

"할머니도 여자면서 왜 여자를 그렇게 싫어해요? 여자가 그렇게 싫으면 본인부터 창밖으로 뛰어내리면 되잖아요."

나는 숨을 참은 채 주먹을 꽉 쥐었다. 그러자 할머니가 대번에 인상을 구기며 내게 삿대질을 했다.

"저, 저, 저 막돼먹은 것이……!"

"그럴 거면 당신도 태어나지 말고 나도 낳질 말았어야지!"

"따님, 진정하렴."

아빠가 커다란 손으로 나를 토닥거렸다.

"저런 하찮은 것과 말을 섞을 필요는 없단다."

아빠의 손이 가볍게 움직여 할머니의 멱살을 붙잡았다. 그가 할머니를 가볍게 들어 올려 창문으로 성큼성큼 걸어갔다.

"이게 무슨, 이거 노, 놓지 못할……!"

"할머니! 이 새끼가 진짜!"

아빠가 나를 보더니 쇠창살을 가볍게 우그러뜨리곤 할머니의 멱살을 쥔 손을 창문 밖으로 쭉 뺐다.

"때로는 자기가 아파 보지 않으면 남이 아픈 걸 모르는 사람이 있단다."

"놔, 놔…… 이, 이거 살인이야! 살인……."

"저런, 내가 너 같은 인간을 몇 번이나 죽여 봤다고 생각하는 건지."

아빠가 툭, 손을 놓았다.

"끄아아아악!"

할머니가 그대로 추락했다.

"아빠……."

"아, 죽진 않을 거란다. 죽일 목적은 아니었으니까. 기껏해야 뼈가 산산이 부서져 평생 걷지 못하는 정도가 아닐까."

해사하게 웃은 아빠가 여상한 얼굴로 내게 다가왔다.

"이 미친 새끼가……!"

차이도가 소리를 지르고 아버지가 새하얗게 질려 밖으로 뛰어나갔다.

"그럼 이제 우린 집으로 돌아가 보자꾸나, 따님."

나를 끌어안은 아빠가 내 손에 묻은 피를 다정하게 닦아 주며 말했다.

"돌아가다니 어떻게……."

내가 멍하니 아빠를 바라보자 아빠가 빙긋 웃었다. 이 모든 상황이 정말 꿈만 같았다. 밖에선 비명을 지르고 어머니는 힘이 풀린 듯 바닥에 주저앉아 있는데 아빠는 너무나도 태연하고 평온했다. 모든 것이 비현실적이다.

"하던 대로 해 보면 되겠지. 이번에는 돌아가고 싶다고 생각해 보는 건 어떻겠니."

"아……."

"그러니 이만 집으로 돌아가자."

아빠의 말에 납득한 내가 막 고개를 끄덕이려는 찰나였다.

"가긴 어딜 가는데!"

부지불식간에 차이도와 차이현이 손을 뻗어 내 팔목을 거칠게 잡아당겼다. 그러지 않아도 긴 병원 생활로 약해져 있던 몸이 크게 휘청거렸다. 나를 빼앗기지 않으려 내 어깨를 쥐려던 아빠의 미간이 좁아지더니 내가 양쪽에서 당겨질 것 같으니 걱정된다는 듯 손을 놓았다.

"누구는 귀해서 제대로 만지지도 못하는 아이를……."

아빠가 나직하게 중얼거렸다.

"네 집은 여기잖아. 누나 미쳤어, 진짜? 대체 저 미친 새끼는 어떻게 안 거야?"

"형 말이 맞아. 위험하니까 뒤로 나와 있어. 스톡홀름 증후군인지 뭔지 그런 거 아니지?"

"……이거 놔."

잡힌 손목에서부터 꾸역꾸역 올라오는 불쾌감에 나는 인상을 찌푸렸다. 손목을 비틀어 빼려고 했지만 두 놈의 악력은 생각보다 강했다. 어엿한 성인이 되어서도 떼를 쓰는 건 변하지 않았다.

"누나, 너 진짜 미쳤어?!"

"저 인간한테 무슨 짓이라도 당한 거야? 대체 왜 그렇게 감싸고 도는데!"

헛웃음이 흘러나왔다.

"난 여기서 계속 잠들어 있었을 텐데 무슨 짓을 어떻게 당해?"

내 반문에 두 남자의 입이 다물어졌다. 명문대를 나오신 두 사람은 이게 얼마나 상식적으로 말이 안 되는 것인지 잘 알겠지.

"꺼져."

나는 필사적으로 손목을 빼내 아빠에게 달려왔다. 손은 피멍이 들지 않을까 싶을 정도로 벌겋게 달아올라 있었다.

"미친, 씨X! 넌 진짜 미쳤어! 지금 돌았다고! 정신병원에라도……!"

"응. 나 미치고 돌았어. 그러니까 제발 이제 와서 가족인 척하지 마. 나는 너희 때문에 평생이 지옥 같았고 불행했으니까."

죽지 못해 사는 삶이었다. 그걸 과연 이놈들이 얼마나 알까? 아마 평생 모르겠지. 고독하고 외로우며 아무것도 아닌 스스로가 혐오스러워 숨 쉬는 자신이 싫은데 죽을 용기도 없는 내 자신이 끔찍하고 싫어서 견딜 수 없는 마음을…… 사랑만 받고 자란 이놈들은 평생 알 리가 없는 감정이었다.

"너 진짜 무슨 말을 그렇게……!"

나는 사납게 웃었다. 내 행동이 퍽 낯선 듯 아직도 어린 시절에 머물러 있는 것만 같은 두 남자가 움찔했다. 그럴 만도 했다. 나는 어릴 때 호되게 혼난 이후론 이들에게 맞선 적이 없었다.

"그날, 네놈들 보는 앞에서 끔찍하게 죽었어야 했는데."

내 말이 끝나기가 무섭게 어머니가 자리에서 벌떡 일어나 성큼성큼 걸어왔다. 못 본 새 나와 눈높이가 맞게 된 어머니는 입을 꾹 다문 채 나를 노려보다가 손을 올렸다. 부들부들 떨리는 손은 예상과 다르게 내 얼굴을 향해 내리쳐지지 않았다. 눈물이

가득 차오른 눈을 보고 있는데도 감흥은 없었다. 그냥 조금 웃겼다. 그래서 나는 늘 생각만 하던 말을 혀끝에 올렸다.

"어머니, 나는…… 내가 죽으면 당신들이 후회할 것 같았어요."

그래서 멍청한 선택이라는 걸 알면서도 그날 미끄러지는 트럭에서 도망치려고 하지 않았다. 무슨 용기였는지 모른다. 그날, 그때가 아니면 어쩌면 다시는 할 수 없는 선택일 것이다.

"그래서 죽지 못한 게 아쉬웠는데……."

딱히 웃을 기분은 아니었으나 나는 억지로 웃었다. 아빠가 웃는 것처럼 누구보다 환하고 해사하게. 내게 조금이나마 죄책감을 갖고 있다면 당신의 마음이 갈가리 찢어지기를 바라면서.

"어머니 얼굴을 보니까 차라리 살아서 다행이라는 생각이 드네요."

"너……!"

"그날 죽으려고 해서 다행이에요."

"너는……! 어떻게 엄마 앞에서 그런 말을……."

늘 날카롭고 예민하기만 하던 어머니의 뺨을 타고 눈물이 흘러내렸다.

"어머니."

"……."

"제가 죽으려고 한 게 정말 그날뿐이었을까요?"

내 말을 들은 어머니의 동공이 한껏 벌어졌다. 흔들리는 눈동자를 보고 있노라니 뱃속에서부터 저열한 쾌감이 몰아쳤다.

"그날은 드디어 성공한 거예요."

내 말 한마디 한마디가 비수라도 되는 것처럼 상처받는 것을 보는 게 즐거웠다. 당신들도 아픈 걸 아는 사람이었구나 싶어서. 어머니의 떨리는 눈을 나는 그저 가만히 바라보았다.

"어차피 어머니와 아버지께 자식은 쟤네뿐이었잖아요. 나는 왜 태어났냐면서요."

그래. 늘 이러고 싶었다. 당신이 상처받고 또 상처받고 또 상처받아서 내가 아파한 것의 아주 일부만이라도 알기를 바라며.

"어머니께 죄책감이든 저에 대한 애정이든 무언가가 남아 있어서 참 다행이에요."

"……너는."

"덕분에 이런 표정도 보니까요. 평생 죄책감에 괴로워하셨으면 좋겠어요. 그러다가……."

나는 입술을 삐끔거리며 억지로 웃어 보였다.

"……죽어버리세요."

나는 아빠에게 다가갔다. 아빠는 기다렸다는 듯 나를 안아 주었다. 어머니가 화들짝 놀라 내게 손을 뻗었다.

"……돌아가요, 아빠."

"어딜 가겠다는 거야! 가지 마!"

어머니가 내게 손을 뻗었다. 아빠가 나를 안은 채 한 걸음 뒤로 물러난 탓에 어머니의 손은 허공을 스쳤다.

아빠의 미간에 설핏 금이 생겼다.

"그러자꾸나. 하지만 그 전에……."

아빠가 내 손을 느리게 잡아 왔다. 어느새 시퍼렇게 멍이 든 손목을 보니 내 기분도 좋지 않았다.

"아가, 전부 죽여 줄까?"

"……."

아빠를 보는 눈이 저도 모르게 커지고 말았다. 아빠는 무언가를 가늠하듯 한참이나 내 눈을 바라보다가 이내 어깨를 으쓱였다.

"농담이란다."

"아, 네……."

고개를 끄덕인 나는 천천히 눈을 감았다. 이 상상이 정말 내 현실에서도 이뤄질까? 조금 불안한 요소는 있었지만 그래도 돌아갈 방법이 따로 떠오르진 않았다.

'아빠와 돌아가고 싶어. 다시 에이린이 되고 싶어…….'

이 세계엔 더는 있고 싶지 않았다. 그렇게 생각하자 눈앞이 가물거렸다. 휘청거리는 몸을 아빠가 단단하게 잡아 주는 것을 마지막으로 정신이 아득히 아래로 내려앉았다.

* * *

에르노 에탐은 천천히 무너지는 아이를 바라보는 것과 동시에 본인의 몸이 투명하게 바뀌는 것을 실시간으로 목격했다.

쿵, 쿵, 쿵!

귀에 익은 소리가 났다. 그것은 고장 난 악기에서 나오는 소리처럼 천천히 늘어졌다.

쿠웅, 쿠웅, 쿠웅.

그것은 누군가의 심장 소리였다. 에르노 에탐은 어느새 자신이 서 있는 곳이 뒤바뀐 것을 깨달았다. 모든 것이 처음 보는 낯설기 짝이 없던 차가운 세계에서 아무것도 없는 새까만 어둠 속으로.

'그게 그 아이의 세계였군.'

그래서 생각보다 똘똘했고 그래서 나이에 맞지 않게 어른스러웠던 모양이다. 새삼스럽게 놀랍진 않았다. 아이는 늘 특이한 구석이 있었으니까.

'죽여 주겠다는 말은 정말이었는데.'

전생의 끈이 아직 끊기지 않았다는 의미는 그들이 살아 있기 때문일지도 모른다는 생각이 들었던 탓이다. 그가 혼자 그 세계에 도착했다면 아이의 옛 가족이라는 것들을 미련 없이 죽여 버렸을 것이다. 그래서 아이가 온전히 자신과 자신의 세계에 속할 수 있도록 만들었겠지. 하지만 제가 내뱉은 제안에 생각보다 아이가 놀란 것 같아서 농담인 듯 가볍게 말을 돌렸다.

'그래서 여긴 대체 어디지?'

출구가 보이지 않는 암흑 속이다.

끼이익, 끼익.

길을 찾아 적막하고 어두운 공간을 천천히 걷고 있는데 어딘가에서 고장 난 톱니바퀴가 힘겹게 굴러가는 소리가 났다. 에르노 에탐은 소리가 들리는 곳을 향해 시선을 돌렸다. 그곳에는 아주 낡고 거대한 톱니바퀴가 있었다. 그리고 그 앞에는 작은 아이가 쪼그려 앉아 스케치북과 노트 그리고 크레파스와 연필을 늘어놓은 채 무언가를 바삐 그리고 있었다. 아이의 옆에는 투명하고 둥근 구에 둘러싸인 여러 개의 버튼이 보였고 그 왼쪽에는 동화책처럼 보이는 것이 여러 권 쌓여 있었다. 에르노 에탐은 발걸음 소리를 죽인 채 아이에게 다가갔다. 소리를 내면 어쩐지 아이가 매우 놀랄 것만 같은 기분이 들었던 탓이다. 그러나 크게 소용은 없었던 모양이다.

우두둑.

에르노 에탐이 굴러온 크레파스를 미처 눈치채지 못하고 짓밟고 말았으니 말이다. 아니나 다를까 그 소리에 화들짝 놀란 아이가 에르노 에탐이 있는 곳으로 고개를 휙 돌렸다. 눈을 동그랗게 뜨고 한껏 겁에 질린 아이는 낯익은 얼굴을 하고 있었다.

"너는……."

"누구, 세여……?"

에르노 에탐을 보곤 화들짝 놀란 아이가 멈칫하며 자리에서 엉거주춤 일어났다.

"나는……."

"이상하네……. 오면 안 되는데……. 여긴 아무도 못 오는데……."

 아이가 숨을 삼킨 채 몸을 떨었다. 에르노 에탐은 겁에 질린 아이를 바라보다가 입술을 몇 차례 달싹였다.

 "길을……."

 에르노 에탐의 말에 아이의 눈이 동그래졌다.

 "길을 잃었단다."

 해야 할 말을 찾지 못하던 에르노 에탐이 스스로 생각하기에도 꽤 한심한 변명거리를 뱉었다.

 "아, 길을……."

 그제야 조금 안심한 듯 아이가 고개를 끄덕였다.

 "그럼 제가 아저씨 돌려보내 줄게여."

 아저씨……. 익숙하지 않은 호칭에 에르노 에탐이 설핏 인상을 찌푸리며 낮게 읊조렸다가 이내 빙긋 웃었다.

 "네가 말이니?"

 "네!"

 "어떻게?"

 "앗, 모르셨꾸나! 여긴 제 상상이면 뭐든지 이뤄지는 곳이거든요!"

 아이의 말에 에르노 에탐의 눈이 살짝 커졌다. 드래곤인 에이린의 능력과 상당히 흡사하게 느껴졌던 탓이다.

 "……그렇구나. 너는 왜 여기에 있니?"

 에르노 에탐의 질문에 아이의 표정이 한층 시무룩해졌다. 눈꼬리가 아래로 축 처지고 입술은 세모꼴이 되더니 눈치를 보듯 눈동자를 굴렸다.

"사시른……."

비밀 이야기를 하듯 한껏 목소리를 낮춘 아이의 입술이 살짝 벌어졌다.

"도망쳤어여."

"도망? 어디에서?"

"저희 아빠가 사실 아주 무섭거든여."

두 손가락으로 뿔을 만들어 보인 아이가 도깨비 같다며 작게 속닥거렸다.

"아빠?"

"네……."

에르노 에탐의 얼굴이 설핏 불쾌감으로 물들었다. 이 아이가 지금 말하는 아빠는 자신이 아닐 테니까. 그 사실만으로도 이유 모를 불쾌감이 올라왔다. 그래. 에르노 에탐의 눈앞에 있는 아이는 에이린이었다. 정확히 말하자면 아까 봤던 전생의 에이린이 어려지면 딱 이런 얼굴을 하고 있을 것 같았다. 아직은 한참 앳되고 세상 물정을 모르는, 피부가 조금은 가무잡잡하게 탄 소녀였다.

"실수로 밀쳐서 동생이 넘어졌어여……. 이럴 때면 아빠가 사랑의 매를 들거든여?"

"사랑의 매?"

에르노 에탐의 눈썹이 슬쩍 꿈틀거렸다.

"네. 사랑의 매는 사랑해서 잘못되지 말라고 때리는 거라는데 그게요, 사시른 너무 아파여……."

아이의 얼굴이 울상이 되었다.

"근데 엄마랑 아빠가 사랑하면 원래 다 그런 거래여."

"……."

에르노 에탐은 아이의 앞에서 비웃음을 흘리지 않기 위해 제법 노력해야만 했다.

'그것들은 아이를 학대하는 일에 사랑이라는 이름을 붙일 수 있다고 생각하는 건가?'

에르노 에탐으로선 이해할 수 없었다. 모든 부모가 아이를 사랑하는 건 아니란 사실은 에르노 에탐도 알고 있다. 그러나 싫으면 싫은 거지 거기에 '사랑'이라는 이름을 붙이는 것은 비겁한 변명이며 또한 죄책감을 덜기 위한 욕심에 지나지 않았다.

"그래도 절 아끼니까 때리는 거랬어여. 선생님이 사랑하지 않으면 때리지도 않는대여!"

저열한 어른의 진짜 속내를 모르는 아이는 그저 활짝 웃었다.

"근데 어제도 맞았는데 오늘도 맞으면 너무 아플 것 같아서 지금은 몰래 숨어 있는 중이에여!"

어제도 밥을 먹다가 실수로 멍청하게 수저를 떨어뜨려서 종아리를 맞았다며 아이가 작게 속닥거렸다. 아이는 여전히 환하게 웃고 있었다. 부모가 자신을 사랑하고 있다고 굳게 믿고 있는 얼굴이었다. 아직 때 묻지 않은 순수함을 가진 아이는 자신이 체벌을 당하는 게 오로지 자신의 잘못 때문이라고 생각하는 모양이었다.

'사랑의 매라니……'

참 우습지도 않은 이름이었다. 온전히 어른을 위한, 가해자를 위한 변명이 담긴 비열한 단어가 아니던가. 에르노 에탐은 그저 이름만 들었는데도 불쾌할 정도였다. 그는 애써 본인의 감정을 티 내지 않기 위해 노력했다. 에르노 에탐답지 않은 노력이었으나 어쩐지 그래야만 할 것 같았다.

"아저씨는 어디에 가는 길이어써여?"

"……딸을 찾으러 가는 길이었지."

에르노 에탐의 대답에 아이의 눈이 동그래졌다.

"헉, 아저씨 딸도 길을 잃었어여?"

"그런 듯하더구나."

"좋겠다. 저도 사실 얼마 전에 길을 잃었는데 아무도 찾지 않아서 혼자 경찰 아찌한테 말해서 집까지 찾아와써여!"

"……그랬니?"

경찰이 뭔지는 모르겠지만 경비대 비슷한 게 아닐까 싶었다.

"네. 근데 동생들도 저랑 같이 길을 잃어서 먼저 찾고 있었대여. 저는 누나니까 그다음에 찾은 거랬어요."

에르노 에탐은 입술을 달싹거리다가 결국 아무 말도 내뱉지 못했다. 거짓을 진실이라고 믿으며 버티고 있는 아이에게 진실을 알려 준다고 한들 고통스럽기만 할 것 같았다.

"그래도 저를 제일 먼저 찾아 주면 조았을 텐데여."

"……그러니?"

"네. 아저씨는 딸을 몇 번째로 찾아가고 이써여?"

"첫 번째지."

에르노 에탐의 대답에 아이의 눈이 동그래졌다.

"와, 아저씨 딸은 좋겠다. 나도 아저씨 같은 아빠가 있으면 좋겠어여."

앗, 물론 지금 아빠가 싫다는 건 아니에요! 작게 속살거리는 아이의 목소리를 들으며 에르노 에탐은 말없이 고개를 끄덕였다.

"얼른 돌아가세여. 딸이 기다리겠다. 저도 아주 많이 기다려서 많이 외로운 거 잘 알거든요!"

아이가 눈을 감은 채 손을 꼭 맞잡고 무언가를 중얼거리자 어느새 에르노 에탐의 옆에 새하얀 빛을 내뿜는 문이 생겼다. 그 일련의 행위가 아주 익숙해 보여서 에르노 에탐의 눈이 커졌다.

"……같이 가지 않겠니? 아가."

에르노 에탐이 손을 내밀었다. 아이는 눈을 동그랗게 뜨더니 이내 포스스 웃었다.

"안 대여. 저는 여기서 나갈 수 없어여."

"내가 내보내 주마."

아이가 웃었다.

"안 대여, 전 아직…… 준비가 안 대써여."

아이가 도리도리 고개를 저었다.

"준비?"

에르노 에탐의 물음에 아이는 더 이상 입을 열지 않았다. 에르노 에탐이 들어오지 않자 문이 움직였다. 빛무리처럼 빛나는 문이 순식간에 그를 집어삼켰다. 미간을 찌푸리며 손을 뻗는 에르노 에탐을 보던 아이는 여전히 활짝 웃고 있었다. 아이의 뒤로 팔랑거리는 스케치북 사이로 작은 도마뱀 형상 같은 것이 언뜻 보인 듯했다.

* * *

"머리 아파……."

나는 어쩐지 깨질 것 같은 머리를 부여잡은 채 숨을 삼켰다.

'분명히 마지막에…… 그, 소원 구슬을 가진 여우한테 능력을 쓴 것 같은데…….'

그 뒤에 머리가 어지러웠던 것을 떠올리면 아마 기절을 한 게 아닌가 싶었다.

"진짜 무슨 병약 미소녀도 아니고……."

맨날 기절하네. 나는 머리를 긁적이다가 침대에서 폴짝 뛰어내렸다.

"로랑?"

방에는 사람이 없었다. 나는 천천히 뺨을 긁적이다가 슬쩍 문을 열고 밖으로 나갔다.

"아빠나 보러 갈까?"

복도를 걸어가는데 멀리서부터 오고 있는 로랑과 눈이 마주쳤다. 내가 손을 흔들자 로랑이 눈을 크게 뜨더니 후다닥 달려왔다.

"아가씨!"

"로랑, 안녕."

"네…… 잔악무도한 수인국의 놈들이 아가씨를 핍박하고 죽이려고 했다면서요……!"

"어……?"

딱히 핍박하거나 죽이려고 하진 않았는데. 죽이려고 한 건 오히려 나랑 아빠 쪽일지도 모르겠다.

"아냐. 납치를 하려고 한 것뿐이라……."

"나압치요오?!"

"……."

"우리 말랑말랑한 아가씨를 어디 납치할 구석이 있다고! 이 작고 가녀린 아가씨를!"

아무래도 작고 가녀리니까 납치하려고 한 게 아닐까? 지극히 상식적인 부분을 배제하고 분노하는 로랑을 보며 나는 헤실헤실 웃음을 흘렸다. 나를 보는 로랑의 입가가 한차례 허물어졌다.

"로라앙, 나 기절한 지 얼마나 됐어?"

"무려 사흘이나 되셨어요……."

"사흘?!"

평소보다 조금 더 심각한 느낌이 들었다.

"게다가 에르노 공작…… 아니 선대 공작님께서도 어제 잠이 드셔선 하루가 지나도록 일어나지 않고 계셔서 저택 분위기가 말이 아니에요."

아빠가 일어나지 않았다고? 피가 싹 빠져나가는 기분에 입술을 달싹이다가 조금 긴장한 표정으로 입을 열었다.

"……아빠 어디 아파?"

"아뇨. 전체적으로 안정적이라고 하셨어요. 그냥 눈만 못 뜨시는 것 같아요."

내가 울상이 됐는지 로랑이 재빨리 말을 덧붙였다.

"차르니엘 공자님께서 의원을 불러 살피셨는데 특별한 문제도 없었고요. 혹시 광폭화나 이런 쪽의 문젠가 싶어서 칼란 공자님께서 알아보고 있다고 해요."

나는 엉거주춤 선 채 고개를 끄덕였다. 그렇게 말해도 아직 내 표정이 심상치 않았는지 로랑은 아예 한쪽 무릎을 꿇더니 나와 시선을 맞추었다.

"진짜 걱정하지 마세요. 그냥 잠을 자고 있으신 거고 다른 곳엔 아무런 문제도 없다고 하셨어요."

"……정말?"

"네."

나는 가만히 고개를 끄덕였다. 아빠가 보고 싶어져서 천천히 걸음을 옮기자 로랑이 내 뒤를 따라왔다.

"아가씨가 기절하신 동안 얘기를 들은 콜린 공자님과 루실리온 대신관께서도 다녀가셨어요."

"리하르트랑 루시가?"

"네."

"그 외에 2황자 전하와 릴리안 데이지 영애께서도 선물을 보내 주셨고요."

생각지도 못한 말에 눈이 동그래졌다.

"아, 그리고 로즈먼트 가문에서도 약을 보내 왔어요."

힐 로즈먼트가 이런 살가운 일을 했을 리는 없으니 아마도 필일 것이 분명했다. 괜히 가슴께가 간지러운 기분이었다.

"내가 아프면 걱정해 주는 사람이 있구나."

"네에?"

내가 작게 중얼거린 말을 들은 듯 로랑의 눈이 커졌다. 민망함에 얼굴에 열이 확 올랐다.

"아니 그냥……."

"당연히 걱정하죠. 말씀드렸잖아요. 저택 분위기도 말이 아니었다니까요?!"

로랑이 억울하다는 듯 목소리를 높였다. 나는 저도 모르게 입을 벌려 입술을 달싹거렸다.

"저는 잠도 제대로 못 잤어요. 보이세요? 이 눈그늘!"

로랑이 불쑥 얼굴을 들이밀며 어둑어둑한 제 눈 아래를 검지로 콕 집어 보였다.

"으응······."

나는 저도 모르게 입가를 허물어뜨리며 웃었다. 로랑과 대화를 나누다 보니 어느새 아빠의 방에 도착했다. 로랑이 조심스럽게 문을 열어 주었다. 자고 있을 줄 알았던 아빠는 의외로 일어나 있었다. 침대에 앉은 채 창밖을 보고 있는 것이 골똘히 생각에 잠긴 얼굴이었다.

"아빠?"

평소답지 않게 내가 들어온 것도 모르던 아빠는 내 부름을 듣고서야 고개를 돌렸다.

"에이린."

"아빠, 아픈 데 있······."

아빠가 갑자기 두 팔을 벌려 보였다.

"이리 오렴."

나는 의아한 표정을 하면서도 도도도 달려가 침대로 폴짝 뛰어올랐다. 그러자 아빠가 나를 품에 끌어안았다.

"많이 힘들었겠구나."

"네······?"

갑작스러운 말에 나는 의아한 얼굴로 아빠를 보았다. 아빠가 나를 내려다보며 다시 입을 열었다.

"그곳 말이다."

"······어디요?"

눈을 끔뻑이고 있자 아빠의 표정이 살짝 굳었다. 아빠가 고개를 들어 로랑을 바라보자 눈치 빠른 로랑이 냉큼 허리를 숙이곤 방에서 나갔다.

"네가 살던 세계……."

"제가 살던 세계요? 아…… 거기에 대해 알고 싶으세요?"

내 물음에 아빠의 표정이 딱딱하게 굳었다.

"오늘이 네가 기절한 지 며칠째니?"

"로랑이 사흘째랬어요."

"잠을 자면서 꿈을 꾸거나 한 건 없니?"

"네…… 일어났을 때 머리가 좀 아프긴 했어요."

아빠는 나를 가만히 보다가 고개를 끄덕이며 내 머리를 슥슥 쓰다듬어 주었다.

"그래. 그럼 다행이구나."

작게 중얼거린 아빠는 나를 한참이나 품에 끌어안은 채 말이 없었다.

끼이익, 쿵—!

이상하게도 어딘가에서 자꾸만 망가진 태엽이 굴러가는 소리가 나는 듯했다. 그 소리가 오늘따라 유독 듣기 싫게 느껴졌다.

XI

"뱀뱀아! 아니, 이제 드래곤이랬으니까 용용인가……."

나는 다음 날 아침 댓바람부터 찾아온 리하르트를 보며 어색하게 웃었다.

"너어는 진짜……."

작명 센스가 예나 지금이나 달라진 것이라곤 하나도 없었다. 내가 떨떠름한 얼굴을 하자 리하르트가 냉큼 허공에 손을 휘젓더니 뭔가를 내밀었다. 꽃냄새가 코끝에 훅 밀려 들어왔다. 리하르트가 설핏 웃었다.

"아프다고 해서 걱정했어. 이건 선물이야."

"……꽃이네."

"응. 꽃 싫어해?"

"아니, 좋아."

나는 양손으로 꽃을 받으며 서툴게 웃었다. 누군가에게 꽃을 받아 본 적은 확실히 없는 것 같다.

"다행이다."

리하르트가 웃을 때마다 그의 귀걸이가 달랑거리며 흔들렸다.

"요즘 마탑에 다닌다고 들었는데."

"응. 지금은 마탑주 밑에 있어. 내가 후계자라나 뭐라나."

귀찮다는 듯 읊조리는 표정은 자못 짜증스럽게까지 느껴졌다. 나는 꽃다발을 로랑에게 넘기며 고개를 끄덕였다.

"그래도 멋있다."

"……멋있어?"

"응. 마탑주 후계자라면 엄청 대단한 거잖아."

"그건…… 그렇지."

리하르트가 눈동자를 슬쩍 굴리더니 고개를 끄덕였다.

"들어 보니까 마탑주 후계자는 지금껏 나뿐이래. 그 영감이나 말고는 할 사람이 없댔어."

리하르트가 신이 나서 말했다. 활짝 웃는 얼굴을 보며 나는 작게 박수를 쳤다.

"와아, 대단하다."

내 말에 리하르트의 입술 끝이 움찔거렸다. 칭찬이 퍽 듣기 좋았던 모양이었다.

"역시 리하르트는 대단하네."

"뭐, 이…… 이건 별거 아니지. 나중에 나는 최연소 마탑주가 될 거니까."

리하르트가 뿌듯하다는 듯이 본인의 포부를 밝혔다. 주먹으로 가슴을 팡팡 치는 모습에 웃음이 절로 새어 나왔다. 나는 웃으며 고개를 끄덕였다. 어디 가서 무엇을 하든 부디 사이코만 되지 않기를.

"근데 여긴 어쩐 일이야?"

"아, 임무. 수인국에서 보낸 첩자가 있다고 해서 마탑 측에 심문 요청이 들어왔거든."

"……응? 우리 가문엔 아빠가 있는데?"

"아, 국가적 범죄자에 대한 일차적 심문은 황성이나 마탑에서 맡게 되어 있어."

아하, 그런 거구나. 하긴 국가 범죄자를 아무래도 귀족 가문에서 사사로이 처분할 순 없는 노릇이니까.

"아버님…… 크흠! 아니 에탑 공작님은 강한 분이시긴 하지만 마탑이나 황실에 소속된 게 아니니까."

얘 지금 은근슬쩍 아버님이라고 하지 않았어? 우리 아빠를 아버님이라고 부르네. 나는 조금 당황한 얼굴로 리하르트를 봤다.

"마, 말실수야."

내 시선의 의미를 눈치채기라도 한 것인지 덧붙이는 목소리가 살짝 떨렸다.

"네가 무사한 걸 봤으니까 난 이만 가 볼게."

리하르트가 자리에서 벌떡 일어나더니 손을 흔들곤 후다닥 사라졌다.

"세상에, 이거 구하기 힘들다는 달피아 꽃이네요."

리하르트가 떠나고 꽃을 유심히 살피던 로랑이 말했다.

"그래……?"

"네, 달빛을 받으면 영롱하게 빛이 나서 밤길을 밝혀 주는 꽃으로도 유명해요."

"그렇구나."

겉보기에는 수수한 들꽃처럼 보였던 터라 조금 놀랍긴 했다.

"이제 일정은 다 끝난 건가?"

"아, 원래 그럴 예정이었는데…… 루실리온 대신관께서 면담을 요청하셔서요."

"루시가?"

"네."

"언제? 설마 지금?"

"네. 지금 다른 곳에서 기다리고 계세요."

끙. 생각보다 할 일이 많네. 오늘은 푹 쉬려고 했는데 반가운 손님들이 여럿 찾아와서 쉽지 않았다.

'그러고 보니 어제 아빠 반응이 이상했지…….'

잠을 오래 잔 이유를 물었더니 입을 다물어 버렸다. 평소에는 웬만해선 다 얘기해 주는 아빠인데도 말이다. 그러고는 내가 환생하기 전에 어떤 삶을 살았는지를 제법 진지하게 물었다. 덕분에 어제는 아빠와 대화를 하다가 아빠 침대에서 잠이 들었던 것 같다. 그러나 아침에 눈을 뜨니 아빠는 또 없었다.

'바쁜 일이 있었겠지만…….'

그래도 눈을 떴을 때 아빠가 없으니 조금 아쉽긴 했다.

'근데 루실리온은 왜 온 거지?'

나는 로랑과 함께 루실리온이 기다리고 있다는 응접실로 향하며 고개를 기울였다. 로랑이 가볍게 문을 두드리자 안에서 들어오라는 목소리가 들렸다.

"주인님."

루실리온이 방긋 웃으며 자리에서 벌떡 일어나 내게 쫄래쫄래 다가왔다.

'……얘는 이놈의 주인님 소리 언제 관두려나.'

나는 코앞까지 다가온 루실리온을 보며 가볍게 고개를 끄덕였다.

"안녕, 루시."

"네. 아프셨다고 들었는데 지금은 괜찮으신가요?"

루실리온이 유심하게 나를 살피더니 이내 살포시 미소 띤 얼굴로 물었다.

"응. 괜찮아. 잠깐 잠을 오래 잔 것뿐이라서."

"……그렇군요."

루실리온이 가만히 나를 바라보다가 내 손을 잡아 데리고 가더니 날 소파에 앉혔다.

"루시?"

"꿈 같은 건 꾸지 않으셨나요?"

"응."

"주인님, 저 한 가지만 물어봐도 되나요?"

"당연하지."

내가 고개를 끄덕이자 루실리온이 의미심장한 얼굴로 입을 열었다.

"주인님은 지금 행복한가요? 지금 당신을 둘러싼 모든 것들이 즐거워요?"

갑작스러운 루실리온의 말에 눈이 절로 동그래졌다. 잠시 망설이다가 조심스레 고개를 끄덕였다.

"응. 꿈만 같아서 좋아."

"꿈……"

루실리온이 나직하게 중얼거리며 고개를 끄덕였다. 그는 잠시 고민하다가 로랑을 바라보았다.

"잠시 자리를 비켜 주시겠습니까?"

"아……"

아빠 때와는 다르게 로랑은 설핏 눈치를 보았다. 내가 고개를 끄덕이자 그녀가 그제야 방을 나섰다.

"사실 오늘은 에탐 공작 각하께서 신기한 꿈을 꾸셨다고 들어서 공작가에 와 본 거였어요."

"신기한 꿈?"

"네. 그 전에 한 가지 밝히자면 저는 사실 주인님이 이 세계에 온전히 속한 사람이 아니라는 걸 압니다."

갑작스러운 루실리온의 폭탄 발언에 뒤통수를 크게 얻어맞은 듯했다. 내가 당황해서 고개를 들자 어느새 그는 내 앞에 무릎을 꿇고 앉아 내 손을 잡고 있었다.

"오해는 마세요. 저는 이 세계에 속하고 신, 아르마의 영역에 닿는 거라면 그게 무엇이든 읽고 볼 수 있습니다."

루실리온이 나와 눈을 마주친 채 차분하게 입술을 달싹였다.

"그래서 처음부터 주인님은 이 세계에 속하지 않았다는 걸 알았어요."

"……."

"왜냐하면 사실 원래라면 그날의 저는 그 내기에서 졌을 거예요. 알면서도 꾸역꾸역 고집을 피우고 있었던 거고요."

나는 루실리온이 말한 그날이 우리가 처음 만났던 날임을 어렵지 않게 짐작했다. 내가 그에게 스콘을 내어 주었던 그날이었을 것이다.

"말하지 못할 뿐이지 저는 생각보다 많은 걸 볼 수 있고 신은 생각보다 많은 미래를 제게 알려 줘요."

루실리온은 지금껏 내비치지 않던 속내를 보였다. 나는 조금 어리둥절한 표정으로 그 이야기를 들었다. 《입.양.각》에서도 이런 속내가 나오진 않았던 터라 조금 당황했다.

"대신관과 내기를 한 그날 신은 제게 실패한다고 했고 저는 고집을 부렸어요. 답답했거든요."

조금 이상하다고 생각했다. 루실리온은 항상 모든 것을 아는 사람처럼 굴었고 내가 이상한 능력을 썼을 때도 늘 침착했다.

"그리고 주인님을 만난 거예요."

"……."

"주인님은 이 세계 사람이 아니죠?"

쿵, 심장이 바닥으로 떨어졌다. 딱히 말하면 안 되는 이유는 없지만 그렇다고 말해서 좋은 일이 있을 것 같지도 않았다. 그래서 아빠 외엔 누구에게도 말하지 않았는데.

"성체가 되기 위해선 각인이 온전해야 하는데 주인님은 그렇지 못하다고 말씀드렸죠?"

"……응."

"전생의 기억을 가진 채 환생을 하셨나요?"

"……비슷, 해."

나는 말끝을 살짝 떨었다. 루실리온의 목소리는 부드러웠고 평온했으며 다감했으나 그 말에 나의 심장은 무척 빨리 뛰었다.

"다시 돌아가고 싶으신가요?"

"아니. 절대로 다시는……."

나는 힘주어 고개를 저었다. 그러자 루실리온은 잠시 고민하다가 마저 입을 열었다.

"주인님이 온전히 각인하지 못하는 이유는 아마도 저쪽 세계의 당신께서 살아 있기 때문일 거예요."

"……내가 살아 있다고?"

"네."

"하지만 그렇다고 한들 제가 주인님의 운명을 볼 수 없는 건 이상한 일이에요."

"왜?"

"각인이 반쪽이라고 한들…… 누군가와 운명이 엮였다는 건 주인님이 온전히 이 세계에 속하고 있다는 긍정적인 의미니까요."

루실리온의 차분한 말을 들으며 나는 고개를 끄덕였다. 그는 내 손을 조금 더 힘주어 잡았다.

"제가 운명을 볼 수 없는 경우가 두 가지 있어요."

"두 가지?"

"네. 상대가 죽었거나……."

그는 말끝을 흐렸다.

"혹은 신이거나."

루실리온의 말에 나는 천천히 입을 다물었다. 조금 머리가 아파져 왔다.

"신께선 답해 주지 않았습니다. 주인님에 관한 어떤 질문에도 대개 침묵으로 일관했죠."

루실리온이 말했다. 내 인상이 찌푸려져도 그는 물러나지 않았다.

"잘 생각해 보세요, 주인님."

"뭘……?"

심장이 쿵쿵 뛰었다. 내가 소파 등받이에 가깝게 주춤 물러나려고 하자 루실리온이 내 손을 조금 더 힘주어 잡았다.

"주인님은 정말 이 세계를 모르시나요?"

"여긴 그냥……."

누군가 만들어 낸 세계야. 소설 속이야. 차마 그렇게 말하진 못하고 나는 애꿎은 입술만 달싹였다. 오늘따라 루실리온의 움직임과 목소리가 유독 슬로우 모션처럼 느껴졌다.

덜커덩, 덜커덩.

끼이이익—!

그 순간 꾸역꾸역 굴러가고 있던 톱니바퀴가 완전히 어긋났다는 느낌이 들었다. 동시에 날카로운 손톱으로 칠판을 긁어내리듯 소름 끼치는 비명과 같은 소리가 들렸다. 다시 눈을 떴을 때 나는 에이린의 모습인 채로 새까만 어둠 속 거대한 톱니바퀴 앞에 서 있었다.

짤깍짤깍.

나는 눈앞에 거대한 톱니바퀴가 툭, 툭, 툭 굴러가는 모습을 멍하니 보았다.

'이게 뭐지?'

사방은 새까맣고 중앙에는 거대한 톱니바퀴뿐이었다. 느릿느릿 맞물리며 굴러가는 톱니바퀴를 바라보다가 막 인상을 찌푸렸다. 굴러가는 것조차 힘겹게 느껴지는 톱니바퀴는 세월의 무게마저 느껴졌다. 이상한 일이다. 나는 방금까지 루실리온과 함께 있었는데.

"루시?"

작게 내뱉은 목소리는 끝없는 어둠 속에 고스란히 삼켜졌다. 메아리쳐서 다시 돌아오지도 않는 소리는 얼마나 이 공간이 넓고 끝없는지를 알려 주었다.

"아빠! 로랑!"

덜컥 드는 공포심에 힘껏 소리를 질러도 돌아오는 대답은 없다. 적막이 소리를 먹어 버려서 두려움이 물씬 밀려왔다. 그때였다. 무언가가 내 앞을 스쳐 지나갔다. 화들짝 놀라 고개를 돌리자 내 무릎 정도 올 법한 작은 아이가 도도도 달려가는 것이 보였다.

저건…….

"나인가?"

작게 중얼거리는 순간 아이가 우뚝 멈춰 섰다. 힘껏 달려간 아이는 어느새 멈춰 서서 허리를 숙여 무언가를 줍고 있었다.

"미안, 깜빡할 뻔했다. 휴."

아이, 아니 어린 내가 배시시 웃었다.

"동화 속 공주님은 행복하겠다. 나도 이런 공주님이 되고 싶은데."

어린 차미소가 주운 것은 책이었다. 저 시절 아마도 내가 가장 좋아했던 안데르센 동화가 아닐까 싶었다. 그맘때 어느 가정에나 하나쯤은 있었던 아이들의 꿈과 희망이 담긴 동화. 나도 한때 무척 좋아했던 것들이었다.

"그나저나 춥다. 이러다 영영 쫓겨나는 건 아니겠지?"

맞기라도 했는지 뺨이 살짝 발갛게 달아 부풀어 오른 아이는 나직하게 중얼거리며 책을 꼭 끌어안았다.

"나도 남자로 태어났으면 좋았을 텐데. 그러면 혼도 안 나고 할머니도 나를 사랑해 줬겠지?"

속상한 표정의 어린 내가 작게 중얼거렸다. 나는 그 모습을 그저 멍하니 보았다.

'저게 언제였더라……?'

왜 기억이 나지 않을까? 이 모든 풍경이 낯설기 짝이 없어서 마치 처음 보는 듯한 기분마저 들었다. 나는 어느새 그네에 앉아 느릿느릿 발을 구르고 있는 아이에게 다가갔다. 어린 내 모습을 보고 있노라니 어쩐지 한마디 해 주고 싶었다.

"안녕."

그러나 아이의 뒤에서 그림자가 지더니 나보다 먼저 말을 건 사람이 있었다.

헉!

화들짝 놀란 어린 날의 내가 눈을 동그랗게 뜨곤 냉큼 고개를 돌렸다.

"누구세요?"

"그냥 길 잃은 영혼을 찾아다니는 별지기? 아니면 길잡이라고 해야 할까?"

"……네에?"

"아직 우리 꼬마한텐 어려우려나."

한 남자가 성큼성큼 걸어 나왔다. 챙이 널찍한 모자를 꾹 누른 남자는 아이의 옆자리에 있는 빈 그네에 앉았다.

"절 아세여?"

"무척 잘 알지. 너는 모르겠지만 나는 널 누구보다 잘 알고 있어."

그는 알 수 없는 말을 내뱉으며 모자의 챙 끝을 슬쩍 매만졌다. 아이의 고개가 기울어졌다.

"외롭지?"

"……어."

어린 나는 멍하니 눈을 깜빡였다. 그러더니 얼핏 비친 어두운 감정을 애써 삼키며 고개를 저었다.

"아니에여! 미소는 씩씩해여. 아빠도, 엄마도, 동생도 있는 걸여!"

"그래도 외롭잖아."

"……아닌데에."

"스스로에게 거짓말을 하는 건 좋지 않아."

단호한 그 대답에 어린 나는 가만히 입을 다물었다. 다소 억울하다는 표정으로 인상을 찌푸렸으나 대꾸를 하진 않는다.

"그럼 상상을 해 보는 건 어때?"

"상상이요?"

"그래."

챙을 깊게 눌러쓴 남자는 기이할 정도로 챙의 그림자에 가려져 얼굴이 잘 보이지 않았다.

"동화 속 공주님이 되고 싶지 않아? 용사님이 구해 주거나 네가 그 세계의 주인공이 돼서 모두가 널 사랑하길 바라지 않아?"

"되고 싶어요!"

남자의 말에 어린 나는 눈을 반짝이며 냉큼 고개를 끄덕였다.

'옛날부터 그런 용사님과 공주님이 나오는 동화를 유독 좋아했었지.'

나는 생각하며 남자에게로 시선을 옮겼다. 챙 아래로 늘어진 그림자 밑으로 남자의 비스듬한 미소가 보였다. 그 미소가 어쩐지 내게는 오싹하고 불온하게만 보였다.

'난 이런 기억이 없는데.'

이런 사람을 만난 적도 없다. 이렇게 독특하고 신기한 사람을 만났다면 기억하지 못할 리가 없는데 전혀 모르겠다.

"그래. 그럼 그걸 생각해 보는 거야."

"근데 생각하면 괴롭잖아요."

"보통은 그렇겠지. 하지만 네가 생각하고 상상하는 건 현실이 될 거란다."

"네에……?"

어린 내가 듣기에도 말문이 막히는 이상한 내용이었는지 표정이 구겨졌다.

"그래. 기왕이면 스케치북에 그림도 그려 가면서 소설처럼 적어 보렴."

"……."

"네가 행복한 여주인공이 되는 거야."

커다란 손이 어린 내 양쪽 뺨을 덮었다.

"앗, 차가!"

화들짝 놀란 어린 내가 섬찟한 표정으로 자리에서 폴짝 뛰었다. 챙이 넓은 모자를 쓴 남자가 웃었다.

"그러면 너도 그렇게 될 수 있을 거야."

"……정말요? 근데 그건 신만 할 수 있잖아요."

"세계를 만드는 게 왜 신이라고 생각하니? 그는 갈망하는 것도, 원하는 것도 없으며 필요한 것도 모르는데."

남자가 의미심장하게 말했다.

"세계는 갈망하는 자가 만드는 거지. 그러니 네가 외롭고 슬퍼야만 네가 만드는 세계의 주인공은 행복할 거란다."

"네?"

아이의 눈이 동그래졌다. 남자는 할 말이 끝났다는 듯 자리에서 일어났다.

"괜찮아. 어차피 이 기억은 잊힐 테니까. 감당할 수 없는 걸 잊는 건 네가 가장 잘하는 일이잖니."

"어……."

"다음에 만날 땐……."

남자는 챙을 가볍게 매만지며 어린 나를 유심하게 살폈다.

"슬슬 폐기 처분을 할 때가 된 것 같구나. 톱니바퀴가 전부

망가졌으니 이번이 마지막이겠군."

"아까부터 무슨 이상한 말을 하는 거에여? 아저씨!"

어린 차미소가 듣기에도 기괴했는지 어린 나는 벌떡 일어나서 후다닥 남자에게서 멀어졌다. 남자는 나를 쫓지 않고 그저 그 자리에서 웃었다.

그가 한 걸음 내디뎠다.

작은 보폭이었을 뿐인데 남자는 어느새 어린 내 앞에 있었다. 아이가 아차 하는 사이 남자가 손을 뻗어 어린 내 뺨을 문질렀다. 그러자 어린 차미소의 눈에서 생기가 빠지더니 이내 수많은 알 수 없는 글자들이 벌레처럼 몸을 기어올랐다. 빼곡하게 찬 글씨들이 내 몸을 꾸역꾸역 기어오르는 것을 보던 남자가 어린 나를 그네에 앉혀 주고 책을 안겨 주었다.

"잊지 말렴. 너는 가장 불행한 세계에서 가장 행복한 꿈을 꿔야만 살아갈 수 있는 존재란다."

그가 마지막으로 나직하게 속삭이곤 모습을 감췄다. 그가 사라지자 어느새 어린 나는 다시 원래대로 돌아왔다. 눈에는 생기가 돌고 징그럽게 몸을 기어오르던 글자도 사라졌다.

"어…… 아직도 엄마랑 아빠가 화났을까?"

어린 차미소는 그네에서 폴짝 뛰어내리더니 방금까지 무슨 일이 있었는지 전혀 모르는 사람처럼 타다닥 집이 있는 방향으로 달려갔다.

"……대체 뭐야?"

저 사람은 누구고? 나는 당황한 표정으로 다시 어두워진 사방을 두리번거렸다.

"안 되는데."

갑자기 바로 옆에서 앳되고 낯익은 목소리가 들렸다. 화들짝 놀라 고개를 돌리자 그곳에는 여전히 톱니바퀴가 존재했다. 조금 다른 것은 그 앞에 내가 있었다는 거다. 정확히는 어린 차미소가 있었다.

"넌 여기에 오면 안 돼. 너는 감당할 수 없잖아."

"내가 왜 여기에 있어……?"

"누군가 밖에서 강제로 네 기억을 건드리려고 했구나."

에이린의 상태인 나를 유심히 바라보던 어린 차미소가 설핏 웃었다. 어린 차미소가 있으니 이제야 시야가 조금 밝게 트였다. 어린 차미소의 주변에는 크레파스와 스마트폰 그리고 기이한 버튼이 있었다. 아이의 뒤에 있는 거대한 톱니바퀴의 상태도 조금 더 자세히 눈에 들어왔다. 톱니바퀴는 이곳저곳 녹이 슬어서 부식되어 무너지고 있는 처참한 상태였다. 굴러가는 것이 신기할 정도다.

"다시 네 세계로 돌아가. 그리고 잊어도 괜찮아."

모든 것을 잊어야만 한다는 듯 어린 차미소가 말했다. 나는 당황한 표정을 숨기지 못하고 머리를 흔들었다.

"나는 그 남자를 만난 기억이 없어."

"그것은 원래 차원을, 세계를 떠돌아. 우리 같은 존재를 건드리고 꿈꾸게 해."

"그 꿈이라는 건 대체……."

"외로움은 소망과 상상력의 가장 큰 원동력이야. 알고 있어?"

어린 내가 분명한데 어쩐지 전혀 알지도 못하는 타인과 대화를 나누는 듯한 느낌만 들었다.

"그리고 이건 우리의 마지막 꿈이야."

"마지막이라니……."

"세계가 완성되면 꿈은 끝나. 원래 '차미소'에서 끝났어야 했는데……."

어린 나는 그저 서툴게 웃어 보이며 말끝을 흐렸다. 아이는 뒷말을 내뱉지 않았다.

"그러니까 돌아가서 잊어."

"……잊으면?"

"지금처럼 행복하게 살 수 있는 거야. 꿈꾸던 거잖아. 사랑받는 인생."

어린 차미소의 말에 나는 입술을 달싹이다가 주먹을 꽉 쥐었다. 내가 아직 에이린인 탓인지 어린 차미소와는 시선이 제법 맞았다. 가만히 들은 이야기를 곱씹다 보니 스멀스멀 불안한 생각이 밀어닥쳤다. 그래. 한 가지 의문이 들었다고 하는 게 더 옳겠다.

"……내가, 만든 거야?"

나는 질끈 눈을 감았다.

"에이린의 세계는, 샤르네는…… 내가 만든 거야?"

"우리가 만든 거지."

"왜……."

"외로웠거든."

어린 차미소가 담담하게 말했다.

"에이린은 어른이 되지 못할 거야."

악담도 이런 악담이 없었다. 내가 인상을 확 찌푸리자 차미소는 웃으며 바닥을 굴러다니는 크레파스를 주웠다. 널브러진 스케치북에는 익숙한 모습이 그려져 있었다. 도마뱀 모습의 나, 드래곤, 리하르트, 아빠, 샤르네까지.

"우리의 꿈은 어린아이일 때만 계속되니까."

영원히 세계를 떠돌며 어린아이로 있어야만 한다고 덧붙인 차미소는 천천히 고개를 숙였다.

"세계는 꿈을 꾸고 꿈을 그리는 자가 필요해. 그래야 새로운 세계가 탄생하거든."

신은 아무것도 창조하지 않는다고 덧붙이는 어린 차미소는 아주 힘들고 지쳐 보였다.

"우리는 이미 많이 닳고 닳았어. 나는 도망쳤고. 하지만 곧 그가 우리를 찾아내고 녹여서 새로운 꿈을 꿀 아이를 만들 거야."

잔인한 이야기였다. 나는 어린 차미소의 말을 전혀 이해하지 못했는데 어쩐지 전부 이해한 것 같기도 했다. 한참 만에 나는 천천히 입을 다물었다.

"그러니까 이 세계는 우리의 마지막 꿈이야."

어린 차미소가 단호하게 선언한 순간이었다.

"누구 마음대로."

아무도 찢을 수 없을 거라 생각했던 공간이 새하얀 빛과 함께 찢어지며 그리운 목소리가 들렸다.

"아빠……?"

"아저씨가 여긴 어떻게……."

나와 어린 차미소가 동시에 말했다.

'아저씨?'

얘는 어떻게 아빠를 알고 있지? 아빠도 딱히 놀라는 기색이 아니었다. 아빠는 물끄러미 우리 둘을 바라보았다.

"제가 조금 도움을 받았습니다."

아빠의 뒤로 루실리온이 모습을 드러냈다. 정확히는 지금과는 다른 모습의 루실리온이었다. 루실리온은 새하얀 머리카락이 길게 늘어진 모습으로 새파랗던 눈동자마저 새하얗게 변해 성스럽게 보이는 얼굴을 한 채 성경책을 들고 어둠 속에서 유유히 빛을 내고 있었다. 기이할 정도로 신기하며 또 신성한 모습이었다. 그는 마치 막 하늘에서 내려온 천사와도 같아 보였다.

내가 뚫어져라 바라보자 루실리온이 어색한 듯 뺨을 긁적였다.

"강림을 사용하면 조금 모습이 변합니다."

"……강림이라니."

그건 신이 들어올 때나 쓰는 말이 아니었나? 저걸 이렇게 아무렇지 않다는 듯 말할 일이야?

"아가."

"……아빠."

한쪽 무릎을 꿇은 아빠가 내게 팔을 벌려 보였다. 나는 급히 달려가 아빠에게 덥석 매달렸다.

"무사해서 다행이구나. 다친 곳은 없니?"

"네……."

나는 고개를 도리도리 저었다. 도무지 이해할 수 없는 말을 잔뜩 들었지만 몸이 다친 건 아니었다. 사실 머리가 조금 멍한 것 같긴 했다.

"주인님, 일단 돌아가죠."

나와 아빠의 대화가 끝나길 기다리고 있던 루실리온이 손을 내밀었다. 흘긋 아빠를 보자 아빠가 고개를 끄덕였다. 내가 막 루실리온의 손을 잡으려는 때였다. 루실리온의 몸이 환하게 빛나더니 이윽고 퐁! 하는 이상한 소리와 함께 루실리온의 모습이 원래대로 돌아왔다. 긴 머리카락은 짧아지고 눈은 다시 새파랗게 돌아왔다.

그리고…….

"안돼에에엣! 애기야!"

퐁! 소리를 내며 무언가가 튀어나왔다. 새하얗고 작은 요정처럼 생긴 아이였다. 다섯 살쯤 되어 보이는 외양의 소녀는 등에 천사 날개 같은 것을 달고 있었는데 그대로 어린 차미소에게 냅다 달라붙는 것이 아니던가.

"누, 누구세요……?"

어린 차미소가 당황한 얼굴로 소녀를 떼어 내려고 했다.

"……아르마?"

그때 루실리온이 작게 중얼거리며 눈을 크게 떴다.

"역시 여기에선 분신 정도는 만들 수 있는 모양이네."

천사 날개를 가진 아이가 활짝 웃으며 말했다. 아이가 날아다닐 때마다 새하얀 빛의 가루가 아래로 우수수 떨어졌다.

"휴, 여기에서 나가면 우리 귀여운 애기를 만나기 힘들어지니까."

쪼르르 날아오른 아이가 어린 차미소의 주변을 맴돌았다. 그러더니 작은 손으로 아이의 머리를 톡톡 두드렸다.

"아이, 착하다. 우리 애기, 고생 많았다!"

"……무슨."

차미소가 눈을 동그랗게 떴다.

"괜찮아, 괜찮아. 내가 지켜 줄게."

갑자기 이게 무슨 일이야? 뜬금없는 행동에 나도 어린 차미소의 눈도 동그래졌다.

"난 여기 들어왔으니까 됐어. 이쪽 일은 내가 계책을 찾아볼 테니까 일단 너희는 돌아가야지. 내 영역에서 너무 벗어나 있으면 안 돼."

차미소에게 찰싹 달라붙은 날개 달린 아이가 다분히 성의 없는 표정으로 손을 휘휘 저었다.

"얼른 돌아가렴, 예쁜아."

예쁜이?

"……알겠습니다."

루실리온?! 순순히 대답하는 루실리온을 보던 나는 아빠의 목을 조금 더 힘주어 끌어안았다.

"걱정하지 마. 내 세계에 떠돌이 따윈 들어올 수 없게 할 테니까."

날개 달린 아이가 당최 무슨 말을 하는 건지 알 수가 없었다. 그러나 그 말에 놀란 표정을 한 사람이 있었다. 어린 차미소였다. 내가 어린 차미소를 바라보자 어린 차미소 역시 나를 마주 보았다. 아이는 어쩐지 나를 부러워하고 있는 것 같았다. 그래. 어린 내가 마지막까지 혼자 놀이터에 남았을 그때와 같은 눈이었다. 부모님이 찾으러 와서 하나둘 놀던 아이들이 돌아갈 때, 땅거미가 지도록 아무도 찾으러 오지 않았던 그때의 모습.

"가자, 에이린."

"네……."

나는 이내 아빠의 품에 안겨 빛이 뿜어져 나오는 공간으로 들어갔다. 눈앞이 캄캄해지고 이내 시야가 밝아졌다. 다시 정신을 차렸을 때 나는 푹신한 침대 위였다.

"아가씨!"

내가 엉거주춤 몸을 일으키려고 하자 로랑이 후다닥 달려와 나를 부축했다. 온몸이 식은땀에 절어 있었다. 울상인 로랑의 표정을 보다가 고개를 돌리자 바로 옆에는 아빠가 누워 있었다. 반대쪽에는 루실리온이 반듯한 자세로 눈을 감은 채 내 손을 잡고 있었다.

"몸은 괜찮으세요?"

"응…… 괜찮아."

무슨 일이 있었던 거냐고 묻고 싶었지만 어쩐지 목이 꽉 잠겨 있었다.

"아가씨가 쓰러지시고 대신관님과 에르노 선대 공작님께서 서로 이야기를 나누시더니…… 갑자기 이렇게……."

로랑의 눈에 순식간에 눈물이 차올랐다. 퍽 마음고생이 심했던 모양인지 표정도 어두웠다.

"저보고 아무에게도 말하지 말고 여길 지키고 있어 달라고 하셨는데 그게 쉽냐고요……."

나는 어색하게 웃으며 나를 끌어안은 로랑의 손등을 살포시 토닥거렸다.

"또 악몽이라도 꾸셨어요? 땀을 엄청나게 흘리시더라고요……."

"응. 악몽이었지."

별로 알고 싶지 않은 진실을 직시했으니까.

"나 기절한 지 얼마나 지났어?"

"나흘도 넘었어요……."

"근데도 안 들켰다고?"

"아뇨…… 당연히 들켰죠."

로랑의 입술이 툭 튀어나왔다. 나는 어색하게 웃으며 뺨을 긁적였다.

"일은 차르니엘 각하를 비롯한 다른 분들께서 다 처리하고 계세요."

"……그래?"

"잠든 사이에 하타르 건도 어느 정도 마무리되어 가고 있는 모양이에요."

나는 고개를 끄덕였다. 움찔, 잡힌 오른손에 힘이 들어가는가 싶더니 어느새 아빠가 눈을 떠 몸을 일으키고 있었다.

"에이린……"

잠긴 목소리에 내가 고개를 끄덕였다.

"아빠."

"그래. 무사해서 다행이구나."

아빠가 나를 가볍게 한차례 끌어안곤 머리를 쓰다듬었다. 머지않아 루실리온도 눈을 떴다. 그는 가볍게 주먹을 쥐었다 펴더니 고개를 기울였다.

"주인님, 괜찮으시죠?"

"응. 너는……."

"저도 한동안은 귀가 조용하긴 할 것 같군요."

신이 사라졌다는데 루실리온은 제법 여유로웠다.

"하지만 힘을 조금 많이 써서 신전에 돌아가 며칠 쉬어야겠습니다."

그가 자리에서 일어났다.

"벌써 가려고?"

"네. 곧 다시 올게요."

눈꼬리를 휘며 웃은 루실리온은 정말 피곤한 듯 관자놀이를 누르며 가볍게 물러났다. 허리를 숙인 루실리온이 방을 빠져나가는 것을 보며 나는 입맛을 다시다가 흘긋 아빠를 보았다.

"오늘은 일단 쉬거라. 한동안은 푹 쉬는 편이 좋겠구나."

아빠도 내 침대에서 내려가더니 내 머리를 꾹 누르며 슥슥 쓰다듬었다.

"앞으론 무슨 일이 있으면 혼자 해결하려고 하지 말고 내게 말하렴."

첫 만남에 비해서는 퍽 어른스러운 말이었다. 나는 꾹 눌린 머리카락을 손바닥으로 매만지며 천천히 고개를 끄덕였다. 흐물흐물 풀어지는 입꼬리는 어쩔 수가 없었다. 아빠에게 칭찬을 받을 때마다 꼬리가 팽팽 움직이는 강아지가 되는 것만 같았다.

"네."

"그래. 식사도 꼭 하고."

"네!"

"쉬렴."

"아빠도…… 와 주셔서 감사했어요……."

아빠가 나를 흘긋 보더니 픽 웃었다.

"딸이 길을 잃었으면 찾으러 가는 게 당연한 일이지."

"……"

"늘 널 먼저 찾으마. 그러니 멀어지지 말렴."

"……네."

아빠는 로랑에게 나를 씻기고 밥을 먹이라는 둥 몇 가지 지시를 내리곤 방을 나섰다.

'마지막 꿈이라고……'

얘기를 제대로 듣지 못한 것이 조금 아쉬웠다. 꿈은 무엇인지, 마지막 꿈은 언제 끝나는지 묻고 싶은 게 많았는데.

'나중에 생각하자.'

지금 생각할 일은 분명히 아니었다.

* * *

"내 동생이 미안한 일을 저질렀소."

쿵─!

수려한 외모의 사내의 이마가 바닥에 쾅 박혔다. 가무잡잡한 피부의 근육질 남자가 사내의 뒤통수를 바닥에 내리찍은 탓이다.

"윽…… 아, 아픕니다!"

"살림, 네가 재상이 됐다고 감히 이런 문제를 일으키느냐!"

사자후가 튀어나왔다. 이글이글 타오르는 주황색 눈동자와 같은 색 머리카락을 가진 근육질의 남자는 마치 태양을 떠올리게 했다.

"감히 정정당당한 결투도 아니고 이렇게 뒤에서 국민을 대상으로 하는 고약한 수를 쓰다니."

"다 형님을 위함이었습……."

"시끄럽다. 정말 미안하게 됐소."

탁자에 둘러앉은 남자는 포박당한 여우 구슬을 가지고 있던 남자, 살림의 뒤통수를 다시 한번 거칠게 내리눌렀다. 나는 당황한 표정을 숨기지 못했다. 아무리 그래도 그렇지. 이렇게까지?

'하긴. 국가 간의 전쟁으로 번질 수도 있는 일이었으니까……'

근데 설마…….

'수인국의 왕이 찾아올 줄은 몰랐는데.'

아빠와 차르니엘 에탐은 팔짱을 낀 채 영 심드렁한 표정이었다.

"나라를 그렇게 만들고 입으로만 사과하겠다는 게 썩 좋게는 보이지 않는군요."

차르니엘 에탐이 입을 열었다. 아마 이것저것 다 뜯어낼 생각이겠지.

'아빠는…….'

그냥 기분이 안 좋아 보였다. 아마 내가 엮였기 때문이 아닐까 괜히 짐작만 해 보았다. 그리고 황제가 이번 일에 에탐 가문이 피해를 많이 봤다는 핑계를 대며 협상을 에탐에서 하라고 떠넘긴 탓일지도 모른다. 정확히는 아빠를 콕 집어 맡겼다고 들었지만 말이다.

"드래곤이 태어났다는 소문은 들었는데 정말이었나 보오."

남자는 호기심을 감추지 않고 내게 불쑥 얼굴을 들이밀었다. 아빠가 냉큼 나를 안아 무릎에 앉혔다.

"그래서 또 납치하려고 그러시는지."

나를 끌어안은 아빠는 심기가 상한 듯 환한 미소를 띤 채 물었다.

"아니. 나는 그러한 행위를 대단히 싫어하오. 살림이 나를 위해 벌인 행위라는 건 알고 있소만······."

남자의 표정은 정말로 떠올리는 것만으로도 불쾌하다는 듯 구겨져 있었다.

"내가 알았다면 이놈의 발목을 분질러 놨을 거요."

과격한 그 말에 아빠의 눈이 살짝 가늘어졌다.

"내겐 아직 인간화를 하지 못한 아들이 하나 있소. 드래곤이라면 그걸 해결할 수 있을 거라 생각한 모양이오. 원하는 것이 있다면 사죄의 의미로 최대한 들어주다."

제법 시원시원하게 그가 말했다. 차르니엘 에탐이 기다렸다는 듯 입을 연 때였다.

"그럼 가감 없이······."

"그거 말인데······!"

나는 차르니엘 에탐의 말을 가로채며 손을 번쩍 들었다. 나는 《입.양.각》을 읽었기 때문에······ 아니 어쩌면 이제 이 말은 조금 이상할지도 모르지만 어쨌든 이 소설을 알고 있기 때문에 수인국에서 가장 값진 것이 무엇인지 알고 있었다.

"저 가지고 싶은 게 있어요."

기왕 털어 낼 거 제일 좋은 걸로 한가득 털어야지. 나는 히죽 웃으며 눈을 빛냈다.

"가지고 싶은 거라니……."

"……조카님?"

수인국의 왕, 하샤트가 나를 보곤 놀란 얼굴을 했다. 물론 놀란 것은 차르니엘 에탐도 마찬가지인 모양이었다. 내가 끼어들 줄은 몰랐겠지.

'지금은 괜한 생각에 잠겨 있을 때가 아니니까.'

일단 하타르 사건부터 완벽히 해결해야지. 어차피 나는 그 꿈속의 어린 차미소가 했던 말의 대부분을 이해하지 못했으니까 말이다.

"계절석이요!"

"……계절석을 어린아이인 그대가 어찌 알고 있지?"

하샤트의 눈이 커졌다. 나는 언뜻 사자처럼 느껴지는 남자를 바라보다가 활짝 웃었다. 계절석은 수인국에서만 나는 독특한 돌 중의 하나였다. 이 돌은 한 계절에 1년 정도 방치하면 그 계절의 속성을 기억하고 주변을 같은 계절로 만들었다. 지속적인 마력 공급이 필요하긴 하지만 말이다. 작은 계절석은 방 하나를 그 계절로 만드는 게 고작인 수준이지만 크기가 큰 계절석일수록 적용 범위가 넓어졌다. 그래서 수인국에는 사계절이 모두 존재했다. 북쪽 지역에는 겨울, 남쪽 지역에는 여름, 서쪽에는 가을과 동쪽에는 봄이 자리 잡고 있다. 수인국에는 겨울에만 살 수 있는 짐승이나 여름에만 살 수 있는 짐승이 존재하기 때문에 그런 이들은 어딘가를 떠날 때 계절석을 품고 떠나곤 했다. 이 계절석은 수인국 외부에는 결코 알려지지 않았지만…….

'나는 샤르네 때문에 알고 있지.'

《입.양.각》에서 샤르네가 수인국 왕자에게 고백을 받을 때 그 왕자가 계절석을 선물했었다. 그게 얼마나 귀한지에 대해서는 그때 묘사에서 질리게 보았지. 나는 뺨을 가볍게 긁적였다.

'뭐, 엄청 귀하다곤 하지만…….'

그래도 사람들 다 죽일 뻔하고 나도 납치당해서 이상한 일까지 겪었으니까. 그 보상으로는 충분하다고 생각한다.

"계절석은 그렇게 많이 생산되는 게 아닐세."

수인국의 왕이 조금 난감하다는 듯 말했다. 나는 모른 척 하샤트를 가만히 바라봤다.

"그런 말을 하시다니 당신은 정말!"

여우 구슬을 빼앗긴 여우가 내게 삿대질을 했다. 이마에 혹이 생긴 모습이 퍽 안쓰러웠던지라 딱히 무섭진 않았다.

"그래서 내 딸을 납치하려고 했으면서 그 정도도 내주지 못하겠다 이 얘깁니까?"

팔짱을 낀 아빠가 퍽 싸늘하게 물었다. 물론 내 눈에 싸늘했다는 거지 실제로는 해사하게 웃고는 있었다. 하지만 그 웃음이 무서운 점이라는 걸 수인국의 왕은 동물적인 감으로 어렵지 않게 알아챈 모양이었다.

"1년 생산량이 얼마 되지 않아 어쩔 수 없소. 일시적으로 내줄 순 있지만 지속적인 공급은 어렵소."

그는 계절석 자체가 다이아몬드보다도 훨씬 더 단단하고 커서 채굴하는 것이 꽤 어렵고 벅차다며 말을 덧붙였다. 물론 이건 사실이다. 하지만 간단하게 캐는 법도 있지.

"내가! 잘 캐는 법 알려 줄게요."

손을 번쩍 들었다. 의외로 그 돌은 갑작스러운 온도 변화에 약한 성질을 가지고 있었다. 계절석이 자신이 기억하는 계절로 주변을 물들이는 이유도 그 때문이다. 급격한 환경 변화를 겪지 않기 위해서 주변을 자신이 기억하는 온도와 같게 물들이는 것이다. 즉 갑작스러운 온도 변화를 강하게 주면 돌은 잠시 물러졌다. 엄청 큰 온도 변화여야 해서 아마 지금껏 몰랐겠지만. 그러니까 즉······.

"불로 달궈서 채굴하면 돼요!"

뜨거운 불로 한번 확 달군 다음에 모양을 변형시켜 채굴하면 훨씬 채굴하기 쉬울 것이다. 계절석 매장량이 꽤 되지만 판매하지도 못하고 국내에서만 돌리고 있는 이유도 채굴량 때문일 테니까. 내 말에 하샤트의 눈이 커졌다.

"계절석은 온도 변화에 약하니까 그렇게 하면 될 거예요!"

"……그걸 그대가 어찌 알고 있지?"

하샤트 왕은 자기도 모르는 사실을 내가 어떻게 알고 있는지 궁금한 사람처럼 눈을 가늘게 떴다. 나는 스리슬쩍 시선을 피하곤 아빠의 품에 파고들었다.

"그냥……."

이럴 땐 딱 좋은 방법이 있지.

"전…… 드래곤이니까요……."

일단 아빠와 루실리온을 제외하면 내가 어떤 면에서 특별한지는 아무도 모르니까 말이다.

"……그 건에 대해서는 조금 고민을 해 봐야 할 것 같소."

"계절석이 포함되지 않으면 협상은 없어요."

하샤트가 말을 돌리려고 하기에 나는 단호하게 말했다. 이미 채굴 방법도 오픈했는데 이제 와서 계절석을 포기할 순 없었다.

'게다가 계절석은…….'

아직은 드러나지 않았지만 계절석에는 정화 능력이 있었다. 적절하게 사용하기만 하면 오염된 물이나 공기나 땅 등을 정화하기도 해서 아마 유통을 시작하기만 하면 금세 그 값이 치솟을 것이다.

'나한테 고마워해야지.'

내가 아니었다면 나중에 샤르네가 알려 줬을 테니까.

'미래에 뜨거워질 상품은 무조건 미리미리 찜해 두는 게 좋지.'

나는 그렇게 생각하며 하샤트를 보며 눈에 힘을 주었다.

'지금 책정가로 협의해 두고 10년, 20년 장기 노예 계…… 아니, 거래 계약을 해야만 해.'

다행히 책잡힌 쪽이 수인국이니 아마 아빠와 차르니엘 에탐이 어떻게든 받아 내지 않을까 싶었다.

"……협상이 없으면 황제 아저씨가 전쟁을 치를지도 모른다고 했는데."

나는 짤막한 팔을 꼬며 고개를 갸웃했다. 물론 이것도 뻥이다.

"전쟁. 제법 즐겁지."

아빠가 내 말에 가볍게 맞장구를 쳤다. 검을 매만지는 것이 어쩐지 농담 같지는 않았지만 말이다.

"지금 나를 협박하는 건가?"

하샤트의 목소리가 무겁게 가라앉았다.

"남의 나라를 풍비박산 낸 뒤에 약에 중독된 국가로 만들려고 한 데다 내 딸까지 납치하려고 했으면서 지금 날 협박합니까?"

아니, 아빠 언제 협박을 했다고.

"무슨…… 내가 언제 협박을 했소."

"지금 하고 계시지 않습니까. 뭐든지 해 준다고 했으면서 본인의 말에 책임도 지지 않는 나라의 수장이라니……."

아빠가 퍽 한심하다는 듯 코웃음을 치며 눈을 가늘게 떴다. 그 모습이 어찌나 얄미운지 솔직히 내 아빠지만 아주 조금 때리고 싶은 마음이 불쑥 솟았다.

"내 딸의 정보만 빼 가고 약속은 지키지 않겠다라……."

아빠가 이상한 논리를 시전하기 시작했다. 슬쩍 고개를 돌리자 차르니엘 에탐은 애초에 포기한 듯 어깨를 으쓱이고 있었다.

"애초에 이 자리는 에탐의 가주와 대화를 나누기로 한 곳인데……"

"내 따님의 뜻이 곧 내 뜻이고 가문의 뜻입니다."

아빠가 턱을 치켜세운 채 오만하게 말했다. 나조차도 말문이 막히는 주접이었다. 아무리 아직 내가 가주라는 사실을 밝힐 수 없다고 하지만 이건 좀 무리수가 아닌가?

"……그렇군."

왜 거기서 납득하는데요.

"자네도 그건가? 그 딸…… 바보라고 하는 그거."

"그게 뭡니까?"

한국에서나 듣던 단어를 여기서 들으니 조금 낯설었다. 아니나 다를까 차르니엘 에탐이 의아한 표정으로 물었다.

'아, 여기 세계관이 《입.양.각》이지.'

한국적인 단어가 들릴 수밖에 없겠구나 싶었다.

"딸에게 과도한 집착과 애정을 쏟는 부모에게 보통 그런 말을 하더군."

"아……!"

차르니엘 에탐이 어딘가 속이 시원해졌다는 표정으로 나와 아빠를 번갈아 보더니 고개를 끄덕였다. 삼촌은 왜 거기서 시원해하는데.

"그것 참 좋은 단어 같습니다."

그는 무척이나 진중하게 고개를 끄덕이며 말했다.

"그래. 이 녀석도 딸 바보다."

"……엥?"

내가 당황한 얼굴로 살림 재상을 보았다. 여전히 단정한 얼굴의 사내는 입을 꾹 다문 채 고개를 돌리고 있었다.

"이 애도 딸아이가 있소."

"결혼을 했군요."

"그래. 그러니 대체 이런 일을 벌인 이유가 납득이 되질 않소. 아마 내 막냇동생에게 도발을 당한 게 아닌가 싶긴 하지만……."

그가 어깨를 움찔 떨었다. 아마 하샤트가 제대로 정곡을 찌른 모양이었다.

"아시다시피 이렇게 우리가 대화를 나누고 있을 수 있는 건 모두 조카님 덕분입니다."

차르니엘 에탐이 제법 진지하게 입을 열었다. 사실 하타르가 실제로 퍼져서 큰 사상자나 국가적 문제로 번지지 않았기에 단순 사과와 합의 정도로 끝날 수 있는 것이다. 정말 이 약이 돌아서 귀족과 황성은 물론 수많은 평민까지 중독되게 했다면 이 정도로 끝나진 않았을 것이다. 그것을 알기에 수인국의 왕이 직접 이곳까지 방문한 거겠지. 차르니엘 에탐의 말에 공감한다는 듯 하샤트가 무거운 표정으로 침묵했다.

"……우스갯소리는 이만하고 요구는 최대한 수용하도록 하겠소. 일단 협상을 시작하지."

하샤트가 굳은 얼굴로 입을 열었다.

* * *

결과적으로 차르니엘 에탐과 아빠는 원하는 걸 대부분 다 얻어 낸 모양이었다.

똑똑.

노크 소리가 들렸다. 나는 자리에서 벌떡 일어나며 냉큼 고개를 끄덕였다. 로랑이 웃는 얼굴로 문을 열어 주었다.

그리고 오늘은…….

"아, 안녕하세요. 아가씨!"

품에 무언가를 한가득 안은 부티크 주인 스칼렛이 허리를 쑥 굽혔다. 드디어 아빠의 늦은 생일을 축하하는 날이었다.

"이것들 전부 주문한 게 맞으신가요?"

나는 스칼렛이 늘어놓은 수많은 상자와 행거에 혀를 내둘렀다. 내가 주문하기는 했지만 생각보다 양이 많았던 탓이다.

"그리고 이것도 추가 주문하신 거 맞죠!"

스칼렛이 행거 하나를 쭈욱 끌고 왔다. 시종들이 입을 옷이었다. 정확히는 로랑을 비롯해서 몇몇 시녀들과 날 호위해 주는 호위 기사들의 것이었지만 말이다. 평소 입는 것과 비슷한 디자인이지만 조금 더 움직임을 편하게 만들고 디자인을 조금 더 심플하게 했다. 언뜻 보면 차이점을 잘 모르겠지만 자세히 보면 조금씩 디테일이 달랐다.

"로랑!"

"네, 가주님……의 따님이신 아가씨."

로랑이 스칼렛을 보며 급히 말을 돌렸다. 내가 바라보자 로랑이 은근슬쩍 눈동자를 굴리며 헛기침을 했다.

"이거 선물이야."

"……네?"

내가 행거에 있는 옷 하나를 쭉 잡아당겨 보여 주자 로랑의 눈이 화등잔만 하게 커졌다.

"아가씨……?"

"뭘 줄까 고민해 봤는데 옷이랑 장신구를 하나씩 주는 게 어떨까 했어."

사실 마일라 이후로 시녀를 그다지 믿고 싶지 않았던 터라 로랑과도 데면데면하게 지내려고 했었다. 너무 가깝지도 그렇다고 너무 불편하게 멀지도 않은 그런 관계 있지 않은가. 그렇게 벽을 쳐 두었다고 생각했는데 로랑은 어느샌가 그 벽을 전부 허물고 곁에 있었다. 로랑이라고 내가 거리를 두려고 하는 걸 몰랐을 리가 없을 텐데. 내가 좋다고 그렇게 눈을 반짝거리며 매번 사진석을 들이대는데 다른 마음이 있을 거라는 생각을 할 수 있을 리가 없었다.

"아가씨……."

로랑이 본인의 입을 틀어막더니 울먹였다.

'뭐, 다 용돈 받은 거기는 하지만.'

그래도 좋아하니까 다행이었다.

"이건 저번에 호위해 줬던 이오나랑 아담이랑 그리고 이스터 거야."

내가 민망함에 급히 행거를 쭉 밀었다.

"제가 데리고 올까요?"

"아니, 아냐. 난 지금부터 선물을 주러 돌아다닐 거니까 로랑이 대신 나눠 줘."

오늘 가야 할 곳만 산더미였다. 지금껏 나를 도와준 사람들에게 주는 선물이었다.

그리고…….

"스칼렛! 곧 샤르네 언니가 올 건데 샤르네 언니가 온실을 알려 줄 거야. 거길 꾸미는 거야. 알았지?"

"네. 아가씨!"

내 말에 스칼렛이 흘러내린 안경을 손등으로 추켜올리며 주먹을 꼭 쥐었다.

"준비는 다 됐겠지?"

"물론이죠. 완벽합니다."

"로랑!"

"네. 황실 파티시에도 곧 도착할 겁니다. 초대장도 완벽하게 준비되어 있습니다."

"좋아!"

내가 활짝 웃자 로랑이 빙긋 웃었다.

"에이리이이인!"

문이 벌컥 열리고 샤르네가 드레스를 휘날리며 뛰어 들어오더니 나를 확 끌어안았다.

"아아, 진짜 얼굴 보기 너무 힘드네……. 네가 부족했어……."

"어, 으응……?"

샤르네가 내 목덜미에 얼굴을 비비적거리며 한숨을 푹 내쉬었다.

"에이리이인, 나 지겨워 죽겠어. 사교계고 뭐고 다 때려치우고 싶다."

"왜……?"

"그냥 다 귀찮은걸. 나는 네 인형이나 모으면서 지내고 싶어."

샤르네가 웅얼거리며 말했다. 나는 손을 뻗어 샤르네의 머리를 쓰다듬었다.

"너무 연락이 많이 와! 나는 이렇게 많은 곳에 가서 하하호호 앉아 있고 싶지 않다고. 대화도 별로 재미없어. 어느 영식이 괜찮냐느니 어떤 부티크가 유명하냐느니 정도니까."

샤르네가 원래 이런 성격이었던가? 호탕하기보다는 조금 더 부드러운 이미지였던 것 같은데.

"게다가……."

샤르네의 표정이 살짝 어두워졌다. 그녀가 입술을 달싹거리다가 이내 입을 꾹 다물어 버렸다.

"언냐……?"

"어? 왜?"

"무슨 말 하려던 거 아니었어?"

"……아무것도 아냐."

샤르네가 고개를 저었다. 어쩐지 퍽 피곤해 보이는 표정이었던지라 말을 더 걸고 싶었는데 샤르네가 냉큼 스칼렛에게로 향했다. 도망친 건가 싶을 정도로 재빠른 움직임이었다.

"그럼 나는 스칼렛이랑 준비하고 있을게."

"응? 아, 응……! 고마워."

스칼렛은 환하게 밝아진 표정으로 샤르네와 함께 허둥지둥 방을 벗어났다.

"로랑, 샤르네 언니한테 무슨 일 있어?"

"어…… 글쎄요. 한번 물어볼까요?"

"누구한테?"

"샤르네 아가씨 담당 시녀요! 제시라고 하는데 저랑 꽤 친하거든요."

"그럼…… 조용히 물어봐 줄래? 오늘 말고."

"네, 물론이죠."

로랑은 내가 선물해 준 옷을 품에 꼭 끌어안으며 말했다. 옷의 장신구는 비단으로 만든 리본이었는데, 로랑은 그게 퍽 마음에 드는지 계속 만지작거리고 있었다.

"저 이것만 얼른 갈아입고 와도 될까요?"

"물론이지!"

내가 활짝 웃자 로랑이 후다닥 사라졌다. 나는 옷과 장신구로 가득 찬 방을 보다가 하나둘 짐을 챙겼다.

'생일 파티를 싫어하면······.'

집중되는 사람이 아빠가 아니게 하면 되겠지. 모두와 파티를 하면서 아빠의 생일을 축하하면 되지 않을까 싶었다.

'내 엄마가······.'

사실 이렇게 칭하는 것이 조금 어색하긴 했다. 한 번도 본 적 없는 사람을 엄마라고 부르는 것도, 내게 정말로 엄마가 존재했다는 사실도 여전히 믿기지 않았다.

그나저나······.

'생일날 엄마가 돌아가시기라도 한 걸까?'

아빠는 생각보다 엄마를 좋아했던 것 같다. 그리고 보통 육아물 소설에서는 아빠의 트라우마 대부분이 엄마와 연결되어 있기도 하니까.

'내가 아빠의 진짜 딸이라는 게 여전히 좀 믿기지 않긴 해.'

사실 아빠가 진짜 친아빠라는 걸 알게 됐지만 크게 바뀐 것은 없었다. 아빠는 조금 얼떨떨해 보였지만 여전히 날 다정하게 대해 줬고 칼란과 실리안도 평소처럼 날 대했다. 그것이 고맙고 또 감사했다.

'어쨌든 아빠가 트라우마를 느끼지 않으면 좋겠는데.'

나는 주섬주섬 준비해 둔 선물 여러 개를 꺼내 한쪽에 몰아 두었다. 그러자 로랑이 어디선가 노란색 가방을 가져와 내 선물들을 넣더니 등에 메 주었다.

'노랑……?'

뭔가 좀 병아리가 그려져 있던 것 같기도 한데.

"로랑, 나 열 살인 거 알지?"

"네!"

"병아리는 좀 아닌 것도 알지?"

"물론이죠!"

로랑은 거리낌 없다는 듯 제법 의욕 있게 대답했다.

"……그럼 이건 뭔데?"

"노란 뱁새입니다!"

"……그런 새가 어딨어."

내가 황당한 표정으로 말하자 로랑은 냉큼 옷가지를 챙기더니 행거를 끌고 나갔다.

"그럼 저는 기사단에 이 옷을 나누고 오겠습니다! 돌아오면 바로 아가씨를 찾아뵐게요!"

"……어, 으응."

그건 고마운데.

찰칵—!

멍하니 로랑을 바라보고 있는데 로랑이 냉큼 사진석으로 나를 찍곤 후다닥 사라졌다.

'······점점 약아지는 것 같단 말이야.'

나는 가볍게 눈동자를 굴리며 생각했다. 사라진 로랑의 꽁무니를 바라보다가 나는 느릿느릿 물건을 챙겨 들었다.

'일단 차르니엘 삼촌이랑 넬리아 고모한테 먼저 가야겠다.'

짐을 다 챙기기에는 아무래도 이 망할 병아리······ 아니 뱁새를 가장한 병아리 가방은 너무나도 작았으니까 말이다. 장신구 서너 개를 넣으면 꽉 찰 정도의 크기였던 터라 나는 될 수 있는 만큼만 장신구를 집어넣었다.

'아빠 건 너무 많으니까.'

전부 온실에 옮겨 뒀다가 전해 줄 생각이었다.

"일단 가자!"

나는 곧장 차르니엘의 집무실로 쪼르르 향했다. 총총총 걸음을 옮기고 있는데 저 멀리서 어쩐지 피곤한 기색의 크루노 에탐이 다가오고 있었다.

'아, 크루노 삼촌 것도······.'

가지고 왔던가? 나는 가방을 벗어 바닥에 쪼그려 앉아 손으로 가방 속을 휘저으며 내용물을 찾았다.

"있다!"

내가 자리에서 벌떡 일어나며 소리치자······.

"······윽."

그제야 날 발견한 듯 크루노 에탐이 날 보며 걸음을 뚝 멈추더니 인상을 찌푸렸다.

"삼촌?"

"너……."

내가 도도도 달려가려고 하자 그가 냉큼 손바닥을 내밀며 나를 막는 시늉을 했다.

"오지 마라!"

무척이나 피곤한 얼굴로 크루노 에탐이 나를 보며 인상을 찌푸렸다. 자세히 보니 그의 몸은 살짝 흙투성이에 손가락 여기저기에는 붕대가 둘둘 감겨 있었다. 한 손에는 심지어 망치까지 들고 있었다. 나는 가만히 서서 고개를 기울였다.

"삼촌, 뭐 하고 왔어?"

"뭘 하긴…… 네가 사고 친 거 뒷수습을 했지!"

"응?"

"그것들의 집을 만들었다!"

그것들의 집? 고개를 기울인 순간 삼촌의 옷에 묻어 있는 털뭉치들이 보였다.

"아, 설마 사람 안 시키고 직접……?"

내가 당황한 듯 덧붙이자 그의 눈이 한결 매서워졌다.

"어떻게 다른 놈들에게 맡기겠나! 그 솜털 같은 것들 혹여나 다치면 어떡하라고? 그리고 알아보니 이런 건 주인이 직접 만들어야 정을 잘 붙이고 산다고 하더군. 주인의 냄새가 묻어 있어야 불안해하지 않는다고. 그리고 사료도 골라야 하고 지푸라기

수준도 봐야 하고 고양이 놈은 또 높은 걸 얼마나 좋아하는지 그런 것도 만들어야 하고. 대체 손이 얼마나 가는지 아느냐?"

어쩐지 잔뜩 분노한 얼굴로 낮은 목소리를 한 채 속사포로 내뱉는 말이 모두 당황스럽기만 하다.

'어쩌면…… 삼촌…… 예전부터 반려동물을 키우고 싶었던 게 아닐까?'

게다가 냄새만 묻히고 온 건 아닌 것 같은데. 나는 살짝 붉은색 물감을 칠한 듯 묻어 있는 손가락 붕대를 바라보며 생각했다.

"이거 선물이야, 삼촌."

"……또 무슨 괴상하고 이상한 걸 가져왔지?"

크루노 에탐은 완전히 내게 불신이 생겼다는 듯 두어 걸음 떨어진 채 떨떠름하게 물었다.

"그냥 커프스 버튼이랑 브로치야."

"……거기엔 무슨 기능이 장착되어 있지? 진흙이라도 뿜어져 나오나? 아니면 동물을 끌어들이는 페로몬?"

진짜 어디까지 가는 거야. 내가 다소 싸늘한 시선으로 바라보자 크루노 에탐은 그제야 쭈뼛쭈뼛 다가와 조심스럽게 상체를 숙여 손을 내밀었다. 내가 양손으로 브로치와 커프스 버튼이 담긴 작은 가죽 상자를 조심스레 올려 주었다.

"내가 떼쓰는 거 다 들어줘서 고마워, 삼촌."

"……."

그는 상자를 열어 보더니 정말로 멀쩡한 브로치와 커프스 버틈을 발견하고는 묘한 표정으로 나를 내려다보았다.

"정말 고마워서 그런다니까?"

"……믿기지가 않는데."

그가 손끝으로 브로치를 가볍게 쓸더니 나를 물끄러미 보며 입술을 달싹였다.

"고맙다."

"응. 사실 내가 삼촌한테 선물을 받아야 할 것 같긴 한데."

"뭐?"

내가 히죽 웃으며 혀를 살짝 내밀었다.

"왜냐면 삼촌이 사고 치는 거 내가 수습 다 해 줬잖아."

"……그게 수습인가? 나를 백수로 만들어 두고?"

"그래서 동물도 키우고 얼굴도 좋아졌잖아. 삼촌 요즘 만나는 여자는 없어?"

내가 슬쩍 팔꿈치로 삼촌의 허벅지를 쿡 찔렀다. 크루노 에탐이 헛웃음을 지으며 후다닥 내게서 두어 걸음 물러났다.

"없다! 어린 것이 벌써부터……."

크루노 에탐의 귓불이 유독 붉었다.

'저렇게 붉히면 더 괴롭혀 주고 싶단 말이지.'

나는 눈동자를 슬쩍 굴리며 괜히 차오르는 나쁜 마음을 꼭꼭 눌렀다.

"이건 잘 쓰마. 그럼 이만 바빠서 가 보지."

"왜 바빠요?"

"사료 공장에 간다."

너무나도 자연스럽게 말한 크루노 에탐이 성큼성큼 멀어져 가려는 찰나였다. 내가 급히 달려가 크루노 에탐의 앞을 막으며 초대장을 쭉 내밀었다. 크루노 에탐이 초대장을 펼치더니 눈썹을 들썩였다.

"아, 그럼 이거 줄게! 오늘 꼭 참석해 주세요. 알았죠? 아빠 선물도 챙겨 오면 좋고!"

"선물?"

"응, 아빠한텐 비밀!"

"……설마 생일을 챙기려고?"

"네. 왜요?"

"……아니다."

크루노 에탐이 말끝을 흐리더니 눈을 가늘게 떴다.

"그럼 바빠서 간다. 살펴볼 공장이 다섯 군데나 되거든."

할 말이 다 끝났다는 듯 크루노 에탐이 성큼성큼 멀어졌다. 나는 그의 등을 보며 고개를 기울였다.

'저 삼촌 조만간…… 사료 공장 차릴 것 같은데.'

이 시대 사료가 저 까다로운 크루노 에탐의 눈에 차지 않을 확률이 더 높을 테니까 말이다. 훌륭한 집사의 자질이 보였다.

'그나저나 샤르네가 신경 쓰이는데.'

아까 그 반응. 아무리 봐도 평범하지 않았다. 이맘때 무슨 사건이라도 있었던가? 기억하려고 해 봐도 이제 뭐 확연하게 떠오르는 건 없었다. 나는 곧장 차르니엘에게 향했다. 차르니엘은 내가 선물을 주자 눈을 동그랗게 뜨더니 퍽 호탕하게 웃었다.

"고맙구나. 근데 이 초대장은 뭐지?"

"오늘 파티 초대장이요. 아빠 선물 챙겨 오면 더 좋아요."

"……파티라면, 생일 파티?"

"네!"

"막내는 본인의 생일을 즐기는 편이 아닐 텐데……."

낮게 중얼거리는 목소리에 내가 시무룩해지자 차르니엘 에탐이 고개를 저었다.

"아니, 네가 챙겨 주면 좀 달라질지 모르겠구나. 그럼 이따 가마."

"네!"

다음은 넬리아 자르단이었다.

"아하하하 생일 파티를 하겠다고? 그거 참 재밌겠네. 선물 고마워. 우리 어린 가주님은 센스쟁이네."

'재밌다고?'

"꼭 선물 챙겨서 갈게."

넬리아 자르단이 부채를 탁 접으며 무척 즐거운 얼굴로 키득거렸다.

'……뭐지?'

막냇동생의 아내가 죽은 기일이 저렇게 웃을 일인가? 살짝 불쾌한 기분이 들었다. 그리고 어쩐지 조금 찝찝했다.

다음은 아크레아 사파일이었다.

"……이게 뭐야. 내가 이런 조잡한 보석을 쓸 거라고 생각해?"

"아…… 역시 고모가 쓰기엔 그렇죠……?"

나도 줘도 되나 한참을 고민했던 참이었다. 아크레아 사파일이 쓰는 보석은 항상 멋모르는 내가 봐도 상등품이라는 것이 느껴졌으니까.

"그냥 돌려주셔도 괜찮아요. 저 상처 안 받아요."

내가 도로 양손을 앞으로 쭉 내밀자 아크레아 사파일이 인상을 확 찌푸렸다.

"도, 돌려주다니. 넌 물건을 줬다 뺏니?"

아니, 방금 마음에 안 든다며.

"허, 참! 허, 참!"

아크레아 사파일이 내가 준 브로치를 유심하게 쳐다보더니 턱을 치켜세웠다.

"자세히 보니 센스는 있네. 참 나, 조잡할 줄 알았는데 퀄리티도 생각보다 나쁘지 않아. 뭐, 특별히 내 보물창고에 넣어 주도록 할게."

그녀는 말은 무척 많았지만 그래도 마음에 들기는 한 모양이었다. 나는 마지막으로 초대장을 내밀었다.

"오늘 저녁 온실이요! 아빠 선물 챙겨서 와 주시면 좋아요."

"……음. 혹시 생일 파티라도 하려고?"

"네에……."

"그럼 딱 좋은 선물이 있기는 한데……."

아크레아 사파일이 빙긋 웃었다.

'왜 삼촌들은 다 질린 얼굴이고 고모들은 즐거워 보이는 거지?'

약간 이해가 안 되는 지경에 이르렀다. 나는 찝찝한 얼굴로 마지막으로 하이엘 에탐을 찾아갔다. 가장 구석진 공간에 있는 그의 방은 어쩐지 가까이 다가가는 순간부터 음산한 분위기를 풍겼다. 간신히 문을 열자 그가 뭔가 약품들을 들고 히히 웃으며 실험을 하는 게 보였다.

"사, 삼촌?"

"흐아아악!"

하이엘 에탐이 펄쩍 뛰더니 그대로 약품과 함께 바닥을 나뒹굴었다.

"조, 조카…… 가주님……?"

조카 가주님은 어디서 생긴 신조어야.

"여기까지 무슨 일이야?"

"선물이요!"

"서, 선물? 나한테……?"

하이엘 에탐은 생각지도 못한 떨떠름한 표정으로 조심스럽게 내가 내민 브로치와 커프스 버튼을 받았다.

"……와, 나 어린애한테 선물 받는 거 처음이야. 나 같은 것도 챙겨 주다니…… 조카 가주님은 상냥하구나."

대체 다들 어떤 삶을 살아온 거야. 그래도 마음에 들어해 줘서 다행이었다. 내가 히히 웃으며 고개를 끄덕이자 그가 조심스럽게 상자를 보더니 웃었다.

"고마워."

그가 무언가를 주섬주섬 꺼내 내밀었다.

"이건 내 선물이야. 네 말은 잘 들을 거야. 내, 내가 직접 키운 건데……."

그가 내민 것은 한 마리의 사마귀였다. 낫처럼 생긴 앞발을 휘두르는 것이 퍽 위협적으로 보였다. 하이엘 에탐이 손가락을 내밀자 그 위에 얌전하고 다소곳하게 앉아 있는 것이 신기하긴 했다.

"선물……."

이 사마귀가? 내가 당황하자 하이엘 에탐의 표정이 사뭇 시무룩해졌다.

"역시 싫어하지?"

"아……니? 좋아요. 좋아해요."

나는 급히 손바닥을 내밀었다. 사마귀가 기다렸다는 듯 폴짝 뛰어 내 손바닥에 안착했다. 소름이 오소소 돋는 기분이었다.

"그, 그리고 이건 오늘 저녁 파티 초대장이에요. 온실에 오면 되고 아빠 선물 가지고 오면 더 좋아요!"

"……선물?"

"네. 생일 파티 대신에……."

"……조카 가주님은 에르노 에탐의 생일에 무슨 끔찍한 일이 있었는지 못 들었구나."

하이엘 에탐의 퍽 진지한 얼굴에 오히려 당황한 것은 나였다.

"무슨 일이 있었는데요?"

침을 꿀꺽 삼키며 조심스럽게 묻자 하이엘 에탐은 다소 하얗게 뜬 얼굴로 침을 꿀꺽 삼켰다.

"내 입으론 말 못 해. 나중에 에르노에게 직접 물어봐."

하이엘 에탐이 나를 슬쩍 밀어내기 시작했다.

"나는 바쁜 실험이 있으니까…… 그래도 저녁에 꼭 갈게."

"으응."

결국 쫓겨났다. 눈치를 슬쩍 살피던 나는 마지막으로 할머니와 할아버지에게 향했다. 할아버지는 일선에서 물러난다더니 요즘 텃밭에서 자주 보인다는 제보가 들어와 있었다.

"꺄웅!"

"아크!"

텃밭으로 막 나가려는데 어디선가 흙투성이가 된 아크가 나타나 내 다리에 폴짝 매달렸다.

"사라져서 요즘 안 보인다 했더니 어디 갔던 거야?!"

"크오아아앙! 꿍!"

"먹이를 먹었다고……? 사료……는 안 먹겠구나."

아무래도 흑호처럼 생겼으니 약간 생고기 취향이려나?

"다음부턴 닭고기라도……"

"까웅, 까웅—"

어쩐지 아크가 앞발을 들더니 앞발을 양옆으로 까딱거리기 시작했다. 목소리도 어쩐지 건들거리는 거 같고.

"크와아앙! 까강! 와웅!"

아크가 뭔가 초식동물 흉내를 내더니 반대쪽으로 폴짝 뛰어와 크왕 소리를 치곤 연이어 다시 반대쪽으로 넘어가 벌벌 떠는 시늉을 했다. 그러더니 뭔가를 우적우적 먹는 게 아니던가.

"아…… 살아 있는 거 잡아먹어야 한다고……?"

"까웅!"

정답! 소리가 머리에서 울린 것만 같다.

'아크, 좀…… 무서운 것 같기도.'

나는 흘긋 눈동자를 굴리다가 고개를 끄덕였다.

"할아버지는 혹시 어디 계신지 알아?"

"꺄웅?"

고개를 갸웃한 아크가 폴짝폴짝 뛰어 어딘가로 사라졌다.

"여기까진 어쩐 일이냐."

아크가 퍽 친숙한 옷을 입고 있는 할아버지와 할머니를 데리고 왔다.

'머슴과…… 공주님 같네.'

밀짚모자를 쓰고 작업복을 차려입은 할아버지와 편한 옷을 제법 세련되게 차려입은 할머니는 확실히 그런 느낌이 있었다. 내가 초대장과 선물을 건네자 두 사람의 눈이 동그래졌다.

"……생일 파티라고?"

할머니의 목소리가 살짝 음산해졌다.

"네……."

"그렇구나. 당연히 참석해야지. 준비할 게 많아 먼저 들어가 볼 테니 마저 밭 정리하고 오세요."

"……알겠소."

할머니가 할아버지에게 말하곤 미련 없이 몸을 돌렸다.

"또 한바탕하겠구나."

"네?"

"……아무것도 아니다. 네 잘못은 아니지."

할아버지가 내 머리를 슥슥 쓰다듬곤 다시 농기구를 들고 밭으로 향했다. 그 뒷모습이 어쩐지 조금 쓸쓸하게 느껴졌다.

'근데 대체 왜…….'

직접 텃밭을 매고 있는 건데? 사용인들은 어디에 두고? 크루노에탐이나 할아버지나 뭔가 그런 우직한 면에서 닮은 것도 같았다.

'그러고 보니 할아버지는 일전에 받은 영지로 내려가고 싶다고 했었지.'

오늘 파티가 끝나면 그렇게 하시라고 전해야겠다. 나는 고개를 꾸벅 숙이고 몸을 틀었다. 그리고 드디어 대망의 파티가 시작되는 저녁이 돌아왔다.

* * *

모든 준비는 조용하게 진행되고 있었다. 사용인들도 쉬쉬했고 아빠도 오늘은 무척 바빠서 집무실에 틀어박혀서는 거의 얼굴을 내비치지도 않았다.

"준비가 다 됐어요!"

로랑의 이야기를 들은 나는 냉큼 아빠의 집무실로 쪼르르 달려갔다.

똑똑.

바짝 긴장한 채 문을 두드리자 안에서 들어오라는 담담한 목소리가 들렸다. 늘 내게 다정한 목소리와는 한 꺼풀 다른 느낌이었다. 사무적이며 무감정하고 건조한 목소리다. 내가 살짝 문을 열고 안으로 들어가자 아빠가 무심하게 고개를 들었다가 눈을 크게 뜨며 펜을 내려놓았다.

"아빠, 바빠요?"

"그럴 리가."

그 한마디가 너무나도 다정하게 들렸다. 나도 모르게 입꼬리를 말아 올렸다. 차미소일 때는 남동생들이 아버지의 방에 아무렇지 않게 들어가는 모습이 부럽기도 했다. 내가 들어갈 때는 아버지가 항상 인상을 찌푸리며 언성을 높였던 기억만 있는 터라 나는 이렇게 문을 열고 들어가는 것 자체가 트라우마였다.

'와, 나 자잘한 트라우마가 너무 많잖아.'

옛날엔 그다지 느끼지 못했던 것들을 여기에 와서 느끼고 있는 사실이 새삼 놀라웠다.

"에이린?"

"아, 네."

"또 무슨 일 있었니?"

부드러운 목소리에 나는 천천히 고개를 저었다.

"아빠, 저랑 같이 저녁 먹을 수 있어요?"

"물론이지."

"그럼 온실 가서 먹어요! 제가 준비해 놨어요."

"……네가?"

"네!"

나는 두근두근한 얼굴로 조심스럽게 입을 열었다. 그러자 아빠는 어깨를 으쓱이며 대번에 고개를 끄덕였다. 조금의 생각할 시간도 필요하지 않다는 것처럼.

"당연히 가야지."

첫 번째 관문은 넘었던 터라 나는 크게 고개를 끄덕였다. 내가 조심스럽게 손을 내밀자 아빠가 묘한 표정을 하면서도 피식 웃으며 내 손을 맞잡았다.

"내 따님은 기특하기도 하지."

"정……말요?"

"그래. 네가 내게 와서 늘 다행이라고 생각한단다."

"……저도요. 그동안 많이 힘들었는데 아빠를 만나서 다행이에요."

힘주어 아빠의 손을 붙잡으며 말했다. 나는 누군가에게 도움을 청하는 것보단 혼자서 해결하는 것이 너무 익숙한 사람이었는데 말이다.

"……그래. 그러려면 그쪽을 어떻게든 해결해야겠지."

낮게 중얼거린 아빠의 목소리가 잘 들리지 않았던 터라 고개를 들자 아빠가 빙긋 웃으며 고개를 저었다.

"아무것도 아니란다."

아빠가 말을 부드럽게 돌렸다. 나는 아빠와 함께 온실에 도착했다. 온실 앞에는 로랑이 서 있었다.

"좋은 하루 되세요."

온실 문이 활짝 열렸다. 문 앞에는 한껏 꾸민 에탐 직계들이 서 있었다. 로랑이 내 부탁대로 칼란과 실리안도 데려온 모양인지 두 형제도 보였다. 그러나 문이 열리고 나와 함께 온실로 발을 디디려던 아빠가 우뚝 걸음을 멈췄다.

"……."

아빠의 표정이 살짝 어두워졌다.

"아빠…… 지금껏 제대로 못 챙겨 준 것 같아서요. 제가 선물을 준비했는데요……."

나는 침을 꿀꺽 삼키곤 손을 꼼지락거렸다. 움직이지 않는 아빠에게 성큼성큼 다가온 것은 차르니엘 에탐이었다.

그가 팔을 뻗어 아빠의 어깨에 가볍게 둘렀다.

"몇 년 만에 네 생일 파티를 해 보는지 모르겠군. 생일 축하한다, 막내야."

"지금 이게 무슨……."

아빠의 얼굴이 사나워졌다.

"아, 아빠……! 싫으면 제 선물만 받아 주셔도 되는데…… 그래도 저는 아빠한테 생일 선물로 가주 자리도 받고 그랬는데……."

"……무슨 선물?"

"가주 자리가 생일 선물이라고?"

"막냉아, 너 설마 그렇게 말하고 가주 자리를 준 거야?"

내 말에 에탐들이 웅성거리기 시작했다. 어? 뭔가 일이 이상하게 흘러간다. 내가 당황해서 눈동자를 굴리고 있자 인상을 찌푸린 아빠가 팔짱을 끼고 입을 열었다.

"내가 가진 것에 무슨 이유를 달아서 내 딸에게 주든 무슨 상관이지?"

내가 봐도 좀 얄미울 정도로 뻔뻔한 말이었다. 아빠가 내 편이 아니었다면 아주 조금 짜증이 났을지도 모르겠다.

"막냉아! 선물 가져왔다!"

넬리아 자르단이 다분히 신이 난 표정으로 무언가를 들고 다가왔다. 드레스였다. 나는 입을 열려다 말고 그대로 굳어 버렸다.

'……드레스?'

내가 입기엔 너무 컸다. 한눈에 봐도 성인용이다. 넬리아 자르단은 정확히 아빠에게로 직진했다. 아빠가 가볍게 손가락을 튕겼다. 그러자 넬리아 자르단이 들고 있던 드레스가 활활 불타더니 순식간에 재조차 남기지 않고 사라졌다.

"……아빠?"

"어? 나도 가져왔는데!"

"다들 산 채로 죽고 싶은 모양이지?"

아빠가 답지 않게 으르렁거렸다. 평소보다 한층 더 예민한 기분이었다. 덜컥 겁이 났다. 역시 하지 않는 편이 좋았던 걸까?

"아빠, 괜찮아요?"

새하얗게 질린 아빠를 보고 있으니 문득 다들 너무하다는 생각이 들었다.

'아무리 그래도 아빠가 소중한 사람을 잃은 날일 텐데……'

짐작해 보건대 아마 그런 이유겠지. 분위기를 가볍게 하겠다고 생각한 건지 도를 넘는 장난에 눈살이 찌푸려졌다. 울컥하니 기분까지 나빠졌다. 나는 아빠 앞을 막으며 양손을 옆으로 쫙 펼쳤다.

"왜 자꾸 아빠 괴롭혀요? 그래도 아빠에게는 소중한 사람을 잃은 힘든 날인데……"

아무리 분위기를 띄우려는 의도라고 하지만 선을 넘어선 안 되는 것도 있다.

"응?"

"아무리 분위기를 띄우려는 거지만 그래도 이렇게 아빠를 놀리는 건 아닌 것 같아요……"

축하해 주려고 온 건 고맙지만 그래도 아빠가 이렇게 싫어할 줄은 몰랐다.

"에이린."

"아빠가 이렇게 싫어할 줄 알았으면 하지 말 걸 그랬어요……"

그냥 가볍게 선물을 전해 주고 파티까진 아니더라도 다 같이 식사를 했으면 해서 마련한 자리였다.

"죄송해요."

"아니, 죄송할 건 없다. 네가 생각해서 해 줬다는 건 알고 있고…… 네가 내 생각을 해 준 걸로 충분히 기쁘니까."

아빠가 조금은 조급한 어조로 말을 이었다. 나를 달래려고 하는 말이 분명했다.

"아니에요. 아빠가 사실 생일을 불편해한다는 얘기를 들었는데……."

"네 딸 울겠구나. 솔직하게 말하지 그러누?"

뒤에서 지켜보고 있던 할머니가 말했다. 할머니도 화려한 드레스를 하나 들고 있었다.

"내 생일에 누가 죽은 적은 없어."

저번에 맨 처음 로랑에게 물어봤을 때 로랑도 직접 물어보라고 했었는데.

"아, 없다고요……?"

"그래."

"그럼……."

"뭔가 큰 사고가 있었던 것도 아니다. 납치를 당한 것도 더더욱 아니고."

내 생각을 읽은 듯 아빠가 말했다. 그럼 대체 왜 그런 거지?

"……어서 그랬다."

"네?"

"내 생일에 드레스를 입기 싫어서 그랬다."

"……네?"

생각지도 못한 비밀에 나는 입을 떡하니 벌리고 말았다. 뭐가 싫었다고? 정말 조금 많이 당황스러웠다. 입술을 뻐끔거리고 있는데 차르니엘이 어깨를 벌벌 떨며 고개를 숙이기 시작하더니 넬리아 자르단과 아크레아 사파일이 동시에 웃음을 터뜨렸다.

"아하하하! 세상에, 그렇게 생일 안 챙기고 숨기고 있으니까 이제 딸이 오해도 하네."

나는 조용히 입술을 오므라뜨렸다. 어딘가 잘못돼도 아주 크게 잘못됐다는 생각이 들었던 탓이다. 내가 오해를 해도 아주 제대로 했구나. 얼굴에 순간 열이 확 올랐다.

'이, 멍청한…….'

대체 나는 무슨 짓을 한 거지?

"아, 아니라니 다행……이네요."

나는 급히 고개를 돌리고 삐그덕거리며 두어 걸음 뒤로 물러났다. 아빠가 나를 물끄러미 바라보고 있는 것이 느껴졌지만 차마 민망함에 얼굴을 들 용기가 나지 않았다.

"제가 그러니까……."

"내 소중한 사람이 죽었다고 생각한 거니?"

아빠가 나를 따라와 나직하게 물었다.

"네…… 싫어하신다기에……."

그리고 로판 소설 nn년 경험으로 알게 된 클리셰가 있으니까 우리 아빠도 그런 트라우마 같은 상처가 있구나 싶었는데……!

"네 엄마가 죽었다고 생각했구나."

"……네."

부끄러워서 참을 수가 없었지만 그래도 대답은 해야 했기에 꾸역꾸역 고개를 끄덕였다. 나는 숨을 삼킨 채 손가락을 꼼지락거렸다.

"죄송해요."

부끄러웠다.

"아니, 내가 제대로 말하지 않은 탓이다."

아빠가 말했다.

"네 엄마가 죽은 날은 누군가의 특별한 날은 아니었어. 그러니 걱정하지 말렴."

아빠의 커다란 손이 내 머리를 슥슥 쓰다듬었다.

"별거 아니야."

넬리아 자르단이 어깨를 으쓱였다.

"네?"

"어릴 때마다 생일이 되면 어머니가 드레스를 입히고 가발을 씌웠거든. 자연스럽게 막냉이 생일은 막냉이 놀리는 날이 되어서 말이야."

넬리아 자르단이 이실직고하듯 느릿하게 입술을 달싹였다.

"뭐, 그러다 이놈 성질머리가 폭발해서…… 그 뒤로는 생일파티만 준비한다고 하면 온 집안을 초토화했거든."

"아……."

할머니가 못됐네.

"어머니도 쟤가 크면서부턴 나중엔 안 하게 됐고…… 쟤도 별로 생일을 챙기는 편은 아니었으니까."

"그때는 에르노가 어여쁘고 귀여웠지. 딱 너 같았다."

할머니가 변명하듯 읊조렸다.

"뭐, 오늘은 그냥 장난삼아 들고 나온 거고. 그간 생일 축하한다는 말도 못 하게 하더니……."

할머니가 성큼성큼 걸어와 아빠의 어깨를 툭툭 쳤다.

"딱히 네가 싫어서 그랬던 건 아니지만 이 정도로 싫어할 줄 알았으면 덜할 걸 그랬구나."

그러면서도 안 해야 했다는 소리는 죽어도 안 한다.

"어쨌든 생일 축하한다."

"생일 축하해."

"생일 축하한다."

"늦었지만 축하해. 이 바퀴벌레는 선물……."

화르륵!

"꺼져."

하이엘 에탐의 손바닥에 있던 바퀴벌레가 순식간에 불타 사라졌다.

"성질머리하고는……."

하이엘 에탐이 퉁명스럽게 중얼거렸다.

"그래도 발전했네. 상 안 뒤엎고."

"내 딸이 열어 준 건데 어떻게 그러지?"

아빠가 뻔뻔하게 말하자 하이엘 에탐이 몸을 부르르 떨곤 몸을 돌렸다. 모두 각자 흩어져 음식을 집어 먹고 술병을 뜯기 시작했다. 아빠가 다가와 나를 품에 안았다.

"고맙다, 따님."

아빠가 내 뺨에 입을 맞췄다. 아빠도 느릿느릿 온실 안으로 들어갔다.

"네!"

헤실헤실 웃으며 아빠를 끌어안고 생각했다.

'다음 생일엔 아빠 드레스 입은 사진 보여 달라고 해야지.'

그야말로 호기에 가득 찬 생각을 하며 나는 키득키득 웃었다. 아빠가 알면 경악할 건 알지만 그래도 궁금했다. 도대체 어땠기에 저 할머니가 그렇게까지 집착했는지. 다행히 파티는 제법 늦게까지 이어지며 분위기는 점점 무르익었다.

* * *

샤르네가 이상하다!

최근 샤르네는 아무리 봐도 이상했다. 자주 찾아오던 횟수도 줄었고 가끔 마주치기라도 하면 무척이나 피곤한 얼굴을 하고 있었다. 그리고 결정적인 건 바로 오늘, 오랜만에 리하르트와 시내에서 만날 약속을 잡았다가 목격한 이 상황이다.

"……다고 하지 않소!"

"한 번만 더 다가오면 가만히 안 둔다고 했을 텐데요."

누군가가 샤르네를 겁박하고 있었다. 정확히는 앞을 가로막고 귀찮게 하고 있다는 것이 조금 더 옳겠다.

'저 미친놈들은 뭐야?'

우리 여주인공한테 대체 무슨 짓을 하는 거야.

"아, 그러니까 왜 싫은지 말이라도 해 달라고 했잖아. 이 외모, 이 재력. 그뿐인가. 이런 재능도 어디 쉽게 볼 수 있는지 알아? 솔직히 사생아인 너에겐 나도 과분할 정도로 좋은 조건의……."

더는 못 들어 주겠다. 저 엉성하고 키만 커서 못생긴 얍삽이가 대체 누구한테 깐족거리는 거야? 내가 얼굴을 굳히며 성큼 걸음을 내디딜 때였다. 누군가 툭 끼어들었다.

"뇌가 청순한 것들이 내 영역에서 활개를 치네. 죽고 싶은 모양이에요."

"누구……!"

얼굴을 싸하게 굳힌 양아치들이 고개를 홱 돌렸다. 불쾌함에 미간을 찌푸렸던 놈들의 얼굴이 일순 미묘하게 바뀌었다.

"뭐야? 이거 참. 로즈먼트 가문의 가주님이 아니신지? 유약하고 소심하신 분이 우리 일엔 왜 끼어드는지 모르겠습니다?"

"내 영역이니까 좋은 말 할 때 꺼지면 좋겠군요."

힐 로즈먼트라고? 성큼성큼 걸어가던 나는 잠시 움직임을 뚝 멈췄다.

'아니, 너드인 척 연기하던 건 어쩌고?'

알비온 앞에서도 꿋꿋하게 연기를 하던 얼굴을 다 구긴 그는 평소와는 다르게 여유라곤 없어 보였다. 그뿐이랴. 기분도 무척 좋지 않아 보였다.

"참나, 뭐라는 건지. 멍청한 소리 마시고 가던 길이나 가시지."

멸치가 건들거리며 말하곤 다시 샤르네를 향해 몸을 돌렸다.

"어차피 그 집에 드래곤인지 뭔지 생겨서 너는 찬밥 신세일 거 아니야? 그냥 나한테 시집오면 얼마나 좋아."

시이지입? 우리 샤르네가 대체 몇 살이라고 생각하는 거야?

"아…… 진짜. 왜 다들 말을 하면 말로 듣지 않는지. 처맞아야 말을 듣는 건……."

힐 로즈먼트의 손등에 힘줄이 툭툭 돋은 것을 보니 곧 일을 치를 것 같았다.

"야."

나는 재빨리 달려가 앞을 가로막았다. 로랑은 잠깐 심부름을 보내서 대신 나서라고 할 수도 없었다.

'호위 기사라도 데리고 올 걸 그랬네.'

오늘은 리하르트를 만날 거라서 굳이 줄줄이 데리고 오지 않았던 건데.

"야……? 이것들이 진짜. 넌 또 뭐……."

"너 죽을래?"

그냥 말이 아니라 너 지금 진짜 죽을 뻔했다. 힐 로즈먼트 성격을 몰라서 다행인 줄 알아.

"뭐라고?"

"너네야말로 누군데 내 소중한 언니를 괴롭혀?"

내가 얼마나 애지중지하는 여주인공인데! 감히 이름도 없는 엑스트라 따위가.

"언니? 얘한테 동생이 어디에 있다고……."

"너희……."

내가 눈을 부릅뜨며 으르렁거리자 놈들이 가소롭지도 않다는 듯 손을 높게 치켜들었다. 나도 피식 웃으며 마법을 써서 본때를 보여 주려고 했던 그 순간이었다. 힐 로즈먼트의 손이 뻗어 나오더니 그대로 멸치의 뒤통수를 붙잡았다.

"당신도 참 곤란하단 말입니다."

콰앙—!

멸치의 얼굴이 벽에 처박혔다. 내가 당황해서 눈을 동그랗게 떴다.

"죽은 거야?"

"마나는 좀 다룰 줄 아는 모양이니 죽진 않았을 겁니다."

힐 로즈먼트가 나를 천천히 내려다보다가 빙긋 웃었다. 그러더니 멸치의 친구들에게로 시선을 돌렸다.

"안 갑니까?"

고개를 까딱인 힐 로즈먼트가 장갑을 벗는 시늉을 하며 물었다.

"너, 너, 너희 다음엔 가만두지 않을 거야아아아!"

흠칫 놀란 놈들이 비명처럼 소리를 지르며 기절한 멸치를 어깨에 둘러메곤 후다닥 사라졌다. 양아치들이 사라지자 힐 로즈먼트가 여유로운 얼굴로 고개를 돌렸다.

"어디 가시는 길이었습니까?"

"리하르트…… 아니 콜린 공자와 후계자 모임에……."

오늘은 무슨 후계자 모임이 있는 날이었다. 내게도 초대장이 왔는데 그 사실을 어떻게 알았는지 리하르트가 함께 가자고 권했다. 시내에서 만날 약속을 잡고 나온 것이 오늘이었다. 그리고 가다가 샤르네를 만난 거고.

"아…… 오늘 필도 참석할 텐데 잘 부탁드립니다, 아가씨."

힐 로즈먼트가 생긋 웃으며 말했다. 얼마 전처럼 말을 더듬지도 않는 것이 아예 연기를 포기한 사람처럼 보였다.

"왜……."

"아, 이쪽 아가씨는 어딜 가시는 길이셨나요?"

힐 로즈먼트의 부드러운 물음에 샤르네가 나를 흘긋 보더니 어깨를 으쓱였다.

"잠깐 볼일이 있어서 나왔어요."

"그렇군요."

"샤르네 언니! 요즘 무슨 일 있어?"

"아냐. 별일 없어."

잠시 망설이던 샤르네가 입술을 달싹이다가 이내 고개를 저었다. 최근에 연금술을 배운다고 연금술 아카데미에 다니고 있다곤 들었는데…….

'그러고 보니 아까 그놈들도…….'

허리춤에 아카데미 문장이 있었다. 분명히 교내 괴롭힘이 뻔했다.

"내가 도와줄게."

"……"

샤르네는 입술을 몇 번이고 달싹이기를 반복하더니 어두운 표정으로 다시 입을 다물었다.

"나중에 따로 얘기하자."

"……알겠어."

힐 로즈먼트의 눈이 신경 쓰이는 건가 싶어서 조용히 고개를 끄덕였다.

"어디 가는 길이야?"

"재료 사려고."

"그래? 그럼 나랑 같이 가자!"

로랑을 시켜서 리하르트에게 먼저 가라고 말을 전해야겠다 싶어서 냉큼 말하자 샤르네가 고개를 저었다.

"아니야."

"제가 에스코트하겠습니다. 아, 전 힐 로즈먼트라고 합니다. 에이린 아가씨의 가정교사를 하고 있습니다. 공사다망하셔서 못 뵌 지 꽤 됐지만 말이죠."

어느새 흰 장갑을 다시 낀 힐 로즈먼트가 샤르네에게 정중하게 자기소개를 하며 손을 내밀었다.

"아, 소문은 들었어요. 굉장히 훌륭하신 선생님이라고……."

"과찬입니다."

힐 로즈먼트가 샤르네의 손등에 아주 짧게 입을 맞추곤 물러났다.

"에이린, 나는 선생님께 부탁할 테니 너는 이만 약속에 가 봐도 괜찮아."

"하지만……!"

"신사적으로 굴 테니 제 미련한 동생이나 잘 부탁드립니다."

내가 샤르네에게 손을 뻗으려고 하자 힐 로즈먼트가 상체를 숙여 빙긋 웃으며 나를 차단했다.

"……."

샤르네도 힐 로즈먼트에게 가려는 마당에 막을 구실은 없었다. 내가 급히 힐 로즈먼트의 목덜미에 대롱대롱 매달렸다. 힐 로즈먼트의 눈이 살짝 커졌다.

"당신은 정말 겁도 없군요."

내게만 들릴 정도로 힐 로즈먼트가 중얼거리며 나를 품에 안았다.

"불신이 너무 심하면 나도 제법 상처받습니다."

"그게 아니라…… 왜 연기를 관뒀어요?"

"아……."

힐 로즈먼트가 눈을 가늘게 떴다.

"말 잘 듣는 조카보다는 사고 치는 조카를 더 안절부절못하는 것 같기에."

"……알비온 원장님 때문이라는 거예요?"

"기껏 만난 제대로 된 집안 어른이 사생아에 고아나 돌보는 고아원 원장이라는 건 마음에 안 들지만……."

힐 로즈먼트가 말끝을 살짝 흐렸다.

"멍청한 필에겐 그런 가족이라도 필요한 모양이니까요."

"필은……."

나는 입술을 달싹이려다가 말을 삼켰다. 필은 형인 힐 로즈먼트 이외엔 사람이 그다지 필요 없어 보였다. 물론 삼촌이 좋다곤 했지만 이렇게까지 집착할 상대는 아닐 거란 말이다.

'정말 원장님이 필요한 건 아마도…….'

어린 나이에 부모도 죽이고 길드장도 죽인 그에게도 사람의 마음은 있었구나 하는 생각도 들었다.

"아까 그놈들 아마 그 파티에도 올 겁니다."

"……네?"

"그렇게 보여도 그것들이 후계자들이란 말입니다."

힐 로즈먼트가 작게 속삭였다.

"기왕 복수해서 갈아 버릴 거라면 제대로 갈아 버리란 말이에요."

그는 어느새 순박한 표정을 한 채 웃고 있었다. 시골에서 갓 상경한 소년 같은 표정이었다.

"다시는 감히 당신에게 기어오르지 못하게."

본인 할 말만 한 그가 나를 바닥에 내려놓았다.

'뭐, 샤르네가 말을 안 해 주면 그쪽을 족치면 되겠지.'

제법 신사적으로 굴며 멀어져 가는 두 사람을 보며 나도 리하르트와 만나기로 한 약속 장소로 향했다.

"용용…… 아니, 에이린!"

리하르트가 환한 얼굴로 홀쩍 다가왔다.

"조금 늦었네?"

"응. 오다가 일이 있었어. 미안해."

"아니, 괜찮아. 갈까?"

"응."

리하르트가 내 손을 잡은 채 뭔가를 중얼거렸다. 그다음 순간 나는 처음 보는 저택 앞에 있었다.

'와, 꿀이다.'

나는 언제쯤 이렇게 자유자재로 마법을 쓸 수 있을까? 마법 한 번 잘못 쓰면 며칠을 기절해 있으니 무서워서 쓸 수가 없었다.

"들어가자."

나와 리하르트는 사용인의 안내를 받아 안으로 들어갔다. 우리는 곧장 뒤뜰로 안내받았는데 내 또래부터 시작해서 리하르트나 샤르네, 칼란과 실리안의 또래까지 무척 다양했다. 그리고 그 사이로…….

"그 미친놈들! 내가 다시 만나면 가만두지 않을 거야!"

이마에 큰 혹이 생기고 뺨이 퉁퉁하게 부풀어 오른 채로 씩씩거리는 패배자가 있었다. 나는 히죽거리다가 씨익 웃었다. 오늘 파티는 참 재밌을 것 같았다. 나는 주머니를 살살 뒤져 조심스럽게 하이엘 에탑에게 받은 사마귀를 꺼냈다.

'보다 보니 애도 정이 들었단 말이지.'

내가 어딜 나가려고 하면 주머니에 자리를 잡고 나갈 생각도 하지 않았다. 게다가 하이엘 삼촌이 말한 대로 정말로 말도 잘 알아들었다.

"맨티스."

내 부름에 파르르 날개를 떤 사마귀가 쉭쉭거리며 나를 올곧게 올려다보았다.

"있잖아. 친구들 좀 잔뜩 불러올래? 쟤가 나 괴롭혔어."

내가 씩씩거리는 양아치를 가리키며 말하자 맨티스가 날카로운 앞발을 휙휙 휘두르더니 그대로 날아올랐다. 나는 키득키득 웃으며 눈을 반짝 빛냈다.

위이잉—

날갯짓 소리가 날카로운 기계음처럼 들렸다. 이윽고 하늘의 일부를 새까맣게 뒤덮은 무언가가 놈들에게 달려들었다.

'와, 저게 다 사마귀야?'

맨티스 생각보다 강하네…….

"끄, 끄아아악!"

"꺄아아악!"

사방에서 비명이 울려 퍼지기 시작했다. 정확히는 양아치 무리 주변에서만 말이다.

"쟤네가 너 괴롭혔어? 뱀…… 아니 에이린."

그렇게 묻는 리하르트의 눈이 설핏 가늘어졌다.

"아니. 나는 아니고 오는데 샤르네 언니가……."

나는 여기 오기 전에 있었던 일을 리하르트에게 설명해 주었다. 그러자 리하르트의 눈이 샐그러지게 접혔다.

"그렇구나."

말끝이 퍽 의미심장하다. 내가 고개를 젖혀 리하르트를 보자 그가 고개를 저었다.

"아무것도 아냐."

열세 살짜리 아이가 하는 말인데 왜 오싹한지 모르겠다.

"여기에 있는 사람들이 전부 후계자야?"

"맞아. 대부분 장자거든."

"근데 왜 나한테 초대장이 왔을까?"

"네가 용용이라는 사실이 밝혀져서 그럴 거야. 아무래도 드래곤 가문이니 드래곤이 다음 대 가주가 된다는 인식이 높을 테니까."

"그런 거야……?"

"그게 아니면 단순한 호기심일 수도 있지."

"호기심?"

"네 진짜 정체를 궁금해하는 사람이 무척 많거든."

내 진짜 정체가 뭔데? 나도 모르는 내 정체성이 어딘가에 숨어 있었던 걸까? 내가 의아한 표정을 하자 리하르트가 가볍게 웃음을 터뜨렸다. 그가 내 손을 잡았다.

"그냥 호기심이야. 사람들은 사실 드래곤이 아직도 실존할 거라고 믿지 않으니까."

뒤에선 비명 같은 소리가 울렸지만 내게 중요한 일은 아니었다. 지휘관처럼 다른 사마귀들을 지휘하던 맨티스는 내가 움직이자 포르르 날아와 내 어깨에 쏙 안착했다.

'볼수록 뭔가…… 싫지 않단 말이야.'

처음 봤을 땐 무슨 사마귀를 선물로 주는 건가 싶었는데 이젠 약간은 진짜 애완 곤충을 기르는 기분이었다.

"이익, 이게 다 뭐냐고!"

비명처럼 지르는 소리와 함께 불꽃이 화르륵 타오르는 소리가 들렸다. 뒤를 흘긋 보자 양아치가 불꽃 마법을 쓰고 있었다.

'불이 다 꺼져서 곤충들이 더 몰려오면 좋겠다. 고목 나무에 붙는 것처럼.'

생각이 끝나기가 부섭게 사방으로 내질러지던 불꽃이 순식간에 사그라들었다.

"어, 어어?! 이거 왜 이래! 잠, 잠깐만……!"

그와 함께 허공에 생겨난 끈적한 수액이 양아치의 몸에 들러

붙더니 이윽고 사방에서 온갖 벌레들이 몰려들기 시작했다.

"……와아."

"네가 한 거야?"

"아마도……."

그냥 생각만 했을 뿐인데 매번 전부 이뤄지는 게 조금 당혹스럽기도 했다.

'이것도 어떻게 조절이 가능해야 할 텐데.'

잘못해서 감당할 수 없을 정도로 화가 나면 자칫 사람을 죽일 수도 있을 것 같아서 위험하게 느껴졌다.

"누구야! 어떤 놈이 이런 장난을…… 커흡!"

어우, 쟤 입에 벌레 들어갔어. 그러니까 샤르네를 건드리긴 왜 건드려. 그것도 그렇게 건들거리면서.

'협박이라니.'

저런 인간이 가주가 되는 가문은 얼마나 불행할까 싶었다. 나는 눈치를 슬쩍 살피다가 사람들이 모여 있는 곳으로 다가갔다.

"세상에…… 저게 뭐예요?"

나는 눈을 동그랗게 뜨고 새삼 처음 이 장면을 목격한 사람처럼 자연스럽게 중얼거렸다. 리하르트의 시선이 옆에 꽂힌 것도 같지만 일단 모른 척하기로 했다.

"모르겠어요. 또 질 나쁜 장난을 쳤을지도 모르겠네요."

"맞아요. 매번 약한 사람을 괴롭히고 다니니까 말이에요."

"저런 사람에게 마법 재능까지 있다니 자작께서도 고민이 많으시겠어요."

"뭘요. 자작도 똑같으시잖아요. 매번 하인들을 쥐 잡듯이 잡는다고 소문이 자자해요."

"하긴, 자식을 보면 부모를 알 수 있다고 하니까요."

내가 화두 하나를 던지자 순식간에 대화가 무리 사이로 퍼져 나갔다. 근데…….

'이게 정말 중고등학생 나이의 아이들이 나누는 얘기라는 거야?'

철이 들어도 너무 일찍 든 게 아닌가 싶었다.

'하긴, 옛날이라 그런가?'

로맨스 판타지라고 한들 기본적으로 중세 시대의 사상을 일부 차용한 것이니까 말이다.

"그나저나…… 오랜만에 뵙는군요, 콜린 공자님."

"네."

리하르트가 무심하고 짧게 대답했다. 다른 영애들은 그의 이런 제법 싸늘한 면이 익숙한 모양인지 불쾌한 시선을 보내지도 않았다.

"그나저나 이쪽은 오늘 처음 뵙는 영애 같은데 소개를 부탁드려도 될까요?"

무리 중 하나가 내게 말했다.

"에이린 에탐이라고 해요."

"어머, 그 에탐 가문의……."

"그러고 보니 이번에 초대장을 돌렸다고 들었어요."

"드래곤이라는 소문이 있던데 정말인가요?"

"네에……."

갑작스럽게 쏟아지는 관심에 살짝 놀라 주춤하자 불쑥 고개를 내밀었던 영애들이 한 걸음 물러났다.

"아, 죄송해요. 저희가 너무 경우 없이 경박하게 굴었네요."

"아, 아니에요……. 조금 놀라서."

사실 또래 여자아이들이라는 게 내게는 썩 좋은 기억으로 남아 있지 않은 터라 이렇게 모여 있으면 심장이 빨리 뛰곤 했다.

'나같이 약한 드래곤도 없을 거야.'

드래곤으로 환생시켜 줄 거라면 좀 대단한 사람으로 만들어 주든가 아니면 담이라도 크게 해 주든가.

"샤르네 영애에게 얘기는 자주 들었어요. 무척 귀여운 여동생이 생겼다고 아주 좋아했거든요."

"정말요?"

"네. 그래서 꼭 한번 만나 뵙고 싶었는데 이렇게 뵙게 되어 기쁘네요."

확실히 이들에게선 악의가 느껴지진 않았다. 내가 입가를 허물어뜨리며 고개를 끄덕이자 영애들의 눈이 동그래졌다.

"어쩜 이렇게 피부가 곱고 귀여울까요?"

"세상에, 그러게요. 무슨 화장품을 쓰는지 물어봐도 될까요?"

"화장품은…… 안 쓰는데요……."

"아직 어려서 그런 걸까요?"

"맞아요. 저희는 하루하루 피부가 달라지는 기분이에요. 이게 늙어 간다는 걸까요?"

예? 아니, 내가 보기엔 너희도 무척 어린데……. 당혹스러운 칭찬에 어떻게 반응하면 좋을지 알 수가 없어서 입술을 달싹이다가 그냥 서툴게 웃어 보이는 것으로 답을 대신했다.

"그나저나 저 자작가의 영식은 차라리 잘되었어요."

"왜요?"

내가 눈을 동그랗게 뜨자 영애들이 내게 입을 열었다.

"샤르네 영애에게 구애한다고 엄청 쫓아다니면서 귀찮게 굴었거든요."

"……그랬어요?"

"네. 진짜 스토커가 따로 없었어요. 일거수일투족을 쫓아다니질 않나. 하필이면 같은 연금술 아카데미에 다니거든요."

"……아하."

"맞아요. 일전에는 일부러 엉덩이를 만지는 것도 봤다니까요."

아하, 스토커 짓에 성추행까지 했단 말이지? 그것도 이렇게 소문이 퐁퐁 날 정도로?

'샤르네 성격이 그렇게 유약하지 않았는데?'

왜 아무런 반격도 하지 않은 거지?

"소문을 들었는데 에탐 내부에서 새 후계자 발표가 있을 거라면서요?"

"그래서 최대한 문제를 일으키지 않아야 하는지 샤르네 영애가 제대로 대꾸도 못하더라고요."

"게다가…… 조금 뜬소문이기는 하지만 선대 공작께서 일선에서 아예 물러나시면서 샤르네 영애의 끈이 떨어졌다는 얘기도……."

"영애!"

다른 영애가 내게 말을 전해 주던 영애를 급히 말렸다. 내가 눈을 동그랗게 뜨고 있자 영애들이 당황해선 눈치를 슥슥 살피다가 슬며시 물러났다.

"어, 어디까지나 뜬소문이니까요. 그럴 일은 없을 거라고 믿어요. 호호……."

"아, 결국 저 자작 영식은 쫓겨나네요. 슬슬 연회가 시작될 건가 봐요."

"그, 그러네요……. 저희도 그럼 이만 자리에 가 보겠습니다."

그녀들이 뻣뻣한 얼굴로 애써 허리를 굽혀 보이곤 뒷걸음질로 후다닥 멀어졌다.

'샤르네가 끈이 떨어졌다고?'

대체 어느 부분이? ……라고 생각이 들었다가 금세 머릿속에서 사라졌다. 확실히 내가 이 이야기에 끼어듦으로써 샤르네가 활약할 일은 줄었다. 게다가 내가 자주 아프고 문제를 일으키는 데다가 드래곤이기까지 하니 가문의 신경이 온통 내게 쏠린 것도 부정할 수 없는 사실이다.

"에이린? 우린 테이블이 나뉘었어. 나는 이쪽이고 너는 저쪽이야."

리하르트는 퍽 불만스러운 표정이었으나 내 앞이라서 그런지 의외로 순순했다. 자리가 좀 떨어지긴 했지만 그렇다고 엄청 먼 자리도 아니었다.

"……응."

나는 대강 대답하고 휘적휘적 자리로 걸어가며 짧은 팔로 열심히 팔짱을 꼈다. 아무리 그래도 내 우상이자 하나뿐인 언니를 끈 떨어진 취급을 했단 말이지?

"다 죽었어."

아주 제대로 권력 남용을 할 생각이었다. 끈이 떨어졌다고는 생각도 못 하게 말이다. 일명 '언니, 하고 싶은 거 다 해!' 작전을 진행할 생각이었다.

'그러려면 일단…….'

마법 연습을 좀 해야지. 샤르네는 모르게 해야 했으니까 말이다. 나는 심각하게 고민하며 의자에 앉았다. 원형 탁자에는 또래들이 앉아 있었다.

"……이 땅딸보 같은 건 뭐야?"

아, 정정하겠다. 정확히는 콧대가 하늘을 찌르고 오만한 데다 싸가지라곤 보이지 않는 코흘리개들이었다.

"어디서 오늘 첫 참석인 주제에 신고식도 안 하고 감히 여길 앉아?"

코웃음을 친 소년 하나가 나를 밀치며 의자를 쑥 빼냈다. 앞으려고 했던 내 몸이 휘청이다가 바닥에 엉덩방아를 찧었다.

"나 쳤어?"

"그래 쳤다."

"아, 그래?"

잠자는 드래곤 해즐링의 코털을 건드린 놈들을 보며 나는 천천히 일어나 아빠처럼 해사하게 웃었다.

"그럼 이건 정당방위다?"

다음 순간 놈들의 머리 위로 무언가가 쏟아져 내렸다. 후계자들의 연회가 개판 오 분 전이 되는 것은 그야말로 순식간의 일이었다.

툭, 투둑.

후두둑!

툭툭 떨어지는 것을 보던 소년들의 얼굴이 확 일그러졌다.

"이게, 뭐야……."

새하얀 액체가 한 소년의 손바닥에 떨어졌다가 이윽고 후두둑 비처럼 쏟아지기 시작했다.

까악—! 까악—!

머리 위로 까마귀 떼가 몰려들었다. 별건 아니었다. 그냥 새똥이었을 뿐이지.

"아악! 이게 무슨. 이게 뭐야!"

"더, 더러워!"

"새, 새들은 대체 왜 따라오는 거야?!"

놈들이 혼비백산이 되어 여기저기 뛰어다니기 시작했다. 더러워지기 시작한 테이블을 보고 있노라니 나도 기분이 조금 그래서 슬쩍 자리에서 일어났다.

"아⋯⋯."

저 멀리 연회의 주최자로 보이는 영애가 새파랗게 질린 얼굴로 옷자락을 꽉 붙잡고 있었다. 곧 울 것만 같은 표정이었다.

'음. 조금 미안한데⋯⋯.'

나는 가볍게 눈동자를 굴리곤 슬쩍 물러났다.

"야, 너!"

새의 분비물로 범벅이 된 소년이 내 앞까지 성큼성큼 걸어왔다. 무슨 피리 부는 사나이도 아니고 새들을 몰고 다니는 꼴이 퍽 신기했다.

'으⋯⋯.'

뭔가 지저분해서 닿고 싶지 않다. 내가 슬쩍 피하자 소년들의 얼굴이 확 붉으락푸르락해졌다.

"왜 불러?"

"너, 네가 이랬지?"

"내가⋯⋯?"

나는 눈을 동그랗게 뜨고 고개를 기울였다.

"내가 어떻게?"

"몰라! 네 의자를 뺀 순간 그랬잖아! 너야! 네가 우릴 괴롭힌 거라고!"

"내가 누군데 어떻게?"

나는 다시 한번 고개를 기울였다.

"에이린?"

"에이린!"

뒤에서 겹치는 목소리에 고개를 돌리자 리하르트와 오랜만에 보는 필 로즈먼트가 있었다.

"여, 여기에서 볼 줄은 몰랐는데……."

필 로즈먼트가 후다닥 달려와 순박하게 웃었다. 옆에 있는 새똥 묻은 영식들은 신경도 쓰이지 않는 모양이었다.

'얘도 의외로 신경줄이 두껍단 말이지.'

어느새 리하르트도 내 앞을 가로막고 섰다.

"누가 내 용용이 괴롭히냐?"

"누가 네 용용이야?"

내가 눈에 힘을 주자 리하르트가 냉큼 입을 다물었다.

"미안, 에이린."

"응."

이제 어린애도 아닌데 별칭으로 부르는 건 관둬야지. 리하르트가 내 눈치를 살피더니 다시 눈을 매섭게 뜨곤 앞을 보았다.

"다 죽고 싶은가 봐?"

리하르트의 입가가 설핏 허물어졌다.

"내가 네놈들을 땅에 거꾸로 처박는 게 어려울 것 같아?"

"고, 공자까지 나설 일은 아닙니다! 대체 저 애가 뭔데……."

"뭐긴. 내 가족이지."

리하르트가 당당하게 말했다. 그의 말에 나도 모르게 움직임이 뚝 멈췄다.

"가족이라니…… 콜린 공작가에 딸은……."

"없지만 한번 가족으로 만났으니 끝까지 가족이야."

"저 애가 이상한 사술을 쓴 게 분명하다고요!"

"아닌데?"

리하르트가 피식, 얄밉게 웃었다.

"내가 했으면 어쩔 건데?"

리하르트가 손가락을 까딱거리자 바람이 훅 불어닥쳤다. 어딘가에서 나뭇잎 더미가 훌쩍 날아와 놈들의 온몸에 덕지덕지 달라붙었다. 새똥과 함께 나뭇잎이 콜라보가 된 것을 보고 있노라니 약간 속도 안 좋아졌다. 필 로즈먼트는 옆에서 내 손을 꼭 잡은 채였다.

'손이 차갑네.'

나는 필 로즈먼트의 손을 가만히 주무르다가 천천히 고개를 들었다.

"에이린이 쓴 게 사술이면 내가 쓴 것도 사술이라고 말해 보지 그래?"

그가 입술을 달싹이다가 천천히 눈꼬리를 휘었다. 그야말로 사람을 순식간에 홀려 버릴 얼굴이다. 리하르트가 미치긴 미쳤는데 생각보다 예쁘게 미쳐 버렸다.

나는 잠시 헛웃음을 짓다가 어깨를 으쓱였다.

"그, 그건 마법이고! 이런 더러운 사술은……."

"대체 다들 뭐 하시는 거예요!"

붉으락푸르락 얼굴이 새하얗게 질린 한 영애가 우리 사이로 끼어들며 소리를 질렀다.

"왜 자꾸 사고를 치시는 건지요!"

내게 하는 말인 줄 알고 어깨를 움찔 떨었는데 다행히 웅얼거리며 대답을 한 것은 코흘리개 무리였다.

"사, 사고가 아니라 이 시골뜨기 땅딸보가 개념도 없이……!"

"시골뜨기라니 정말 이분이 누군지 모르시는 건가요? 제가 초대한 특별 손님이시라고요!"

"특별 손님이라니…… 그런 게 어디에……."

"야, 이번 모임에는 에탐 가문이 애지중지하는 드래곤이……."

속닥거리는 목소리에 맨 앞에서 목소리를 높이고 있던 주근깨 가득한 영식의 얼굴이 새파랗게 질렸다. 끽해야 칼란이나 실리안 정도의 나이로 보였는데 그보다 훨씬 철이 없어 보였다.

"그럼 설마…… 이 애가…… 아니 이분이……."

방금까지만 해도 최상위 포식자처럼 굴던 태도가 순식간에 비굴해졌다. 강약약강의 인간은 이래서 싫다니까. 갑자기 비굴한 태도를 보였지만 기분이 좋진 않았다. 내가 팔짱을 낀 채 고개를 휙 돌리자 내 앞에서 떠들던 코흘리개들의 입술이 꾹 닫혔다.

"죄, 죄송합니다."

겁에 질린 얼굴로 코흘리개들이 사과를 건넸다.

"드래곤님이신 줄은 몰라보고……."

"내가 드래곤이 아니었으면 괴롭혔을 거라는 거네?"

"아, 아뇨……. 저희가 어떻게 에탐 가문의 직계를……."

그들이 황급히 고개를 내저었다. 새하얗게 질린 얼굴을 보고 있노라니 에탐의 이름이 새삼 얼마나 대단한지 알 것도 같았다.

"아, 우리 샤르네 언니나 보러 가야겠다."

나는 커다랗게 목소리를 높였다.

"난 아무래도 우리 언니가 없으면 못 사니까……."

날 그렇게 무서워한다면 부디 샤르네도 무서워하길 바라면서.

"오늘은 이만 가 볼게요, 영애. 오래 참석하지 못해서 미안해요."

"……아니에요. 저야말로 제대로 수준 있는 가문의 사람을 데리고 오지 못한 것 같아 미안하죠."

사실 대부분의 사고는 내가 친 거나 다름없지만 주최자인 영애는 딱히 내 탓을 하진 않았다.

'이래서 평소 행실이 중요하다는 걸까?'

아니면 에탐 가문의 악명 때문일지도 모르겠다.

"괜찮아요."

사실 이런 분위기인 줄 알았으면 오지도 않았을 거다. 다음부턴 후계자 어쩌고는 걸러야지.

"같이 가자, 에이린."

"응? 너는 여기 있어도 돼."

"아냐. 너 없는데 굳이 있을 필요는 없어."

리하르트가 고개를 절레절레 저었다. 뭐, 본인이 싫다는데 내가 무슨 말을 할까 싶었다.

"에, 에이린."

'아, 아직도 손 붙잡고 있었네.'

나는 필 로즈먼트가 조심스럽게 당긴 손을 내려다보다가 고개를 들었다.

"응?"

"나, 나…… 나도 갈게."

필 로즈먼트가 말했다. 꿀꺽 침을 삼킨 소년은 어쩐지 비장한 표정의 얼굴이었다. 약간 난생처음 땡땡이를 치겠다고 마음먹은 학생 같았다고 할까?

"너는 왜……."

내가 입술을 달싹이자 필의 얼굴이 울상이 되었다.

[신사적으로 굴 테니 제 미련한 동생이나 잘 부탁드립니다.]

힐 로즈먼트가 남긴 말도 있고 그냥 물러나기엔 확실히 양심이 좀 찔렸다. 나는 슬쩍 주최자의 표정을 살폈다.

"돌아가셔도 괜찮아요. 오늘 연회는 곧 파해야 할 것 같네요."

그녀는 이제 조금 포기한 얼굴로 읊조렸다. 확실히 사방이 엉망이기는 했다. 나는 고개를 살짝 숙여 보이곤 몸을 돌렸다.

"나중에……."

무슨 보상이라도 해 줘야겠다 싶었던 나는 되는대로 입을 열었다.

"내가 파티를 열면 제일 먼저 초대장을 보낼게요."

그러자 주최자의 눈이 동그래졌다.

"……정말인가요?"

"네."

"약속하셨어요!"

"어…… 물론이에요."

"전 아샤 맥라인이에요."

방금까지만 해도 어둑어둑했던 표정의 주최자가 냉큼 내 손을 잡으며 말했다.

"……네."

그녀는 이제 자신이 주최한 파티가 어떻게 되든 상관조차 없는 사람처럼 보였다.

'내가 여는 파티가 그렇게 대단해……?'

여전히 파티의 중요성은 알 수가 없어서 조금 난감할 따름이다. 그녀는 이제 직접 나를 배웅까지 해 주었다. 나는 리하르트, 필과 함께 저택을 나왔다. 필이 오른쪽 손을 붙잡고 있는 것을 본 리하르트가 똑같이 왼쪽 손을 붙잡았다. 졸지에 중간에 낀 나만 조금 불편해졌다.

'로랑한테나 가야지.'

날 데리고 가기 위해서 밖에서 기다리고 있을 로랑에게 가려는 순간이었다.

"에, 에이린."

필이 잔뜩 굳은 얼굴로 내 옷자락을 붙잡았다. 나는 눈을 동그랗게 떴다. 리하르트의 손이 슬쩍 뻗어 와서는 필이 붙잡은 내 옷자락을 살짝 빼내더니 한 걸음 쑥 거리를 두는 게 아니던가. 내가 눈을 가늘게 뜨자 급히 손을 떼기는 했지만 말이다.

"무슨 일이야, 필?"

"아……! 호, 혹시 나 좀 도와줄 수 있어?"

필 로즈먼트가 어쩐지 꽤 절박한 표정으로 나를 붙잡았다.

"도와달라니 뭐를?"

"형이……."

입술을 달싹거리던 필이 리하르트의 눈치를 살짝 보더니 긴장한 듯 입을 다물어 버렸다. 나는 잠시 고민하다가 몸을 돌려 리하르트를 보았다.

"리하르트."

"응?"

"나 필이랑 할 이야기가 있어서…… 돌아갈 때는 따로 가도 괜찮을까?"

"아……."

리하르트의 눈이 가늘어졌다. 입을 꾹 다문 것이 썩 내켜 하는 것 같지는 않았지만 힐 로즈먼트에 관한 얘기라면 사실 정상적이지 않은 이야기일 확률이 높았다.

"응? 부탁할게."

내가 두 손을 찰싹 붙여 부탁하자 리하르트가 영 내키지 않는 얼굴로 입술을 툭 내밀면서도 고개를 끄덕였다.

"대신 다음에는 우리 집에 놀러 와."

"좋아."

리하르트가 필 로즈먼트를 못마땅하게 흘겨보더니 곧 몸을 돌려 먼저 저택을 벗어났다. 나는 로랑에게 가기 전에 필 로즈먼트와 잠시 인적이 드문 곳으로 걸어갔다.

"무슨 일 있어?"

오늘만 해도 힐 로즈먼트에게 샤르네의 에스코트를 맡긴 터라 영 불안하기 짝이 없었다.

"그게……."

필 로즈먼트가 눈을 질끈 감았다가 조심스럽게 떴다.

"형님 좀 도와줘……."

"힐 로즈먼트는 왜……?"

그 작자가 내 도움을 받을 사람이기라도 했던가. 아까 만났을 때도 퍽 멀쩡해 보였던 터다. 그저 가면을 벗어던진 것만 제외하면 말이다.

"형님이 사람을 죽일 것 같아."

나는 다소 황망한 표정으로 필 로즈먼트를 보았다. 사람의 생명을 가볍게 여기는 것은 아나 힐 로즈먼트는 원래 기분이 나쁘면 사람을 죽이는 사람이었다. 세상엔 순수한 악의로만 가득한 사람도 있다는 걸 믿는 나로서는 필이 전해 준 사실이 이제 와서 도움을 청할 만한 이야기처럼 들리진 않았다.

'필은 제 형이 어떤 사람인지 모르는 건가?'

내가 잠시 대답을 망설이고 있을 때 필 로즈먼트가 말을 덧붙였다.

"혀, 형님이…… 사실은……."

필 로즈먼트가 눈을 질끈 감았다.

"화가 나면 가끔…… 아주 가끔 사람을, 그…… 죽일 때가 있는데……."

필 로즈먼트가 침을 꿀꺽 삼키며 내 눈치를 살폈다.

'응. 알고 있거든.'

그가 얼마나 잔인한 사람인지, 언제부터 살인을 시작하게 됐는지 전부 잘 알고 있었다. 이걸 소설이라고 표현해도 되는지 모르겠지만 어쨌든 《입.양.각》 속에서 나왔으니까.

"내 형님이…… 막 무서운 사람은 아니야."

그건 좀 아닌 것 같은데. 내가 떨떠름한 얼굴을 하자 필 로즈먼트가 울먹거리는 얼굴로 고개를 휘휘 내저었다.

"정말로…… 어린 시절부터 나, 나 때문에 많은 걸 희생했는데……."

필 로즈먼트의 표정을 보고 있으니 괜히 괴롭혀 주고 싶다는 생각이 들었다. 나는 애써 머리를 흔들곤 고개를 끄덕였다.

"응."

"근데, 형님이 죽을 것 같아."

"……왜?"

"사, 삼촌이…….'

알비온? 알비온이 여기서 왜 나오지? 아직도 고아원이 있는 곳으로 돌아가지 않은 걸까?

"삼촌이 형님을 죽일 것 같아."

"……어?"

갑자기 이야기가 너무 멀찍이 훅 튄 게 아닐까 싶은데. 내가 당황스러운 표정을 숨기지 못하자 필 로즈먼트가 본인의 옷자락을 꼭 잡으며 고개를 푹 숙였다. 어떻게 해야 이런 결괏값이 나오는 거야?

"사실은……"

필 로즈먼트가 안절부절못한 얼굴로 연신 주변을 살피며 조심스럽게 입을 열었다.

"형님이…… 고아원을 없애려고 했어."

"……뭐?"

"그걸 삼촌이 알았고…….'

나는 입을 떡하니 벌렸다가 다시 꾹 다물었다. 힐 로즈먼트가 무슨 짓을 했는지 감이 온 탓이다.

'아무리 알비온을 가지고 싶다고 해도…….'

나는 인상을 찌푸렸다. 《입.양.각》에서도 힐 로즈먼트의 폭력성은 꽤 두각을 나타냈다. 한때 그는 와이번을 길들인 샤르네에게 지대한 집착을 했었는데 이번에는 그 존재가 알비온이 된 건가?

"와이번은…… 아직 부화하지 않았어?"

꽤 시간이 지났는데도 아직 소식이 없었다.

"곧 부화할 것 같아."

"각인을 해야 할 텐데……."

그의 성격상 절대로 와이번 알 옆에서 떨어지지 않을 것 같았는데 알비온과 그러고 있다는 게 조금 믿기지 않았다.

"알비온 선생님이 그걸 어떻게 알았어?"

"그게……."

필 로즈먼트가 손가락을 꼼지락거리다가 눈을 질끈 감았다.

"내가 말씀드렸어."

"필, 네가?"

"응……."

신선한 충격이었다. 늘 힐 로즈먼트의 말에만 복종하는 줄 알았던 필 로즈먼트의 말은 굉장히 의외의 것이었다.

"왜……?"

"형님이 후회할 것 같았어."

"후회?"

"응. 형님은…… 가지고 싶은 걸 갖지 못하면 항상 부수는 편이야. 그게 잘못되었다는 건 나도 알아. 다른 방법을 모르는 거야."

필 로즈먼트가 고개를 푹 숙였다. 확실히 힐 로즈먼트라면 그럴 법도 했다.

"하지만 형님은…… 그냥 누구도 믿지 못하는 거야."

"……."

"우리 부모님은……."

필 로즈먼트가 입술을 달싹거리다가 눈을 질끈 감았다. 잊고 있던 공포를 강제로 끌어올리듯 소년은 호흡을 가쁘게 내쉬면서도 천천히 입을 열었다.

"사실 나쁜 사람들이야."

"나쁜 사람이라니……."

"시키는 대로 하지 않으면 매일 혼이 났어. 나는 멍청해서 맨날 좁은 방에 갇혀 있었고."

필 로즈먼트의 입에서 나오는 말은 모두 학대의 흔적이었다. 아직도 그 공포감이 각인되어 있는 듯 필 로즈먼트는 입술 끝을 아주 잘게 떨었다.

"나는 매일매일 혼이 나고 맞았어. 형은 맨날 잘못해서 굶거나 맞는 나를 위해서 빵도 가져다주고 나를 막아 주기도 했고."

얘기만 들어 보면 힐과 필은 아주 우애 깊은 형제였다.

'힐 로즈먼트도…….'

예전에도 그렇게 무서운 사람이었던 건 아니란 걸까?

"근데 한 번은…… 내가 큰 잘못을 해서 아버지가 날 죽이려고 했는데……."

조심조심 말을 이어가는 필 로즈먼트가 침을 꿀꺽 삼켰다.

"그날 형님이 날 지켜 줬어."

필 로즈먼트가 말하는 그날 무슨 일이 일어났을지 대충 짐작이 갔다.

'힐 로즈먼트가 부모님을 죽였다는 날이 아마도……'

얘기를 들을수록 경악스러운 진실에 나는 차마 어떤 위로의 말도 내뱉지 못했다. 할 말이 없다고 보는 것이 더 맞을 거다. 어떤 말을 해도 이미 받은 상처가 아물진 않을 테니까.

"혈혈단신이 된 우리에게 많은 친척들이 찾아와서 우릴 돌봐 준다고 했어."

나는 아직도 끝나지 않은 그들의 끔찍한 이야기에 눈을 질끈 감았다.

"모두 상심이 크겠다며 우리를 위로하고 다정한 말을 했고 모두 우릴 도와주겠다고 하나같이 손을 내밀었어."

"필……"

"그리고…… 우린 곧 다시 혼자가 됐고."

이어진 필 로즈먼트의 말은 듣기 끔찍한 이야기들이었다. 인간의 가장 추악한 밑바닥을 보여 주는 이야기들. 말만 들어도 정신이 아득해질 것만 같았다.

"가문에 남은 돈은 거의 없었고 사용인도, 돈도, 장식품도, 전부……"

필 로즈먼트가 말끝을 흐렸다. 한때는 나무뿌리를 씹어 먹었던 적도 있다며 고백하는 필 로즈먼트의 말에 나도 분노가 치솟았다.

"1년도 되지 않아 형님이 뭘 했는지 돈이 다시 들어오기 시작했는데……."

"응."

"형님은 그때부터 아무도 믿지 않게 됐어."

나라도 인간 불신이 될 것 같았다. 내가 고개를 끄덕이자 필 로즈먼트는 숨을 크게 들이마셨다.

"형은 사실 나도 잘 믿지 않아."

"그래……?"

"사람과 거래를 할 땐 항상 그 사람의 약점을 잡곤 했어."

"응."

"그런데…… 삼촌이 마음에 들었나 봐."

필 로즈먼트가 조심스럽게 말했다.

'알비온이 확실히 청렴결백하기는 하지.'

그는 아이들을 중요하게 여겨서 그들의 신분이 평민이든 귀족이든 신경을 쓰지 않았다. 그 스스로도 힘이 있는 사람이라 그런지 신념을 쉽게 굽히지도 않았다. 딸을 잃었다는 상실감은 그를 단 한 발자국의 물러섬도 없게 만들었다.

"무, 물론 나도 삼촌이 마음에 들어. 평소라면 형님이 하는 일을 방해하진 않았을 거야."

"하지만 이번에는 잘못됐다고 생각했구나."

내 말에 필 로즈먼트가 고개를 끄덕였다. 사실 필이 이렇게 용기를 냈다는 사실이 다소 놀라웠다.

"응. 형님이 하는 말은 늘 옳으니까. 근데……."

필 로즈먼트가 주먹을 꽉 쥐었다.

"어제 형님이 고아원에 폭발물을 설치했어."

"……미친."

"무, 물론 내가 얼른 가서 삼촌에게 알려서 큰일이 일어나지는 않았어!"

"그거 다행이네."

"그랬더니 형님이……."

필 로즈먼트가 거의 바닥에 웅크려 주저앉아 갑작스럽게 눈물을 뚝뚝 떨어뜨리기 시작했다. 정말로 서러워 보였다.

"날 집에서 쫓아냈어……."

손바닥에 얼굴을 파묻은 필 로즈먼트가 웅얼거렸다.

[말 잘 듣는 조카보다는 사고 치는 조카를 더 안절부절못하는 것 같기에.]
[기껏 만난 제대로 된 집안 어른이 사생아에 고아나 돌보는 고아원 원장이라는 건 마음에 안 들지만……]
[멍청한 필에겐 그런 가족이라도 필요한 모양이니까요.]
[신사적으로 굴 테니 제 미련한 동생이나 잘 부탁드립니다.]

문득 아까 힐 로즈먼트와 나눴던 대화가 떠올랐다.

"있잖아. 내가 어떤 사람이라고 해도 나 싫어하거나 미워하지 않을 거지?"

"당연하지."

내 대답에 필이 환하게 웃었다. 도대체 어느 것이 진실이고 어떤 부분이 힐 로즈먼트의 진심인지 알 수가 없었다.

'얘네 설마 그냥…… 브라더 콤플렉스 같은 건 아니겠지?'

순간 아주 작은 불안이 조금 움텄다. 어쨌든 이 모든 일은 알비온과 힐 로즈먼트를 만나야 해결될 일 같았다.

'내일이 수업이었지?'

힐 로즈먼트는 내일 만나고 알비온은 내 능력으로 한번 찾아서 만나 봐야겠다.

"대체 어떻게 하면 좋을지 모르겠어……."

"너는 힐 선생님한테 알비온 원장님이 필요하다고 생각하는 거지?"

"……응. 형님이 이렇게까지 관심을 가지는 사람은 처음이야."

"음, 그렇구나. 알겠어."

그래도 내게 도움을 청하는 사람이 있다는 사실이 꽤 뿌듯해서 나는 고개를 끄덕였다.

"갈 곳은 있는 거야?"

"응…… 형님이 수도에 집을 하나 얻어 주셨어."

"……아."

그러면 쫓아낸 의미가 있어? 진짜 퉁명스럽기 짝이 없는 인간이다. 흔히 힐 로즈먼트 같은 사람을 21세기에선 '츤데레'라고 하던가. 툴툴거리면서도 부족한 것 없이 챙겨 주는 것을 보라.

"……그건 다행이네."

나는 정말 이 일에 끼어들어도 되나 생각하며 일단 필 로즈먼트와 헤어졌다. 필은 연신 내 손을 꼭 붙잡고 서러운 표정으로 부탁하더니 슬금슬금 멀어졌다.

"아가씨! 왜 이렇게 늦으셨어요?"

"응, 누구랑 얘기를 좀 하느라고."

"그러셨구나. 별일은 없으신 거죠? 그만 돌아가요."

"응!"

나는 로랑과 함께 마차를 타고 집으로 돌아왔다.

* * *

"……왜 그렇게 보십니까?"

"그냥. 선생님 분위기가 많이 바뀌셔서요."

팔짱을 낀 힐 로즈먼트는 더는 동글동글한 안경을 끼고 있지도 않았고 순박한 시골 청년처럼 보이지도 않았다. 머리를 쓸어 올리고 살짝 가라앉은 눈동자는 다소 퇴폐적인 느낌까지 들었다.

"수업을 하지 않으실 거라면 이만 돌아가겠습니다."

"할 거예요. 근데요, 알비온 원장님이랑 같이 살고 싶어요?"

"말하지 않았습니까. 필 로즈먼트 그 팔푼이 때문에 그런다고."

그런 것치고는 다소 짜증이 많이 나 있지 않던가.

"와이번은 어때요?"

"……곧 깨어날 것 같더군요."

"계속 옆에 있어도 부족할 텐데 이렇게 돌아다녀도 돼요?"

"시기는 짐작하고 있으니 아가씨께선 오지랖 접으시고 신경 쓰지 않아도 됩니다."

힐 로즈먼트가 퍽 쌀쌀맞게 대답했다. 그는 내가 필 로즈먼트에게 무슨 말을 들었다고 생각하는 모양이었다.

'실제로도 듣긴 했지만…….'

사실 이 문제를 해결하는 건 간단했다.

"솔직하게 알비온 원장님에게 옆에 있어 줬으면 좋겠다고 말해 보는 건 어때요?"

"……헛소리를 할 거라면 오늘부로 선생 노릇은 그만하죠."

"저 포기하게요?"

내가 눈을 동그랗게 뜨고 고개를 기울이자 힐 로즈먼트가 인상을 팍 찡그렸다. 대놓고 저러니 약간은 상처다.

"나처럼 이렇게 귀엽고 사랑스러운데 날개까지 있고 대단한 능력도 있는 드래곤을?!"

"어차피 당신이 내 것도 아닌데 무슨 상관입니까?"

"그래도 우리 친구잖아요."

"……"

힐 로즈먼트가 일순 움직임을 멈췄다. 그는 다소 황당한 표정으로 나를 보다가 한숨을 내쉬었다.

"그 친구 놀이는 아직도 지속 중입니까?"

"놀이라고 생각한 적 없는데."

"그럼 진짜 날 친구로 생각한다고요?"

"응. 그러니까 제가 선생님 도와주려고 여기 앉아 있잖아요."

하나도 도움이 되고 있지 않다는 표정을 보며 나는 입술을 툭 내밀었다.

'하여튼 너무하다니까.'

어쨌든 본론으로 돌아가 볼까 싶었다.

"옛날에 부모님 죽인 거 일부러 그런 거 아니라면서요."

"그걸 어떻게……!"

힐 로즈먼트가 눈을 크게 떴다가 이내 주먹을 꽉 쥐며 허탈하게 숨을 뱉었다.

"필이 말했나?"

힐 로즈먼트는 필요하다면 지금 당장이라도 나를 죽일 기세로 말했다. 일말의 예의도 치워 버린 듯했다. 차라리 이게 나았다. 이제야 진짜 힐 로즈먼트를 상대하는 기분이었다.

"왜 솔직하게 말하지 않았어요?"

"누구한테 뭘 말하지? 어차피 관계자는 다 죽어서 아무도 모르는 일인데."

"그래도 사실 선생님은 그렇게 나쁜 사람이 아니니까……."

내 말에 힐 로즈먼트의 표정에 설핏 금이 갔다.

"필이 그랬나? 내가 부모님을 죽였다고."

"……어."

'네'라고 대답하려던 나는 잠시 대답을 망설였다.

[근데, 한 번은…… 내가 큰 잘못을 해서 아버지가 날 죽이려고 했는데…….]

[그날 형님이 날 지켜 줬어.]

나는 한참 만에 어제의 대화를 떠올리곤 머리를 흔들었다.

"아니. 그건 아니지만……."

정확히는 그런 뉘앙스였다고 생각했다. 하지만 정확히 형님이 부모님을 죽였다고 말하진 않았다. 그저 '도와줬다'라고만 했지.

'에이, 설마…….'

문득 혹시나 하는 생각이 떠올랐다가 사라졌다. 팔짱을 낀 힐 로즈먼트는 잠시 말이 없었다. 그는 나를 물끄러미 바라보다가 입을 열었다.

"부모님을 죽인 건 필이야."

내가 밀려든 생각을 부정하고 있을 때 힐 로즈먼트가 씩 웃으며 말했다.

"……무슨."

"필은 맨날 맞았어. 한 번도 지하 방에서 나간 적은 없고 소심한 성격에 거짓말은 못 하고 실수는 매번 해 대니……."

힐 로즈먼트가 필에 대한 내 생각을 들쑤셔 뒤집어엎듯 느릿느릿 입술을 달싹였다.

"사교계에서 평판 좋은 로즈먼트 부부의 마음에 찼을 리가 없지. 낳은 것도 부끄럽다고 가둬서 짐승처럼 키웠거든."

나는 잠시 말문이 막혀서 아무런 말을 하지 못했다. 필이 한계까지 몰려서 결국 해선 안 될 짓을 했다고 말하는 것 같았다.

[있잖아. 내가 어떤 사람이라고 해도 나 싫어하거나 미워하지 않을 거지?]
[당연하지.]

문득 필은 이 모든 걸 알고 있었을까 싶었다.
'필도 나를 시험하려고 한 걸까?'
내가 생각에 잠겨 있는 사이 힐 로즈먼트가 웃으며 입을 열었다.

"우발적인 사고에 가깝긴 했지. 마침 거기에 그 사람이 우릴 위협할 때 썼던 칼이 떨어져 있었거든."

내가 입을 꾹 다물자 힐 로즈먼트의 미소는 짙어졌다. 진짜 성격 나쁘다. 이렇게 말하면 내가 필 로즈먼트를 피하기라도 할 것처럼 느끼는 건가. 아니면 무서워하기라도 바라는 건가? 소문이라도 내기를 바라는 거냐고.

"필도 참. 그렇게 당해 놓고 또 얘기하다니 난감하네."

"난감하다니 뭐가……."

"뒤처리가 힘들단 말입니다."

불쑥 다가온 힐 로즈먼트가 빙긋 웃었다.

"날 죽이기라도 하려고?"

"……그러게요. 드래곤 해츨링은 쉽게 죽이지도 못하는 데 난감한 일이지."

힐 로즈먼트의 표정이 썩 좋진 않았다.

"……얘기 안 할 거예요."

"모두가 앞에선 그렇게 말했죠."

"내가 두 사람을 배신하길 바라요?"

"사람은 원래 배신하는 생물이에요. 원하든 원하지 않든 환경만 만들어진다면."

힐 로즈먼트의 지독한 인간 불신에 나도 말문이 막혔다.

"근데 알비온 원장님은 왜 마음에 들어 하는데요? 언제 배신할지 모르는 건 똑같잖아요."

힐 로즈먼트가 잠시 나를 보았다. 그는 자신이 대체 왜 이런 이야기를 해야 하는지 모르겠다는 표정을 하면서도 어깨를 으쓱였다.

"그 사람은……."

"……."

"자식을 잃어 본 트라우마가 있으니 우릴 쉽게 버리지 못할 테지."

진짜 서글픈 말이다. 타인의 상처를 통해서만 사람을 믿을 용기를 낸다는 것이 말이다.

'……나도 비슷하긴 했지.'

잔뜩 경계를 하는 것이 '차미소'라도 보는 느낌이다. 나도 이랬다. 하도 당한 게 많아서 사방에서 건네는 다정함이 모두 독처럼 느껴질 때가 있었다.

"……이제 나와도 돼요."

하지만 세상엔 그렇게 하지 않아도 곁에 있어 줄 사람이 있을 거야. 오로지 애정을 담아서 마음을 다해 서툴지만 상처받은 힐과 필 형제를 상대해 줄 사람이. 힐 로즈먼트가 막 미간을 좁힐 때였다. 응접실의 문이 조용히 열렸다. 힐 로즈먼트가 눈을 크게 뜨며 자리에서 주춤거리며 일어났다. 문에는 두 사람이 서 있었다.

"원장님, 필."

무슨 생각을 하는지 모를 굳은 얼굴의 알비온과 죄인이라도 된 듯 바짝 긴장한 채 고개를 숙인 필이었다.

"당신……."

힐 로즈먼트가 나를 노려보았다.

"어때요? 원장님."

나는 씩 웃으며 알비온에게 손을 내밀었다.

"이제 내가 제안한 거 들어줄 생각 있어요?"

알비온은 가만히 힐 로즈먼트를 바라보다가 내게로 시선을 돌리곤 한숨을 내쉬었다.

"너는 정말……."

알비온이 천천히 내게 다가왔다.

"무슨 생각을 하는 건지 모르겠군."

그는 타박하듯 그렇게 말하면서도 내가 뻗은 작은 손을 단단하게 움켜쥐었다.

"……그래, 네 말대로 하마."

그가 허리를 숙여 내 손등에 가볍게 이마를 가져다 대곤 자리에서 일어났다.

"힐, 필."

"……."

"네……."

대답은 필에게서만 나왔다. 알비온이 인상을 찌푸렸다.

"힐 로즈먼트."

"……왜 부릅니까."

"너희는 나와 대화를 좀 하자."

알비온이 힐 로즈먼트의 팔을 일으켜 세웠다. 반대쪽 손으론 필 로즈먼트의 손을 잡은 그가 내게 살짝 고개를 숙였다.

"도와줘서 고맙다."

"저도……."

나는 씩 웃었다.

"길 잃었을 때 도와줘서 고마웠어요, 원장님."

눈을 크게 뜬 알비온이 이윽고 흐릿하게 웃으며 두 사람과 함께 응접실을 나섰다.

*　*　*

'고맙다니…….'

꽤 오랜 시간 고아원을 운영하면서도 딱히 들어 보지 못했던 말이다. 알비온은 스스로가 그다지 호감이 가는 성격이나 아이들을 잘 돌보는 좋은 선생님이 아니라는 것쯤은 잘 알고 있었다. 아이들의 미래를 위해 다소 혹독하게 훈련을 시키곤 했다. 그런 탓인지 딱히 감사 인사를 들어 본 적은 없었다.

'그냥 자기만족이었던 거겠지.'

어쩌면 아이들은 본인이 운영하는 고아원에서 조금 불행했을지도 모르겠다는 생각이 들었다. 조금 더 다정한 원장의 밑에서 자유롭게 살았으면 더 좋았을 아이들도 분명히 있을 것이다.

"참 무슨 생각을 하는지 알 수가 없는 아이지."

알비온이 작게 중얼거리는 말에 강제로 끌려가고 있던 힐 로즈먼트가 흠칫 놀라 걸음을 뚝 멈췄다. 얌전히 손이 붙잡혀 그가 이끄는 대로 가고 있다는 사실이 썩 믿기지 않았던 탓이다.

"대체 어딜 데리고 가는 겁니까?"

힐 로즈먼트가 딱딱하게 물었다. 알비온이 걸음을 멈췄다.

"집."

"……집이라니."

"무슨 일이 있었는지, 또 내가 곁에 있었으면 한다고 솔직하게 말했으면……."

"말하면 뭐가 달라집니까?"

힐 로즈먼트가 알비온의 말을 뚝 끊었다. 알비온이 조용히 입을 다물었다.

"어차피 피가 섞인 우리보단 그 고아원의 생판 모르는 남이 더 소중하신 위선자께서."

"……위선이 아니야."

"죄책감을 덜기 위함이겠죠. 그럼 이기심으로 표현해 드리면 됩니까?"

힐 로즈먼트가 날카로운 말을 뱉었다. 사람에게 상처를 주는 법만 아는 화법이었다.

"그래. 그게 더 맞는 표현이겠지."

알비온이 담담하게 대답했다. 힐 로즈먼트의 눈이 살짝 커졌다가 천천히 작게 줄어들었다.

"고아원은……."

알비온이 말끝을 살짝 흐렸다.

"에탐 가문에서 맡아서 운영하기로 했다. 좋은 입양처를 찾아봐 주고 필요한 아이들에겐 공부도 지원해 준다고 하더군."

알비온이 담담하게 말했다. 어젯밤 알비온이 있는 곳에 갑작스럽게 에이린이 나타났다. 능력을 쓴 탓인지 꼬리와 날개를 대롱대롱 매단 채로.

그러곤 힐과 필 이야기를 하며 고아원을 위탁 운영해 주겠다는 제안을 했다. 솔직히 살짝 믿기지 않을 정도였다. 애초에 그가 시작한 일이었기에 누군가에게 맡길 마음은 없었다. 게다가 힐 로즈먼트의 끔찍한 행태에 분노도 한 상태였다. 고아원으로 돌아가 더는 연락을 하지 않을 생각이었다.

[분명히 뭔가 이유가 있었을 거예요. 태생부터 나쁜 사람은 없는 법이잖아요.]
[……그 애가 한 일은 도를 넘었어.]
[알고 있어요. 그래도…… 그게 잘못됐다는 사실을 알려 줄 사람이 없으면 모르는 사람도 있어요.]
[사람을, 하물며 아이를 죽이는 게 안 된다는 건 서너 살짜리 어린아이도 아는 일이다.]

알비온이 내비친 분노에 파닥파닥 허공을 날아다니던 에이린은 설핏 웃었다.

[응. 나는 원장님의 그 신념도 좋아해요. 하지만…….]
[…….]
[가르쳐 주지 않으면 모르는 사람은 정말 있어요. 그리고…… 분명 이유도 있을 거예요.]
[사람을 죽이는 데엔 이유가…….]

[원장님이 따님을 잃고 아이의 소중함을 깨우친 것처럼 힐 선생님에게도 뭔가 이유가 있었겠죠.]

[……]

[범죄자를 감싸자는 건 아닌데 어쨌든 이번 일은 불발로 끝났으니까요. 어때요? 내일 힐 선생님과 대화할 건데 몰래 와서 들어보시는 건.]

천진한 얼굴의 소녀는 전혀 천진하지 않은 말을 건넸다. 알비온이 짧은 기억을 떠올리며 머리를 흔들었다. 알비온이 그곳에 간 것은 마지막으로 생각을 정리하기 위함이었다. 그 자리에 필 로즈먼트가 있었던 것은 의외였다. 그 유약한 아이가 부모를 죽였다는 이야기도, 그런 필 로즈먼트를 지키기 위해 힐 로즈먼트가 악역을 자처했다는 것도.

'고아원은 마지막까지 책임지고 싶었지만…….'

자신을 필요로 하는 누군가가 있다. 둘 다 손에 쥘 수 없다면 포기해야 할 것은 놓는 것이 낫겠지.

"나는 오랜 시간 가족 없이 살아왔다."

알비온이 힐 로즈먼트를 가만히 바라보다가 입을 열었다. 그는 사실 누군가가 생각하는 것처럼 이상적인 사람이 아니었다. 관계는 서툴렀고 행동은 늘 어색했다. 알비온이 잘하는 것이라고 한다면 언제나 최선을 다한다는 것뿐이다.

"그러니까 너와 필이 생각하는 그런 이상적인…… 삼촌이 아닐 수도 있다는 거다."

그가 조금 횡설수설 말을 내뱉었다.

"나는 솔직히 나쁜 일을 하는 걸 보지 못하는 편이라 너희 둘의 일에 필요 이상으로 간섭할 수도 있다."

"……대체 아까부터 무슨 말을."

"물론 자유는 존중하겠지만 해선 안 되는 일에 대해서는 훈수를 둘 확률이 있고……."

횡설수설 내뱉는 말은 알비온조차 제대로 정리를 하지 못한 말이었다.

"그러니까…… 너희가 나중에는 귀찮게 여길 수도 있다."

이쯤 되니 가만히 고개를 끄덕이며 얌전하게 얘기를 듣던 필 로즈먼트의 표정도 살짝 의미 모를 얼굴이 되었다.

"나는 이래 봬도 끈기가 있어서 귀찮게 여긴다고 해서 쉽게 포기하는 성격은 또 아니고……."

"무슨……."

힐 로즈먼트가 다시금 황당하다는 말을 내뱉으려는 때였다.

"원장님, 무슨 선보러 나왔어요?"

불쑥 튀어나온 에이린이 퍽 황당하다는 표정으로 알비온을 올려다보며 말했다.

"혹시 선을 보러 나왔어도 자기 단점만 줄줄이 읊조리는 남자는 꽝이니까요."

필 로즈먼트가 에이린의 말이 맞다는 듯 냉큼 고개를 끄덕였다.

"여기는 왜……."

알비온이 에이린을 보며 미간을 좁혔다.

"왜긴. 슬슬 가려고 하는데 아직도 있으니까 그렇죠. 30분이나 여기서 뭐 하는 거예요?"

알비온이 입을 꾹 다물었다.

"그리고 저도 최근에 배웠지만……."

에이린이 팔짱을 끼곤 낮게 한숨을 내쉬었다.

"따라 해 보세요."

에이린이 고개를 까딱였다.

"나는 생각보다."

"나는, 생각보다……."

"많이 부족하지만."

"많이 부족…… 그렇게까지 많이 부족하다고는 생각하지 않……."

쓰읍!

내가 눈을 부리부리하게 뜨자 알비온이 마저 내 말을 따라 했다.

"많이 부족하지만……."

"그래도 앞으로."

"그래도…… 앞으로……."

"잘 부탁한다."

"잘 부탁……."

읊조리던 알비온의 눈이 커졌다.

"……한다."

"잘했어요. 거기 두 사람도 따라 하세요."

내가 힐과 필을 보았다. 필이 힘차게 고개를 끄덕이며 형의 팔에 찰싹 달라붙었다. 힐은 영 내키지 않는 표정이었다.

"잘 부탁드려요."

"……잘 부탁드려요!"

필이 힘차게 대답하고는 힐의 꾹 다문 입을 보고 약간 울적한 얼굴이 되어 힐의 옷자락을 살짝 잡아당겼다. 울상이 된 필의 얼굴을 본 힐 로즈먼트가 다소 짜증 나는 얼굴로 한숨을 내쉬었다.

"잘, 부탁드려요……."

그러면서 하라는 말은 또 잘도 따라 했다.

'역시 브라더 콤플렉스.'

에이린이 생각하며 다시 입을 열었다.

"알비온 삼촌."

에이린의 말에 필 로즈먼트의 표정이 확 밝아지고 힐 로즈먼트의 얼굴이 거무죽죽하게 어두워졌다. 확연히 대비되는 표정을 보며 알비온 역시 당황한 표정이었다.

'알비온은 왜 당황하는 건데.'

에이린이 황당한 얼굴로 세 사람을 보았다.

"알비온 삼촌……."

필 로즈먼트가 수줍게 말하고

"……알비온 삼…… 으득, 촌."

필 로즈먼트의 눈빛과 재촉을 이기지 못한 힐 로즈먼트가 결국 입을 열었다. 물론 중간에 이상한 소리가 섞이긴 했지만 말이다.

'이 세 사람도 갈 길이 멀구나.'

아주 옛날의 에이린과 에르노 에탐이 딱 이런 느낌이었을지도 모르겠다.

"그럼 고아원 관련해서는 정리해서 보낼게요."

"그래, 고맙……."

"됐습니다."

힐 로즈먼트가 알비온의 말을 중간에 잘랐다. 에이린도 조금 당황해서 눈을 끔뻑였다.

"뭐가……."

"고아원은 로즈먼트 가문에서 알아서 정리하겠습니다. 삼……."

힐 로즈먼트가 입술을 짓씹었다.

"삼촌께서 원하시면 계속 운영하셔도 됩니다. 대신 고아원은 수도로 옮기겠지만요."

"……."

"원하지 않으신다면 에이린 아가씨가 처리해 주시기로 한 그대로 제가 처리하겠습니다."

에이린과 알비온이 퍽 의심스러운 표정으로 힐 로즈먼트를 보았다.

"제가 키운 로즈먼트 가문을 얕보지 마세요. 저도 그 정도 돈은 있습니다."

"……갑자기 왜."

"삼촌께서 굳이 시골로 내려가겠다고 고집을 피우지 않으시면 뭘 하시든 상관없습니다."

힐 로즈먼트가 성큼성큼 멀어졌다. 묘하게 귓불이 살짝 붉은 것도 같았다. 필 로즈먼트가 눈을 동그랗게 뜨더니 해사하게 웃으며 급히 뒤를 쫓았다.

"형! 같이 가요!"

알비온이 멀뚱히 두 사람을 바라보았다.

"원장님."

내 말에 알비온이 시선을 내렸다.

"안 가요?"

"아……."

고개를 돌리자 힐과 필이 알비온을 보며 그를 기다리고 있었다.

"……가야지."

"이번엔 잃어버리지 마세요."

"……그래, 고맙다."

알비온이 큰 보폭으로 순식간에 에이린에게서 멀어졌다. 에이린이 가만히 두 사람을 바라보다가 몸을 뱅글 돌렸다.

"우리도 아빠한테 가자, 로랑."

"네, 아가씨."

생긋 웃은 로랑과 아빠의 집무실로 막 가려는 순간이었다. 갑자기 눈앞에 눈부신 빛이 생겨났다. 에이린은 자신도 모르게 눈을 질끈 감았다 떴다. 툭. 로랑이 바닥에 쓰러지고 에이린은 놀란 듯 눈을 크게 떴다.

"로랑!"

"우리 대화 좀 하자, 아가야!"

동시에 누군가 눈앞에서 생글생글 웃으며 나타났다. 어린 차미소와 톱니바퀴가 있던 그 새까만 공간에서 보았던, 천사 날개를 달고 있는 루실리온의 신 '아르마'였다.

* * *

"갑자기 나타나셔서 무슨 대화를……."

나는 주저앉아 로랑의 몸을 살살 흔들며 대답했다. 로랑이 영 일어날 기미가 없었다.

"우리 예쁜이도 곧 올 거야. 일전에 봤던 그곳에서 보자."

"로랑은……."

"이 애는 내 기운을 버티지 못하고 단순히 기절한 것뿐이야."

"아……."

"그냥 두면 일어날 거야."

신이니까 거짓말을 하지 않을 거라곤 생각하지만 그렇다고 이렇게 찬 바닥에 두고 가는 것도 썩 내키지 않았다.

"얼른 가야 돼. 난 이렇게 밖에 나와 있을 수 없어."

아르마가 손을 내밀었다. 내가 엉거주춤 손을 내밀자 아르마가 냉큼 손을 맞잡았다. 그러자 영혼이 빠져나가 어딘가로 강제로 빨려 들어가는 기분이 들었다. 어지러움에 눈을 질끈 감았다가 떴다. 내가 있는 곳은 더는 공작가의 복도가 아니었다. 톱니바퀴가 있던 그 새까만 장소였다.

"신님……?"

"아르마, 아르마라고 부르면 돼."

아이는 날개를 팔락거리며 앞으로 뽈뽈뽈 날아가고 있었다. 나 역시 그 뒤를 따라 걸으며 인상을 찌푸렸다.

"갑자기 무슨 대화를……."

"너랑 저 세계 그리고 이곳을 지키는 아가를 분리하는 방법을 생각해 봤어."

"……네?"

분리라니. 의미가 잘 이해가 되지 않았다. 내가 멍하니 입을 벌리고 있자 아르마는 생긋 웃었다.

"네가 온전히 에이린이 되고, 긴 시간 네가 무너지지 않도록 이곳을 지탱한 아이가 온전히 차미소가 되는 방법."

아르마의 뒤를 따라가던 걸음이 절로 멈췄다. 멀리서 끽끽 소리를 내며 돌아가는 톱니바퀴가 보였다. 못 본 사이 톱니바퀴는 더욱 힘겹게 굴러가는 것 같았다. 언제 무너져도 이상할 것이 없어 보였다.

"저 톱니바퀴가 보이니?"

"네……."

"저 톱니바퀴 하나하나가 지금껏 네가 거쳐 왔던 삶이야."

아르마가 내 손을 잡더니 다시 앞으로 나아가기 시작했다. 나는 아르마를 따라 천천히 걸음을 옮기면서도 거대한 톱니바퀴에서 차마 눈을 떼지 못했다.

톱니바퀴는 수십 개가 모여 있었다. 크고 작은 톱니바퀴였다. 가운데에 있는 것이 가장 컸다.

"저 모든 게 네가 거쳤던 삶이야."

"……왜."

"불행한 네가 만들어 온 세계의 숫자지."

가장 왼쪽 위에 있는 톱니바퀴는 거의 무너지기 직전이었다. 녹이 슬고 제 색을 잃어 돌아갈 때마다 철가루를 우수수 떨어뜨렸다.

"세계에는 끝이 있어."

"……끝이라니."

"소설에 끝이 있듯이 네가 만든 이야기의 주인공이 사라지면 멸망하는 거야."

"……."

나는 입술을 달싹거리다가 다시 꾹 닫았다. 무슨 말을 해야 할지 명확히 알 수 없었다.

"너와 같은 존재들이 만든 세계가 늘 완전한 건 아니야. 100개 중에 90개는 소멸해 버려. 남은 10개 중에서 반 이상은 주인공의 이야기가 끝나면 소멸하지."

"……."

"그중에 한 줌만이 주인공이 사라져도 남은 존재들이 이끌어 가는 세계가 되는 거야."

아르마의 말은 들을수록 머리가 아팠다. 내 모든 삶이 이용당했다는 사실을 인정하고 싶지 않았다.

"그리고 그렇게 완성된 한 줌의 세계에는 신이 배정되지."

결국 그 과정은 신에게 줄 한 줌의 정상적인 세계를 얻기 위한 일이야. 덧붙이는 목소리가 끔찍했다.

"……그럼."

100개의 세계를 만들기 위해 백 번의 불행한 삶을 반복한 나 같은 사람들은 어떻게 되는 건데? 알게 될 현실이 끔찍해서 채 내뱉지 못한 말을 나는 숨죽여 삼켰다. 그러나 아르마는 내 궁금증을 해결해 주듯 이야기를 계속해 나갔다.

"세계를 창조하기 위해 불행의 늪에서 사는 '꿈꾸는 아이'의 영혼은 수십 번의 생을 반복하는 동안 망가지고 말아."

인간의 영혼은 육체에서 기억을 지워도 모든 것을 기억하고 있다고 아르마는 내게 말했다.

"그래서 필요한 과정이 소멸이야. 사실 세탁 과정이라고 하지. 더는 다시 태어날 수 없는 '꿈꾸는 아이'의 영혼을 전부 조각내서 새로운 영혼을 만드는 거야."

"……하."

"죽어 가는 식물에서 씨앗만을 빼내 새 식물을 자라게 하는 것처럼."

덧붙이는 말에 말문이 턱 막혔다. 그건 죽어서도 안식이 없는 영혼이라는 뜻이 아닌가. 누군가를 위해 불행한 삶을 살아가야만 하는 아이는 죽어서조차 불행해야만 한다는 사실이 끔찍하게 느껴졌다.

"네 삶은 사실 차미소에서 끝났어야만 해."

"……."

"하지만 네 바람은 결국 또 하나의 인격을 만들었어. 너희를 관리하고 회수하는 별지기 놈도 그건 예상하지 못했겠지."

"……그 말은."

내가 이 내면에 있는 어린 차미소를 만들었다는 건가?

"차미소가 널 만든 거야."

"……네?"

내가 본체가 아니라는 거야? 나는 떨리는 시선으로 아르마를 바라보았다. 충격적인 사실에 뒤통수가 얼얼했다. 내 숨이 조금씩 가빠지자 아르마가 다가와 작은 손바닥을 내 이마에 올렸다.

"정확히는 차미소가 너와 자신을 둘로 나눈 거야. 무너지지 않기 위해서."

우리는 어느새 톱니바퀴 앞에 도착해 있었다. 아르마의 뒤로 어린 내가…… 아니 어린 차미소가 있었다.

"대체 언제……."

"그날. 우리가 별지기를 만난 날."

대답을 한 것은 아르마가 아니라 어린 차미소였다.

"나는 죽고 싶지 않았어. 그래서 필사적으로 반항했고……."

"……."

"정신을 차리니 나는 여기에 있었어. 그리고 나 대신 네가 세계를 만들었어."

"무슨……."

내가 주춤주춤 물러나자 어린 차미소가 흐리게 웃었다.

"너는 내 외로움이야."

"그럼 대체 나는 뭐야……?"

"당연히 에이린이고 차미소지. 하나였던 우리가 나뉜 것뿐이니까. 내가 널 만들었다는 아르마의 말은 잘못됐어."

어린 차미소의 말에 아르마가 어깨를 으쓱였다. 밀려든 정보가 채 납득이 되지 않았다.

"잘 생각해. 너는 《입양된 줄 알았더니 착각이었대요!》라는 소설을 정말 보기만 했어?"

"……나는."

내가 두 손으로 머리를 감싸자 어린 차미소가 씁쓸하게 웃었다.

"나는……."

머리가 깨질 것처럼 아팠다.

"나는 널 지키기 위해서 많은 기억에 자물쇠를 채웠어. 네가 무너지지 않고 행복한 에이린으로 살 수 있도록."

"……왜?"

"너와 내가 간절히 바라던 일이잖아. 상냥하고 다정한 아빠, 여동생 바라기인 형제, 할머니도 할아버지도 시녀도 모두 나를 사랑하는 세계."

그럼 그 모든 것이 내 상상으로 인해 만들어져 강제로 이뤄졌던 일이라는 건가? 내가 이마를 막 짚을 때였다.

"일단 다른 손님들이 왔으니 대화는 모여서 하자."

아르마가 나와 어린 차미소 사이를 냉큼 막아섰다. 마침 해야 할 말도, 하고 싶은 말도 제대로 정리가 되지 않았던 터라 나는 순순히 고개를 끄덕였다.

"근데 다른 손님이라니……."

"왔으면 인기척을 내야지, 예쁜아."

"……심각한 대화가 오가는 중인 것처럼 보여서요."

익숙한 목소리에 고개를 돌리자 루실리온과 아빠가 있었다.

"아빠……?"

"에이린."

아빠가 자연스럽게 몸을 낮춰 내게 팔을 벌렸다. 반사적으로 뛰어가려다가 걸음이 우뚝 멈췄다.

'저 모습도 내가 만든 건가?'

내가 상상하고 바랐기 때문에, 그래서 모든 것이 내가 바란 꿈처럼 이뤄진 것인가?

"에이린."

다정한 목소리가 들렸다.

"괜찮으니 이리 오렴."

아빠의 목소리에 나는 숨을 삼키며 천천히 다가갔다. 거짓일지도 모른다고 생각하면서도 아빠라면 다 받아들여 주지 않을까 싶어서.

"자, 이제 주역들이 다 모였으니 이야기를 시작해 볼까?"

아빠가 나를 품에 끌어안은 채 미간을 좁혔다. 아르마는 어린 차미소에게 찰싹 달라붙은 채였다.

"지금 차미소의 인격은 둘로 나뉘었어. 하나는 차미소가 무너지지 않도록 통제하는 이쪽의 어린 차미소."

"……."

"그리고 다른 하나는 외로움 속에서 어떻게든 살고자 했던 그쪽의 에이린이야."

아르마가 나와 어린 차미소를 번갈아 보며 말했다.

"본래 '꿈꾸는 아이'는 '별지기'라는 떠돌이가 관리하는 존재야. 보통 때라면 별지기에게서 꿈꾸는 아이의 영혼을 빼 오기란 쉽지 않아."

아르마의 말에 우리는 고개를 끄덕였다. 그러자 아르마가 씩 웃었다.

"근데 지금은 특수한 상황이야. 에이린의 염원은 어린 차미소의 통제를 통해서 완벽한 세계를 만들었어."

"완벽한 세계?"

루실리온이 반문했다.

"응. 왜냐하면 세계를 만들 때 똘똘한 우리 아기들이 자기들을 도와줄 멋지고 대단한 신과 그걸 담을 그릇까지 만들었거든."

아르마가 가슴을 통통 치며 말했다. 나와 어린 차미소의 눈이 동시에 동그래졌다.

"결론만 말하자면 너흰 자유가 될 수 있어. 대신……."

아르마의 눈이 서서히 내게 닿았다.

"너는 죽어야 해, 에이린."

청천벽력 같은 말에 말문이 절로 막혔다. 아빠의 얼굴이 험악하게 일그러졌다.

"개소리를 하려는 거라면……."

"나는 물론 우리 예쁜이와 아가들에겐 제법 너그러운 편이지만……."

아르마의 차가운 시선이 아빠에게 닿았다.

"주제넘게 군다면 나 화낼 거야."

생긋 웃은 아르마에게서 험악한 기운이 뿜어져 나왔다. 늘 오만한 아빠의 어깨가 움칫거릴 정도였다. 내가 아빠의 목을 힘주어 감싸자 아르마가 기운을 거두어들였다.

"그래그래. 이번에는 내가 말을 잘못했어. 그런 눈 하지 마. 끝까지 말해 보자면……."

아르마가 양팔을 들어 올리곤 어깨를 으쓱였다. 내가 원망스러운 눈으로 바라보고 있던 모양이었다.

"저쪽 세계의 차미소가 죽어 줘야겠어."

"……."

"원래 별지기가 정한 차미소의 사망일은 서른 살이 되었을 때였어. 근데……."

그걸 내가 피한 거겠지. 그날 나는 차를 피하지 않고 죽었다. 피할 수 있었음에도 피하지 않았다. 아르마의 말에 나는 조용히 입을 다물었다.

"그러니까 너는 돌아가서 서른 살까지 살아. 그리고 죽는 거야."

"……그러면."

"지금 네 영혼은 에이린과 차미소의 육체 사이에 어중간하게 존재하고 있어."

아르마가 손가락을 들어 올리더니 설명했다.

"계속해서 에이린의 몸에 갔다가 다시 차미소의 몸으로 옮겨 가는 이유가 그것 때문이야."

"그 말은 즉 차미소가 죽으면 에이린의 몸에 영혼이 정착될 거라는 거예요?"

"그렇지. 근데 문제는 별지기 놈들이야."

내 대답에 아르마가 고개를 끄덕이며 말을 이어갔다.

"그 별지기 놈들은 영혼을 중간에서 훔쳐 갈 수 있거든. 그래서 필요한 게 네 아빠, 에르노 에탐이다."

아르마의 손가락이 이번에는 내게서 아빠에게로 옮겨갔다. 나는 짧은 숨을 뱉으며 바짝 긴장한 얼굴로 다음 이야기를 기다렸다.

"지금 아가와 에르노 에탐은 각인이 된 상태잖니."

"네."

"본래라면 제대로 이뤄졌어야 하는 각인이 어중간한 이유는 차미소가 엮여 있기 때문이니 그사이 저쪽에서 죽으면 너와 에르노 에탐의 각인은 단단해질 거야."

나는 눈을 동그랗게 뜬 채 아빠를 바라보았다. 아빠도 나를 바라보더니 다시 아르마를 보곤 고개를 끄덕였다.

"각인이 완성되는 순간, 너는 이미 내 영역에 속하게 된 영혼이 되니까 별지기가 함부로 손을 댈 수 없게 된다는 거지."

아르마가 어깨를 당당하게 펴며 말했다. 콧대가 퍽 높아진 듯 보였다. 뿌듯함이 느껴지는 그 표정에 얼굴이 절로 풀어졌다.

"물론 별지기 놈이 방해할 것 같긴 하지만 살아서 돌아가겠다는 의지가 강한 이상 너는 괜찮을 거야."

뽈뽈뽈 날아온 아르마가 내 어깨를 툭툭 두드리며 말했다. 다정한 말과 아빠의 단단한 손길을 느끼고 있으려니 정말 그럴 것만 같았다.

"그렇게 네가 내 세계에서 누구보다 행복해진다면 별지기도 결국 널 포기하고 놓을 수밖에 없을 거야."

"……정말요?"

아르마가 고개를 끄덕였다.

"그들에게 행복한 영혼은 필요하지 않거든."

참 슬픈 말이었다. 어떤 세계를 위해서 누군가 불행해야만 한다는 그 말은 마치 소수의 불행은 아무것도 아니라고 말하는 것 같아서. 불행한 영혼이 만드는 세계가 누구보다 행복할 거라고 생각하니 기분도 좋지 않았다.

"가난하고 아니고를 떠나서 이미 행복한 영혼은 영혼 자체가 충만하기 때문에 뭔가를 더 갈망하거나 그리거나 거기에 목숨을 걸려고 하지 않아."

"……아."

그건 그럴 것이다. 차미소는, 나는 늘 외로웠다. 외로웠기 때문에 누군가를 갈구했고 애정을 갈구했다. 행복한 세상을 꿈꾸었다. 그렇게 태어난 것이 이 세상이라는 사실이 다소 믿기지 않았다.

'내가 만들었다니…….'

이 세상을 만들 때의 기억이 없다는 사실이 조금 서글프게 느껴졌다.

"그렇구나."

"꿈꾸는 아이는 갈망하는 자. 갈망이 사라지고 꿈이 현실이 되는 순간 '꿈꾸는 아이'는 잠에서 깨는 거야."

행복하니 더는 행복해지기 위해서 상상할 필요가 없다고 말하는 아르마의 말에 나는 서툴게 웃었다.

"다만 네가 그러는 동안에는 에이린으로 돌아오지 못한 채 이곳의 시간은 흐를 거야."

"그게 무슨 소리지?"

"……그건 얼마나."

얼굴을 굳힌 아빠가 반박하고 나섰다.

"그래서 이건 여기 있는 모두가 동의해야 하는 일이야."

혼자만 할 수 있는 게 아니거든. 덧붙이는 말에 나는 주먹을 쥐었다가 폈다. 결국 아빠와 헤어져야 한다는 의미가 아닌가.

"……나는."

"싫다면 하지 않아도 좋다, 에이린."

아빠가 나를 품에 끌어안으며 말했다.

"물론 하지 않아도 지켜 줄 방법은 있지. 하지만 이쪽 아가는 계속 이곳에 있어야 해."

아르마가 어린 차미소를 가리키며 말했다. 그렇게 말하면 내가 할 수 있는 말은 어디까지나 정해져 있잖아.

"……할게요."

"네가 여기에 돌아오는 건 이 세계 시간으로 7년쯤 지난 후일지도 몰라. 그래도 괜찮나?"

"그래도 그렇게 하면 자유가 될 수 있다면서요."

"맞아."

"그럼 나도 저 애도 외롭지 않은 거잖아요."

외로움이 얼마나 사람을 좀먹는지 나는 누구보다 잘 알고 있다. 그러니까 나는 내 이기심만을 위한 선택을 할 순 없다. 나는 천천히 눈을 감았다가 떴다.

"할게요."

"에이린."

아빠가 나를 불렀다. 나를 품에 끌어안은 아빠는 어딘가 불안하게만 보여서 나는 아빠를 마주 끌어안았다.

"아빠, 괜찮아요."

"네가 잘못되면 나는 참을 수 없을 거다."

"내가 다치는 일은 없죠?"

"중간에 별지기가 네게 접촉해 올 순 있을지 모르겠지만……그건 우리 예쁜이가 해결해 줄 거야."

아르마가 루실리온을 가리켰다. 루실리온이 다가와 내 손등에 입을 맞췄다.

"아르마 님의 힘을 빌려 주인님의 영혼에 제가 보호막을 칠 거예요. 아마 별지기가 쉽게 찾을 순 없을 거예요."

"더불어 예쁜이는 이 세계에서 에이린의 몸을 무사히 성장시킬 거야."

그래서 모두가 필요하다고 했구나. 혼자서는 할 수 없는 일이라고.

"그리고 그사이 각인자가 죽는 건 안 돼."

아르마의 시선이 아빠에게 닿았다. 곧이어 아르마는 완전히 인연을 끊어내는 방법은 이것뿐이라고 설명했다.

"너는 에이린이 되는 거고 이 아이는 내가 거두어들여 내 세계에서 다시 태어날 거야."

그렇게 별의 윤회에서 벗어날 수 있다고 덧붙이는 아르마의 목소리를 들으며 나는 고개를 끄덕였다.

"그럴게요."

"좋아. 네가 할 일은 정해진 날짜에 오로지 무사히 죽는 일뿐이야."

"그사이에 무슨 일을 해도 상관없나요?"

"상관없어."

아르마가 손을 뻗어 나와 어린 차미소를 끌어안았다. 아빠는 어느새 저 멀리 밀려난 후였다. 얼굴이 구겨진 것을 보아하니 아르마에 의해 강제로 밀려난 것이 분명했다.

"시간을 좀 줄 수 있어요?"

"시간?"

"당장 해야 하는 게 아니라면요. 인사도 하고 싶고……. 친구한테 한동안 못 볼 거라고 말도 해야 해요."

또 저번처럼 끝도 없이 기다리게 할 순 없었다. 최소한 직접 전할 필요가 있었다.

"일주일 정도라면 괜찮지. 어차피 당장 실행할 일은 아니었거든."

"일주일 뒤……."

"일주일 후는 태양의 힘이 가장 강해지는 날이거든. 그날 정오에 진행할 거야."

나는 차분하게 고개를 끄덕였다. 아르마가 길게 하품을 하며 허공에 손을 휘젓자 이윽고 새하얀 빛의 문이 생성됐다.

"오늘은 이만 가서 푹 쉬렴."

나는 어린 차미소를 보았다. 너는 괜찮냐고 물어보려는 때, 아이는 그저 가만히 웃으며 입술을 달싹였다.

―*네 궁금증은 그날 전부 풀릴 거야.*

소리 없는 달싹임이었다. 나는 멍하니 그 모습을 보다가 어느새 다가온 아빠의 품에 순순히 안겼다.
"가자, 에이린."
아빠는 이 공간에 한시도 더 있고 싶지 않은 듯 나를 품에 안은 채 몸을 돌렸다. 아빠가 빛의 문으로 들어갔다.
"우리는 오래 같이 있을 수 없나 봐요, 아빠."
"……기다리는 건 아무것도 아니야. 네가 결정했다면 나는 반대하지 않겠지만……."
아빠가 천천히 내 이마를 맞대곤 가볍게 비볐다.
"싫다면 확실히 말해 주렴."
"싫다고 하면요……?"
"다른 방법을 찾겠지."
"……괜찮아요."
아빠가 희생하는 걸 보는 게 더 싫었다. 아마 언젠가는 해야 할 일이었을 것이다. 곧 알게 된다는 모든 사실에 심장이 빠르게 뛰었다. 두려움인지 혹은 기대감인지 알 수 없었다. 확실한 것은 이 영원한 외로움이 끝날 때가 되었다는 것이다.

"그래. 그렇다면 나는 옆에서 널 지키마. 네가 돌아오는 그날까지."

나는 아빠의 말을 들으며 천천히 눈을 감았다.

'또 헤어져야 해.'

하지만 이것이 마지막 헤어짐일 것이다.

철컥.

끼이이익―

고장 난 듯 버벅거리는 톱니바퀴 소리가 들렸다. 그것은 이미 끝을 알리고 있었다.

* * *

"할아버지, 할머니! 예전에 황제 폐하한테 받았던 영지로 내려가셔도 괜찮아요!"

"언제 그 말을 해 주나 기다렸지."

할아버지는 내 방문에도 그다지 놀라지 않은 얼굴로 담담하게 대답했다. 아크는 할아버지와 꽤 정이 들었는지 품 안에서 고롱고롱 잠을 자고 있었다.

"네. 잘 부탁드려요!"

나는 활짝 웃으며 말했다.

"무슨 일이 있는 건 아닌 게지?"

의아함이 섞인 질문은 할머니에게서 나왔다. 나는 가볍게 고개를 끄덕였다. 잠시 여기선 또 잠이 들겠지만 그뿐이었다.

'난 돌아올 거니까.'

굳이 작별 인사를 건네고 싶지는 않았다.

"아무 일도 없어요."

그다음은 에탐 가문의 직계들이었다. 사실 할아버지 할머니에겐 비밀로 한다고 쳐도 이 가문을 지키고 있을 이들에게까지 비밀로 할 순 없었다. 회의라는 이름 아래 모두를 모아 사정을 설명하자 무거운 침묵이 흘렀다.

"그러니까 성장기라서 또 잠이 든다는 거지?"

차르니엘 에탐의 말에 나는 고개를 끄덕였다. 아빠는 언제나처럼 내 옆에 앉아 있었지만 굳은 얼굴로 입을 꾹 다물고 있었다. 며칠째 저런 표정이다. 마음이 썩 좋지 않았다. 내가 말을 걸면 입가에 미소를 띠면서도 말을 걸지 않으면 항상 저런 표정이었다.

"정말 그것뿐인가?"

익숙한 건조함이 느껴지는 목소리가 귓가에 닿았다. 고양이 한 마리를 품에 안고 있는 크루노 에탐이었다. 언제나와 같은 건조한 목소리와 품에 안겨 있는 고양이는 확실히 어울리지 않았다.

"응. 그것뿐이에요."

"……그래. 네가 그렇다면 그런 거겠지."

크루노 에탐이 다시 침묵했다. 내가 사실 전생을 기억하고 있다는 것이나 다른 세계에서 살아온 기억이 있다는 것은 아빠 말고는 모르는 일이다. 앞으로도 아빠와 루실리온 이외의 사람에게 말할 일은 없겠지. 그러니까 이건 어쩔 수 없는 일이다. 다른 세계에 죽기 위해서 간다니, 대체 누구에게 말할 수 있겠어.

"끙…… 이번 연회 때 네가 가주가 됐다는 걸 공식적으로 밝히려고 했는데……."

"죄송해요."

"죄송할 건 없지만…… 그럼 일단 유물의 선택 정도는 받는 게 좋겠어."

"유물의 선택이요?"

"그래. 에탐 가문에는 세 가지 유물이 있거든. 가주에게 계승되는 검인 '업화의 염', 에르노가 가지고 있는 '균형의 조각' 그리고 마지막이 여태 주인을 선택한 적 없는 '드래곤의 구슬'이다."

드래곤의 구슬……. 말 그대로 해석하자면 진짜 드래곤이 가지고 있는 구슬이라는 의미가 됐다.

'여의주 같은 건가?'

아니지. 여긴 서양이니까 여의주 같은 건 없으려나?

"근데 유물은 본래 한 사람에게 하나만 주어지거든. 업화의 염이 아버지 옆에서 떨어지지 않는 것을 보면……."

차르니엘 에탐이 어깨를 으쓱였다.

"아마 네 유물은 구슬 쪽인 것 같구나."

"구슬……."

"오래된 서에 따르면 드래곤의 구슬은……"

"구슬은……?"

"아무것도 쓰여 있지 않았다."

차르니엘 에탐의 말에 입이 절로 벌어졌다. 인상을 찌푸리자 차르니엘이 뺨을 긁적이며 멋쩍게 웃었다.

"오늘따라 하도 긴장한 표정을 하고 있어서 농담을 좀 해 봤는데…… 실패인가?"

"아……."

하하, 어색하게 웃자 차르니엘 에탐이 어깨를 으쓱였다.

"사실 드래곤의 구슬은 주인을 선택한 적이 없어서 자세한 정보는 없어. 다만 소원을 이뤄준다더군."

"……소원이요?"

"그래. 그것 외엔 밝혀진 게 없어. 이것도 초대 에탐이 남긴 한마디뿐이니까."

나는 의아한 얼굴로 고개를 끄덕였다.

"다행이야. 그래도 오늘 전해 주려고는 했던 거라."

차르니엘 에탐이 손가락을 까딱이자 어느새 다가온 집사가 내게 작고 투박한 상자를 내밀었다. 옆에 있던 아빠가 대신 받아 상자의 뚜껑을 열어 주었다. 안에는 무슨 유리구슬 같은 투박한 구슬이 있었다. 드래곤의 구슬이라는 이명과는 다르게 그다지 대단할 것 없는 모습이었다. 투명한 구슬을 조심스럽게 손에 쥐자 이내 구슬이 금빛으로 은은하게 빛나기 시작하더니 곧 내 몸으로 스며들었다.

'……어?'

아니, 구슬이 스며들고 있잖아! 허공에 붕 뜬 금빛 구슬은 내 심장을 가만히 파고들더니 이내 순식간에 자취를 감췄다. 손을 뻗던 아빠도 당황한 듯 허공에 손이 굳어 버렸다.

"이게 무슨……."

"따님, 괜찮니?"

"네. 그냥 배가 조금……."

조금 따끈따끈해졌다고 해야 할까? 가슴 안쪽이 포근해진 기분이었다.

"배가 아파? 당장 의원을……."

"아니, 배가 따뜻해요."

"……뭐?"

"그냥 따끈따끈."

딱히 별다른 느낌은 없었다. 드래곤의 구슬이 스며들었다는 감각도 사실 제대로 들지 않았다.

"뭐가 되었든……."

차르니엘 에탐이 입을 열었다.

"무사히 돌아오기만 하면 된다, 조카님."

"맞아. 걱정하지 말고 다녀와."

차르니엘 에탐의 말에 다른 사람들이 고개를 끄덕이며 대답했다.

"……네!"

나는 활짝 웃으며 고개를 끄덕였다. 어쩐지 무척 충만한 기분이었다.

* * *

'오늘은 리하르트랑 에노쉬를 만나려고 했는데…….'

아쉽게도 에노쉬는 최근 황제가 되기 위해 황태자 자리를 다투고 있어서 시간이 나지 않는 모양이었다. 짬이 나지 않아 한동안은 만나기 어려울 거라는 답장과 미안하다는 편지를 가만히 바라보며 나는 어깨를 으쓱였다. 그에게는 편지를 보내는 것으로 이야기를 대신하기로 했다.

'음. 황태자가 안 되어 있으면 돌아왔을 때 얼굴 안 본다고 해야지.'

그럼 열심히 해서 황태자가 되지 않을까?

'그럼 내 인맥의 질이 한층 높아지는 거지.'

차기 황제가 내 친구다? 이것만큼 만족스러운 것도 없다. 나를 못 만난 대가를 이렇게 치르는 거지. 나는 히죽히죽 웃으며 편지를 썼다.

'뭐, 이걸 보면 어떻게든 만났어야 한다고 말하겠지만…….'

그래도 다음을 기약할 수 있는 건 좋으니까. 나는 예전보단 제법 번듯해진 편지를 작성하곤 편지 봉투에 담아 하녀에게 건네주었다.

"가주님, 아래층에 콜린 공자께서 와 계십니다."

"아, 금방 내려갈게. 이건 황실로 보내 줘."

"알겠습니다."

나는 폴짝 뛰어내렸다. 리하르트를 만나고 나면 필에게 안부를 전하는 편지를 쓰고 또…… 오라버니들이랑 샤르네한테도 가고…….

'그다음엔 아빠랑 계속 있어야지.'

아빠는 요즘 방에서 잘 나오지 않았다. 내가 찾아가면 언제나 반겨 주곤 하지만 그뿐이다. 생각이 많아 보였는데 내 걱정을 하고 있는 게 분명했다. 그걸 생각하면 함부로 괜찮다고 말하는 것도 기만 같았다.

'일단 나중에 생각하자.'

나는 머리를 흔들어 생각을 털어 내고 아래층으로 향했다. 응접실에는 리하르트가 있었다.

"에이린."

"리하르트, 안녕."

"응. 잘 지내고 있어서 다행이야."

리하르트가 한껏 밝은 얼굴로 나를 맞이했다. 벌떡 일어나 다가오는 리하르트의 손을 잡고 소파에 앉자 그가 웃었다.

"보고 싶었어, 에이린."

"응."

"근데 어쩐 일이야? 할 얘기가 있다더니……. 무슨 일 있어?"

고개를 끄덕이고 리하르트에게 설명을 했다. 긴 잠이 들게 될 거라고. 가만히 얘기를 듣던 리하르트의 표정이 일그러졌다.

"이번에는 제대로 말해 주고 가고 싶었어. 매번…… 너한텐 미안한 일이 많았거든."

"……그건 내가 도와줄 수 없는 일이야, 에이린?"

리하르트가 내 손을 꽉 붙잡으며 말했다.

"나는 널 도울 수 없는 거야?"

리하르트가 울 것 같은 얼굴로 말했다. 내게 있어서 리하르트는 소중한 가족이나 마찬가지다. 가장 힘들고 슬플 때 곁에 있어 주었고 긴 시간 미안한 일도 많이 있었다. 그 고아원에 리하르트가 있어서 나는 생각보다 외롭지 않을 수 있었다. 그래서 나는 내 개인적인 사정에 리하르트를 끌어들이고 싶지 않았다. 이 어리고 작은 아이의 마음을 누구보다 잘 아니까 더욱 그랬다.

"응."

나는 리하르트의 손을 한 차례 꽉 마주 잡곤 살짝 풀며 말했다.

"넌 이미 날 많이 도와줬어, 리하르트. 너는 나한테 정말로 소중한 친구야."

그러니까 이번에는 말없이 사라지고 싶지 않았다. 아르마에게 시간을 달라고 부탁한 이유 중 리하르트는 가장 큰 이유를 차지하고 있었다.

"항상 고마워."

리하르트는 울 것 같은 얼굴로 고개를 끄덕였다.

"다시 돌아오는 거지?"

"당연하지."

"기다릴게."

"응."

나는 가볍게 그의 손등에 이마를 문질렀다. 우리는 성년이 되기까지 잠시간의 이별을 나눴다. 우리는 그 뒤로도 한참이나 도란도란 이야기를 나눴다. 대개는 마탑에서 고생하고 있는 리하르트의 불평불만이었지만. 리하르트가 돌아가고 식사를 마치고 나니 하늘은 이미 새까맸다. 로랑의 도움을 받아 이불에 들어간 나는 아직 마무리되지 않은 사람들을 하나둘 손가락으로 짚어 보았다.

'내일은 칼란이랑 실리안이랑…… 그리고 샤르네도 만나야겠다.'

샤르네를 지켜 줄 사람도 테렘에서 한 사람 배정해 놔야 할 것 같았다. 샤르네가 아직 에탑 가문의 가호를 받고 있고 앞으로도 계속 그럴 거라는 티를 팍팍 내라고 해야지.

'그렇게 하면…….'

생각하며 막 눈을 비비적거리는 때였다. 갑자기 눈앞이 밝아지더니 허공에 아르마가 뿅하고 나타났다.

'……아니, 뿅이라니.'

천사 날개를 파닥거리는 아르마가 내 앞에서 방긋 웃었다.

"안녕, 아가."

"……안녕하세요."

"일전에 다른 애들 때문에 아직 설명 못 한 부분이 있어서 왔어."

아르마가 순진무구한 어린아이처럼 말갛게 웃었다.

"네가 돌아가면 별지기가 움직일 거야."

"……네?"

"돌아간 세계는 네가 기억하는 것과는 다르게 바라는 모든 것들이 네 눈앞에 있을 거야."

잘 이해가 되지 않아 멍하니 입을 벌린 채 있자 가 보면 알 거라고 아르마가 덧붙였다.

"별지기는 네 영혼을 회수해야 하니까 수단과 방법을 가리지 않을 거야."

"……."

"그러니까 네가 확실히 끊어야 해. 미련도 인연도 전부 끊어야 해. 네 마음이 변하지 않는다면 나머진 우리 예쁜이랑 내가 처리할 거야."

아르마가 말하며 손을 설레설레 흔들었다. 흐릿하게 사라지는 인영을 보며 나는 눈을 끔뻑였다. 폭풍이 왔다가 사라졌다. 괜히 마음이 한층 더 심란해지는 밤이었다. 아니나 다를까 그날 밤은 제대로 잠을 이루지 못했다.

"……갑자기 밤에 무슨 일이냐, 너희는."

"……와, 아버지. 딸이랑 아들 대하는 태도가 너무 다른 거 아니에요?"

"같아야 하는 이유라도 있나?"

아빠는 나를 품에 안은 채 베개를 하나씩 들고 방으로 찾아온 칼란과 실리안을 보며 말했다.

"아버지 찾으러 온 게 아니라 내 동생 찾으러 온 겁니다."

"맞아요. 에이린이랑 같이 자려고요."

"……에이린은 오늘 나랑 같이 자기로 했는데."

아빠가 설핏 미간을 찌푸리며 나를 내려다보았다. 침대도 엄청 넓으니 넷이 자는 데 문제는 없었다. 나는 히죽히죽 웃으며 아빠 품에 조금 더 매달렸다.

"다 같이 자고 싶어서요."

"……나로는 부족하다 이거군."

아니, 그게 아니라. 왜 이걸로 토라지는 거야.

"또 잠 길게 자러 간다는데 지금이라도 같이 있어 줘야지."

"맞아. 에이린은 맨날 잠을 오래 자니까 외롭다구요."

"절대 아버지가 요즘 침울해 보여서 다 같이 온 거 아닙니다."

아니, 저 눈치 없는 칼란. 누가 그걸 입 밖으로 내냔 말이야. 예전부터 거짓말은 겁나게 못 하는 거 알고 있었지만…….

'심각하네, 정말.'

실리안도 이 무슨 멍청한 짓이냐는 표정으로 칼란을 바라보고 있었다. 잘한다, 잘한다! 뒤늦게 칼란이 흘긋 실리안을 보더니 인상을 확 찌푸렸다. 본인의 잘못을 아직도 모르는 모양이었다.

'저래서 사회생활을 어떻게 하려고.'

나는 절레절레 고개를 저으며 흘긋 아빠를 올려다보았다. 아빠의 입꼬리가 아주 살짝 둥글게 말려 있었다. 눈이 절로 동그래졌다.

'하여튼 아빠도 솔직하지 못하다니까.'

요 며칠 제대로 잠을 자지 못했는지 눈 밑에는 새까만 눈그늘이 짙게 있었다.

"내 따님 옆자리는 내 거다."

아빠가 별말 없이 나를 끌어안은 채 그대로 침대에 드러누웠다. 칼란과 실리안이 서로 눈치를 살피더니 이내 냉큼 내 남은 옆자리로 달려들었다.

"으악!"

"형의 느려터진 발로 언제 날 따라잡으려고."

"악, 마법 쓸걸!"

승자는 평소에도 단련하고 있는 실리안이었다. 오른쪽엔 아빠, 왼쪽엔 실리안이 자리 잡았다. 베개를 끌어안은 칼란이 분함에 발을 동동 구르다가 이내 눈을 매섭게 치켜뜨더니 실리안의 등을 발로 퍽 찼다.

"아프잖아."

"그럼 간지러우라고 때린 줄 아냐?"

퍽 퉁명스럽게 대답한 칼란이 입술을 툭 내밀며 아빠의 옆자리에 떡하니 누웠다.

"하는 수 없어서 눕는 겁니다."

끝까지 한마디 변명을 덧붙이며 칼란이 아빠의 옆자리를 차지했다. 나는 아빠 품에 안겨 키득키득 웃었다.

'하여튼 솔직하지 못하긴.'

아빠도 퍽 황당하다는 얼굴을 하고 있었으나 그렇게 싫은 기색은 아니었다.

'다행이다. 아빠에게 나만 있는 게 아니라서.'

칼란과 실리안이 있어서 다행이라는 생각이 들었다. 혼자 남겨지는 아픔이 사람을 얼마나 우울하게 만드는지 나는 누구보다 잘 알고 있었다. 외롭고 쓸쓸하니까. 나는 아빠의 품에 조금 더 파고들며 손을 꼭 붙잡았다.

"역시 넷이 좋은 것 같아."

"……응?"

뜬금없는 실리안의 말에 내가 눈을 동그랗게 떴다. 꼬물꼬물 올라온 손이 내 손을 꽉 맞잡았다.

"가족은 역시 우리 넷이 모여 있는 게 좋은 것 같다고."

나는 살짝 몸을 틀어 실리안을 보았다. 그는 나를 보며 빙긋 웃고 있었다.

"혼자서 무슨 짐을 그렇게 짊어지고 가는진 모르겠지만……."

"오라버니……."

"우리에게 함께 나눠 주지 않는 건 조금 서운하기도 하지만……."

실리안이 내 손을 붙잡은 손에 힘을 꽉 주며 웃었다. 어쩐지 뭔가를 무척이나 꾹꾹 눌러 담은 웃음 같아서 신경 쓰였다.

"그래도 기다릴게. 그러니까 잘 다녀와서 언젠가는 말해 줘."

"……응."

어쩌면 모두 내가 정말로 잠을 자러 가는 게 아니라는 걸 알고 있을지도 모르겠다는 생각이 들었다. 그래도 내가 숨기겠다고 정했으니까 누구도 제대로 물어보지 않는 것이다. 내 선택을 그렇게 온몸으로 존중해 주고 있는 것이다.

"고마워⋯⋯."

내가 웅얼거리듯 대답하자 실리안이 내 머리카락을 가볍게 흩뜨렸다.

"아, 실리안 너만 또 좋은 역할 하지."

칼란이 아빠의 등 너머로 얼굴을 불쑥 내밀며 퉁명스럽게 말했다.

"나도 기다리고 있으니까!"

"⋯⋯응."

"무사히 안 돌아오면 마법이라도 써서 반드시 너 쫓아다닐 거야."

"어, 알겠어⋯⋯."

"쪼끄만 게, 가끔은⋯⋯ 의지도 좀 해라. 네가 가주긴 해도 내가 오빠잖아."

새빨갛게 달아오른 표정으로 칼란이 아빠의 등 뒤에 숨으며 웅얼거렸다. 내가 키득키득 웃자 칼란이 버럭 소리를 지르곤 냅다 드러누웠다.

"아, 몰라. 잔다! 잘 자라!"

"응. 오라버니도."

"오냐! 좋은⋯⋯."

칼란의 목소리가 웅얼거리며 작아졌다.

"뭐라고?"

"얼마나 긴 잠을 자는진 몰라도 좋은 꿈 꾸라고!"

"……!"

"네가……! 네가, 내가 꾸는 모든 좋은 꿈을 가져가더라도 좋은 꿈 꿨으면 좋겠어."

순수하지만 사람의 심장을 제대로 녹이는 말이기도 했다. 자신이 꾸는 좋은 꿈 전부를 가져가더라도 내가 좋은 꿈을 꾸길 바란다니…….

"응. 꼭 그렇게."

"……그래. 울지 말고."

"안 울어, 이제 울 필요가 없어졌잖아. 나도 가족이 있는데."

울 이유가 없었다. 기다리겠다고 약속해 주는 사람들이 이렇게 많은데 내가 왜 울겠어.

"안 울 거야……. 흑."

웅얼거리는 목소리에 울음기가 섞이는 건 어쩔 수 없었다. 울지 않기 위해 입술을 꽉 깨물었지만 그뿐이었다. 괜히 눈앞이 흐려지더니 감정이 울컥 치솟았다.

"우, 울지 말라고…… 흐엉, 했잖아……!"

"그러는 오라버니도…… 흡…… 허엉…… 몰라아아……!"

"히끅…….."

"실리안, 넌 왜 우냐고오오……. 흐어어……!"

결국 세 아이가 엉엉 울음을 터뜨리며 엉거주춤 허리를 세워 침대 헤드에 기댄 아빠의 품에 달려들었다.

"……내가 울보 자식들을 뒀군."

팔을 벌린 아빠는 나를 포함해 세 아이를 품에 끌어안아 토닥거리며 나직하게 중얼거렸다. 엉엉 울어 젖히는 세 아이를 품에 안고도 버겁지도 않은지 아빠는 우리가 전부 울음을 그칠 때까지 토닥거림을 멈추지 않았다. 울다 지쳐 잠들기 전에 언뜻 웃고 있는 아빠의 표정을 본 것도 같았다. 평소에는 쉽게 볼 수 없는 진심 어린 미소였다. 사랑스러워서 어쩔 수 없다는 듯, 그런…… 꿈결에서나 볼 것 같은 미소였다.

"나는 자식으로 붕어 세 마리를 둔 적은 없는데."

울다 지쳐 잠들었다가 아침에 일어난 우리를 보며 비웃음을 내비친 아빠의 말에 우리는 분노했다. ……어쩌면 그 웃음은 정말로 그냥 내 꿈결이었을지도 모르겠다.

'그래도 아빠 표정이 좋아 보이니까 됐지.'

간밤엔 잠을 잘 잔 것인지 아빠의 얼굴에서 피곤함은 보이지 않았다.

"내려와서 밥이나 먹어라, 붕어들아."

"……이익, 누가 붕어입니까! 이건 그냥……."

"붕어지. 울보 붕어들."

칼란이 발을 동동 구르다가 불만스럽게 중얼거리며 슬금슬금

식탁으로 향했다. 웬일로 아빠의 방에 차려져 있는 아침 식사는 평소보다 훨씬 더 맛있었다.

* * *

"좋은 밤이에요, 주인님."
"……루시."

일주일이 되기 하루 전날 밤이었다. 필에게도 인사를 건네고 샤르네와도 끌어안고 울음을 터뜨리며 인사를 건네고 테렘에게 샤르네를 부탁한다는 말을 전부 하고 마무리를 한 싱숭생숭한 밤. 막 침대에 누우려는데 발코니에서 인기척이 느껴져 다가가자 루실리온이 달빛 아래에서 난간에 기대어 앉아 있었다.

"즐거운 일주일 보냈나요?"
"응. 너는 못 찾아갔는데 그건 미안해……."

루실리온은 마지막 날 볼 수 있을 거라는 생각에 굳이 찾아가진 않았다.

"괜찮아요. 주인님은 챙겨야 할 사람이 아주 많잖아요."
"그래도……."
"게다가 전 주인님의 마지막을 함께할 수 있으니까 괜찮아요."

살포시 뛰어내린 루실리온이 훌쩍 다가오며 웃었다. 달빛을 받고 있는 루실리온에겐 정말로 하늘에서 내려온 신 같은 신비한 느낌이 있었다.

'처음 만났을 때부터 그랬지.'

루실리온은 어딘가 무척이나 신기한 소년이었다. 무슨 생각을 하는지도 모르겠고 딱히 세상에 섞인 것 같지도 않은 느낌으로.

"네가 날 도와준다고 들었어."

"네. 저는 제 신성력을 이용해서 주인님이 무사히 성장하고 돌아올 수 있도록 길잡이 역할을 할 거예요."

"길잡이……."

"주인님이 길을 잃지 않도록 도울 거고 주인님의 마음이 무너지지 않도록 도와줄 거예요."

"……응."

인간의 것이 아닌 듯한 아름다운 푸른빛 눈동자가 설핏 휘어졌다.

"그러니까 약속해 주세요."

"뭘?"

"무슨 일이 있어도 다시 돌아오겠다고."

"……돌아올 거야."

루실리온이 내 손등에 가볍게 입을 맞췄다.

"네. 기다릴게요."

그날 루실리온은 꽤 오랜 시간 내 손을 맞잡은 채 말없이 옆에 앉아 있었다.

그리고 다음 날, 나는 다시 지옥에 발을 들였다.

《4권에 계속》